ホワイトハウス・コネクション

ジャック・ヒギンズ
黒原敏行＝訳

角川文庫 13090

THE WHITE HOUSE CONNECTION
by
Jack Higgins

Japanese translation rights arranged with
Septembertide Publishing B.V.
c/o Ed Victor Ltd., London
in association with Andrew Nurnberg Associates Ltd., London
through Tuttle-Mori Agency, Inc., Tokyo

Translated by Toshiyuki Kurohara
Published in Japan by
Kadokawa Shoten Publishing Cp., Ltd.

義母のサリー・パーマーに捧《ささ》ぐ。
アイデアをありがとう。

主な登場人物

レディ・ヘレン・ラング……アメリカ生まれ、イギリス貴族ラング准男爵夫人
ヘドリー・ジャクスン……レディ・ヘレンの専属運転手
ショーン・ディロン……元IRAテロリスト
チャールズ・ファーガスン准将……イギリス・対テロ専門組織の責任者
ハンナ・バーンスタイン……ロンドン警視庁主任警部、ファーガスンの補佐官
ブレイク・ジョンスン……アメリカ大統領直属捜査機関〈ベイスメント〉の責任者
ハリー・パーカー……ニューヨーク市警刑事
サイモン・カーター……イギリス秘密情報部副長官
ジェイク・キャザレット……アメリカ大統領
ヘンリー・ソーントン……アメリカ大統領首席補佐官
ジャック・バリー……IRA過激派組織〈エリンの息子たち〉を率いるリーダー
マイケル・コーハン……〈エリンの息子たち〉メンバー、アメリカ上院議員
ティム・パット・ライアン……〈エリンの息子たち〉メンバー、ロンドンのギャング

プロローグ　ニューヨーク

東風が霙《みぞれ》混じりの雨をパーク街に吹きつけて、マンハッタンは、三月の真夜中すぎの大都市らしく、憂鬱《ゆううつ》で陰険な雰囲気に包まれていた。通りはリムジンやタクシーがたまに走るだけ——この時刻と不快な天候を考えれば驚くにはあたらない。

オフィスと住宅が混在するアパートメントが立ち並ぶ通りで、女が一人、建物の暗い玄関口に立っている。鍔広《つばびろ》のレイン・ハットに、襟を立てたトレンチコート。左の手首に傘の柄をひっかけ、バッグの類《たぐ》いは持っていない。

女はトレンチコートのポケットに手を入れて拳銃《けんじゅう》に触れ、それを取り出した。コルト二五口径自動拳銃、装弾数八発。小ぶりながら殺傷力は充分で、装着された消音器がこれをより危険な武器にしている。女向けの拳銃とあなどる者も、弾薬はホロー・ポイントと聞けば、考えなおすだろう。女は銃をポケットに戻し、通りの様子をうかがった。

パーク街の向かいの、やや右寄りには、豪壮なタウンハウスがある。所有者はマイケル・コーハン上院議員。議員はいま、ピエール・ホテルでの資金集めパーティに出席している。パーティは午前零時に終わる予定で、だから女は暗がりの中で待っているのだ。期待どおりの条件がそろいしだい、議員を死体にして歩道に転がすために。

叫び声が聞こえた。酔っ払いの声だ。通りの向かいの角から若い男が二人現われ、歩道をやってきた。揃いのウールの帽子、リーファー・コート、ジーンズに身を包み、手には缶ビール。長身の顎鬚《あごひげ》を生やしたほうが、車道の端に降り、にやつきながら溜《た》まった雨水を蹴散《けち》らす。だが雨脚がまた強まり、連れの男はコートを身体に引きつけた。そして屋根のある路地の入り口に目をとめると、ビールの残りを飲み干し、缶を水溜まりに捨てた。

「おい、雨宿りしようぜ」

「ええい！」女は低く毒づいた。路地の入り口に駆けこむ。路地の入り口はコーハン邸の隣だ。

手の打ちようがない。二人の姿は影の中に消えたが、声高な笑いがはっきり聞こえた。女は二人が立ち去るのを苛々《いらいら》と待った。すると若い女が同じ角から現われ、歩道をやってきた。小柄な女で、傘こそさしているが、ハイヒールに短いスカートの黒のスーツという、今夜の天気には不都合な服装だ。下卑た笑い声を耳にして、若い女はためらったが、そのまま路地の入り口の前を通り過ぎようとした。

男の声が言った。「よう、どこへいくんだ、ベイビー？」顎鬚の男がぬっと現われ、もう一人も出てきた。

若い女は走りだした。が、顎鬚の男が突進してその腕をつかんだ。若い女は傘を落としてあらがう。男はその顔を平手で打った。

「ぴちぴち暴れてくれ、スウィートハート。そのほうがいい」

相棒がもう片方の手をつかんだ。「おい、引っぱりこもうぜ」

若い女は恐怖の叫びをあげたが、顎鬚の男にまた頬を張られた。「静かにしろ」

二人は若い女を路地に引きずりこんだ。通りの反対側で、女が躊躇《ちゅうちょ》していると、悲鳴が聞こえた。「ええい！」女はまたそう毒づき、雨の中に出て、通りを渡った。路地は真っ暗で、表通りの街灯の光がにじんでいるだけ。若い女は羽交い締めにされてもがいていた。顎鬚の男が、右手に持ったナイフをすっと女の頬に走らせ、血の筋を引いた。

痛みに悲鳴をあげる若い女に、顎鬚の男が言った。「静かにしろといったろ」女のスカートの裾《すそ》にナイフの鋭い刃をあて、さっと切りあげる。「よし、フレディ。おれの奢《おご》りだ」落ち着いた声が言った。「そうはいかない」

フレディは相棒の背後に目をやり、驚愕《きょうがく》の色を表わした。「ああ？」

顎鬚の男が振り返ると、路地の入り口に女が立っていた。右手にはレイン・ハット。髪は銀白色で、街灯を背に縁を輝かせている。見たところ年は六十代だが、顔は影になってまったく見えない。

「なんだいったい？」若い女を羽交い締めにした男が言う。

「その娘《こ》を放しなさい」

「なんの用かは知らねえが、こいつがどういう目にあうかはわかるぜ」顎鬚の男が相棒に言う。「この雌犬と同じ目にあうんだ。今夜はおれたちに付き合うかい、おばあちゃん？」

一歩踏み出す男の心臓に、女は銃弾を撃ちこんだ。銃はレイン・ハット越しにこもった音を立てる。男は壁に身体を打ちあて、跳ね返ってあおむけに倒れた。

若い女は怯《おび》えきって声も出せない。羽交い締めにしている男が、「くそっ！」とうめいた。「なんだこいつは！」ポケットからナイフを出し、刃を弾《はじ》き出す。「喉《のど》をかっさばいてやる」と老女に言う。「見てろよ」

　老女は右手のコルトを腿《もも》につけて、じっと立っている。声は依然として穏やかで、抑制されていた。「あなたたちは懲りるということを知らないようね」

　手がさっとあがり、男の眉間《みけん》を撃ち抜く。男はのけぞり倒れた。若い女は壁にもたれかかり、荒い息をついた。頬に血が流れている。老女が軽い綿のスカーフをはずして渡すと、若い女はそれを頬に押しあてた。老女は身をかがめて、まず顎鬚の男、ついでその相棒を調べた。

「もう二人とも人に迷惑をかけることはなさそうね」

　若い女は声をほとばしらせた。「畜生！」顎鬚の男を蹴る。「あなたがきてくれなかったら……」身体を震わせた。「こんなやつら、地獄で腐るといい」

「それはまず間違いないわ」老女は言った。「家はこの近く？」

「ここから二十ブロックほどです。すぐそこのお店で食事をしてたんだけど、彼氏と喧嘩《けんか》しちゃったの。それでタクシーを拾おうと思って」

「雨の日にタクシーを拾うのは無理よ。ちょっと顔を見せて」

　老女は路地の入り口まで相手をひっぱってきた。「二、三針、縫うことになりそうね。二ブロック先にセント・メアリーズ病院があるわ」老女は指さした。「いって診てもらいなさい。ほんとのことを話しちゃだめ。転んで頬を切って、スカートが破れたというのよ」

「信じてもらえるかしら？」

「知らないわ。それはあなたの問題よ」老女は肩をすくめる。「警察に届けたいのならそれでもいいけど」

「そんなこと！」若い女は声に苦悶《くもん》を含ませる。「絶対いやです」

老女は路地から出て傘を拾うと、若い女に渡した。「じゃ、いきなさい。いまのことは忘れるのよ。何もなかったことにして」路地に戻ってバッグを拾いあげる。「ほら、これも」

若い女は受け取った。「あなたのことは忘れません」

老女は微笑んだ。「忘れてくれたほうがありがたいけど」

若い女はなんとか小さな笑みを浮かべた。「意味はわかります」

傘をしっかり握って小走りに去っていく。老女はそのうしろ姿を見送り、銃弾があけた穴を調べてから帽子をかぶる。それから自分の傘を開き、反対側へ歩きだした。


北へ二ブロック進むと、歩道ぎわにリンカーンが駐《と》めてあった。運転席の男が車を降り、近づいてくる老女を待った。灰色の運転手の制服を着た大柄な黒人だ。

「大丈夫ですか？」と男が訊《き》く。

「ちゃんと戻ってきたでしょ？」

女は助手席に乗りこんだ。男はドアを閉め、反対側に回って運転席に乗りこむ。女はシートベルトをつけてから男の肩を叩《たた》いた。「フラスクはどこ、ヘドリー？　ブッシュミルズをきゅっと飲《や》りたいわ」

男はグラブ・コンパートメントから銀色のフラスクを出し、女に渡した。女は二度呷《あお》って、男に返した。

「ああ、おいしい」

銀のシガレット・ケースを取り出して、煙草を一本とり、車のライターで火をつけて、長々と紫煙を吐き出す。「不健康な習慣ってどれも気持ちいいわね」

「およしになったほうがいいですよ。本当によくないですから」

「節制に意味がある？」

「それはいわないでください」男は動揺する。「それで、あのくそ野郎は仕留めましたか？」

「コーハン？　いいえ、邪魔が入ったの。プラザに戻りましょ。いま説明するわ」ホテルに帰り着く前に終わった説明に、男はぞっとした。

「いったいどういうつもりです？　世界中を掃除するんですか？」

「そう。それじゃ、二匹の獣が女の子をレイプして喉《のど》をかき切るのを、放っておいたほうがよかったというのね？」

「ああ、わかりましたよ！」男はため息をつき、うなずいた。「でも、コーハン議員はどうします？」

「明日、ロンドンに戻りましょ。あの男も向こうで、大統領の使いと称してあちこち顔を出すらしいから、そのときにね」

「で、そのあとは？　これはどこまで続くんです？」ヘドリーはうめくように言う。「なんだか現実のこととは思えない」

車がプラザ・ホテルの玄関前で停止すると、女は子供のように悪戯《いたずら》っぽく微笑んだ。「あなたを困らせてるのはわかってるわ、ヘドリー。でも、あなたがいないとどうにもならないの。じゃ、また明日の朝」

ヘドリーは車を回りこんで助手席のドアを開け、女が車を降りて玄関前の階段をのぼるのを見送った。

「わたしこそ、あなたがいないとどうにもならない」ヘドリーは低くつぶやき、運転席に戻って車を出した。

夜勤のドアマンが階段の上で待っていた。「レディ・ヘレン！　お会いできて嬉《うれ》しゅうございます。ご宿泊とうかがいましたもので」

「わたしも嬉しいわ、ジョージ」女はドアマンの頬にキスをした。「生まれたばかりのお嬢ちゃんはいかが？」

「とても元気です」

「明日の朝、ロンドンに戻るの。また近いうちに来るけれど」

「ではお寝《やす》みなさい、レディ・ヘレン」

女がロビーに入ると、タクシー待ちをしていたレインコート姿の男がドアマンに訊いた。

「いまのご婦人は誰だい？」

「レディ・ヘレン・ラング様です。何年か前からご贔屓《ひいき》にしていただいています」

「〝レディ〟？　話し方はイギリス人じゃないみたいだが」

「ボストンのご出身なんです。イギリスの貴族と結婚されて、大変なお金持ちだそうです」

「へえ……何かこう威厳のある人だね」

「ええ、まったく。それにとてもお優しい方ですよ」

発端　ロンドン　ニューヨーク

1

ヘレン・ダーシーは一九三三年、ボストン屈指の裕福な家庭に生まれた。母親は出産時に死亡し、ヘレンは一人っ子として育った。父親は娘を愛し、娘も父親を同じくらい愛していた。父親は製鉄会社、造船会社、石油会社の経営で多忙をきわめたが、充分に時間をさいて娘の成長に関心を払い、娘も父親の愛情にこたえた。頭脳明晰《めいせき》なヘレンは、一流の私立学校で学び、名門女子大学ヴァサー・カレッジに進学して、いくつもの外国語に興味を持った。

若いころにローズ奨学生としてイギリス留学をした父親は、愛娘《まなむすめ》にも最高の教育を受けさせようと、ヘレンをかの国にやり、オックスフォード大学セント・ヒューズ学寮で大学院レベルの学業を修めさせた。

父親の仕事関係の友人知人が愉《たの》しませようと心を砕き、ヘレンはロンドン社交界の人気者となった。サー・ロジャー・ラングと出会ったのは二十四歳のときである。ラングは准男爵、もと近衛《このえ》歩兵第三連隊の中佐で、当時は商業銀行の頭取をしていたが、その銀行はヘレンの父親ともつながりが深かった。

ヘレンは一目で恋心を抱き、サー・ロジャーも同じ気持ちのようだった。ただ問題は、サー・ロジャーは独身ではあったが、十五歳も歳上で、当時のヘレンには荷が重いと感じられたことだった。

ヘレンは自分の将来像が描けず、アメリカに帰った。実業には興味がないし、学問ももう充分という気がしたのだ。帰国後は若い男たちがおおぜい近づいてきた。父親の財産が目当ての男たちも少なくなかった。だが、心を惹《ひ》かれる相手が一人もいなかったのは、心の底にサー・ロジャーへの思いがずっと残っていたからだった。サー・ロジャーとは週に一度、電話で話す付き合いが続いた。

やがてケープ・コッドの海辺の別荘で、ヘレンは朝食の卓越しに、父親に告げた。「お父さん、怒らないでね。わたし、またイギリスへいって……結婚しようと思うの」

父親は椅子にもたれて微笑んだ。「ロジャー・ラングも承知の上かな？」

「お父さん、知っていたのね」

「おまえが帰国したときからね。いつ決心をするかと思っていたんだ」

ヘレンはイギリスで身についた習慣で紅茶を注いだ。「でも彼は……知らないの」

「じゃ、ロンドンに飛んで話したらどうかな」父親はそう言ってまた《ニューヨーク・タイムズ》紙に目を戻した。

こうしてヘレン・ダーシーはレディ・ヘレン・ラングとなり、サウス・オードリー通りの家と、ノーフォーク州北部の海辺にあるコンプトン・プレイスという領地の邸宅での生活が始まった。幸福な結婚生活でただ一つ不足があるとすれば、なかなか子供ができないことだった。何度も流産をして、ようやく息子のピーターを授かったとき、ヘレンは三十三歳で、息子の誕生は奇跡としか思えなかった。

ピーターはヘレンの人生にさらに大きな喜びをつけ加えてくれた。ヘレンは自分の父親と同じように、息子の教育に熱意を燃やした。サー・ロジャーの許しを得て、アメリカの名門私立高校で何年か学ばせたが、その後、未来のサー・ピーターは、イートン校と陸軍士官学校《サンドハースト》で学業を了《お》えた。この進路は一族の伝統であり、ピーター自身、なんの異存もなかった。若者の望みはただ一つ、ラング家の代々の男たちと同じように立派な軍人になることだったからだ。

陸軍士官学校を卒業したあとは、父親にならって近衛歩兵第三連隊に入隊し、数年後、特殊空挺部隊《SAS》に転属した。母親譲りの語学の才を買われてのことだった。ボスニア紛争と湾岸戦争で実戦に参加。湾岸戦争ではイラク領土内での内容の明らかでない極秘作戦に従事して、戦功十字章を受けた。そしてもちろん、紛争がなかなか片づかない北アイルランドでの勤務も経験した。ピーターの語学の才は、外国語だけでなく方言の習得にも力を発揮し、芝居で俳優が口にする紛《まが》い物ではない、本物のダブリンやベルファストやアーマー州訛《なま》りを駆使することができたので、彼はアイルランド共和軍《IRA》暫定《ざんてい》派との果てしない戦いに重宝な存在となったのだった。

そんな生活を送るピーターにとって、女性は重要な意味を持たなかった。ときどきガールフレンドはできるが、どれも束の間の関係にすぎない。危険な任務が息子に与える精神的負担はそうとうなものだったが、軍人の妻であり母であるヘレンは耐えていた。ところが一九九六年三月のある日曜日、サウス・オードリー通りの自宅に電話がかかり、夫が出た。ゆっくりと受話器をおろし、こちらを向いた夫の顔は真っ青だった。

「あの子が死んだ」サー・ロジャーはぽつりと言った。「ピーターが死んだ」そして椅子にくずおれて泣きだした。ヘレンは夫の手を握り、ぼんやり宙を見つめていた。

雨の降るコンプトン・プレイスの聖母マリア万聖教会の墓地で、ヘレンの悲しみを理解していたのは、夫のほかには彼女の専属運転手ヘドリー・ジャクスンだけだった。ヘレンとサー・ロジャーのうしろに立ち、大きな傘をさしかけているヘドリーは、一部の隙もない灰色の制服に身を包んでいた。

ヘドリーは身長六フィート四インチ、ニューヨークはハーレムの出身だった。十八歳で海兵隊に入隊してヴェトナムで戦い、銀星章《シルバー・スター》と二つの名誉戦傷章《パープル・ハート》を授与されて生還した。その後ロンドンでアメリカ大使館の警備任務につき、黒人地区ブリクストン出身の娘と出会ったが、その娘はサウス・オードリー通りのラングストン宅で家政婦をしていた。結婚したヘドリーは除隊してラング家の運転手になり、広々とした地階に住んで、妻とのあいだに息子を一人もうけた。一家はこの上なく幸福な暮らしをしていたが、ある日、悲劇が襲った。ヘドリーの妻と息子が、北環状線で玉突き事故に巻きこまれ、即死したのである。

レディ・ヘレンは火葬場でヘドリーの手をずっと握っていた。サウス・オードリー通りの家から姿を消したときは、ブリクストンの酒場という酒場を捜した。そして自殺行為にひとしい飲み方をしていたヘドリーをコンプトン・プレイスに連れていき、ゆっくりと、辛抱強く、立ち直らせた。

それ以後、ヘドリーのヘレンに対する態度は、献身的という言葉でさえ言い表わせないものとなった。とりわけサー・ロジャーがピーターの死という恐ろしい事実を告げてからはそうだった。IRAが仕掛けた自動車爆弾の破壊力はすさまじく、ピーターの身体はかけらも残らなかった。雨の中に立つ三人には、一族の霊廟《れいびょう》に掲げられた銘板だけが、彼の死を悼むよすがだった。

ピーター・ラング少佐　戦功十字章受章　近衛歩兵第三連隊　特殊空挺部隊
一九六六年―一九九六年
　安らかに眠りたまえ

ヘレンは夫の手を握りしめた。夫はその数日で十歳は老けていた。かつて精力に溢《あふ》れていた男は、若いときなど一度もなかったような老人に変わっていた。安らかに眠りたまえ《レスト・イン・ピース》。その平和《ピース》こそが任務の目的だったのに、とヘレンは思った。北アイルランドの平和が。あの連中は息子を殺した。跡形もなく吹き飛ばした。まるで初めからあの子という人間がいなかったかのように。そう考えると、ヘレンは眉根《まゆね》を寄せたまま、泣くことができなかった。こんなことがあっていいはずはない。この狂った世界には正義など存在しないのか。牧師が祈りをあげる。

〝主言いたもう、我はよみがえりなり、命なり……〟。

　ヘレンは首を振った。違う。それは違う。そんなことはもう信じない。邪悪な者が罰を受けずに生きているかぎり。

くるりと背をひるがえし、夫の手を引いて歩きだすレディ・ヘレンを見て、ほかの会葬者は驚いた。ヘドリーも傘をさしかけたまま、あとに従った。

ヘレンの父親は病気で葬儀に出られず、数ヵ月後に亡くなって、娘に富豪数人分の財産を遺《のこ》した。さまざまな事業部門を擁する会社の経営陣は完全に信頼できる人々で、新しい総帥はヘレンの従兄《いとこ》と決まった。ヘレンと従兄は昔から仲がよく、会社は従来どおり一族のものと言ってよかった。ヘレンは廃人のようになってしまった夫の世話に専念したが、その夫は息子を追うように、一年後に亡くなった。

ヘレンは慈善事業に時間の一部を割くほかは、おもにコンプトン・プレイスで過ごすようになった。もっとも千エーカーの土地は、大規模農業を営む者に賃貸したが。

コンプトン・プレイスの魅力はあるていどの慰めになった。北海沿岸からわずか一マイル。ノーフォーク州のこのあたりはイングランドで指折りの純粋な田園地帯が残る地域だ。曲がりくねった細い道が縦横に走り、クレイ・ネクスト・トゥ・シー、スティッフキー、ブレイクニーといった名前の領地が点在し、小さな集落が不意に現われたと思うと、あとけどこまでいっても草地と森ばかりという、時間を超越したたたずまいである。

サー・ロジャーに連れられて、初めてこの地を訪れたときから、ヘレンは海霧《うみぎり》が流れこむ塩湿地や、小石の浜、砂丘、干潮時に広々と現われる濡《ぬ》れた浜に魅せられた。

ケープ・コッドで育った子供時代から、ヘレンは海と鳥が好きだったが、ノーフォーク州北部には鳥がたくさんいた。シベリアから渡ってくる黒雁《こくがん》、大杓鷸《だいしゃくしぎ》、赤脚鷸《あかあししぎ》、さまざまな種類の鷗《かもめ》。広い葦原《あしはら》の中を通る高さが六フィートもない土手道を徒歩や自転車でいく愉《たの》しさ。潮風を吸いこんだり、顔に雨を受けたりすると、たちまち生気が身体に満ちるのだった。

屋敷はもともとチューダー朝時代に建てられたが、現在残っている建物はおもにジョージ朝様式で、それ以後に増築された部分もある。手広い台所は第二次世界大戦後、趣味のいい田舎家風に改築された。食堂、玄関ホール、図書室、それに広やかな客間はオークの羽目板張り。寝室はいまは六部屋しかなく、あとの部屋は過去のいろいろな時期にバスルームや化粧室に変えられた。

敷地の大半は六人の農業経営者に貸しているので、屋敷の庭は六エーカーだけ。そのほとんどが林で、あとは広い芝生が二面とクローケー場が一面ある。引退した農夫がときどき庭の手入れにやってくるが、ヘレンの滞在中はヘドリーがトラクターで芝刈りをした。

雇い人はミセス・スメドリーという通いの家政婦のほか、必要に応じて村から掃除にやってくるべつの女性が一人。それで充分だった。ここでの静かな規則正しい生活が、ヘレンを生き返らせてくれた。村の人たちも親切だった。

イギリスの貴族社会には奇妙な掟《おきて》がある。ロジャー・ラングの妻として、ヘレンにはレディ・ラングと呼ばれる資格があるが、ファースト・ネームにレディをつける呼び方は高位貴族の娘にしか許されない。ところが、この土地の人たちには一徹な気風があり、彼女をレディ・ヘレンと呼ぶ。そして興味深いことに、ロンドンの社交界もその呼び方を踏襲したのである。

ヘレンは困っている人がいれば誰でも助けた。日曜日には欠かさず教会の礼拝に出て、運転手の制服をきちんと着たヘドリーもうしろの会衆席についた。夜、村のパブで一、二杯酒を飲んだりもする気取らない人柄で、そういうときもヘドリーは一緒だった。意外に思われるかもしれないが、ヘドリーも無愛想な村人たちに完全に受け入れられていた。そのきっかけになったのは、数年前のある驚くべき事件だった。

ある年、高潮と豪雨があいまって、古い製粉所跡と村を結ぶ細い水路が氾濫《はんらん》したことがあった。水が通りにあふれだし、村全体が浸水しそうになった。村人はなんとか閘門《こうもん》を開こうとしたができなかった。そこでヘドリーが金梃《かなてこ》を手に、胸まで水が来る水路に入り、何度ももぐって、ようやく古い留め金をはずし、門を開いたのだ。以来、ヘドリーはパブで酒の代金を払わせてもらえなくなった。

こうしてヘレンは、すでに生きがいを失っていたものの、まずまず平穏に暮らしていた。ところがある日、思いがけない電話がかかったのだ。それは結果的に見れば、二年前に息子の死を知らせてきた電話と同じように、悲劇をもたらす電話だった。

「ヘレンかね？」弱々しい声だが、聞き覚えがあった。

「そうですが、どなたですか？」

「トニー・エムズワースだ」

その名前はよく覚えていた。昔、夫の副官だった男で、のちに外務次官を務めた。しばらく会っていないが、もう七十を超えているはずである。そう言えば、彼はピーターの葬儀にも、夫の葬儀にも出なかった。当時ヘレンは不審に思ったものだった。

「まあ、トニー」ヘレンは言った。「いまどこにいるの？」

「田舎のコテージだ。ケント州のステュークリーという小さな村に住んでいてね。ロンドンからほんの四十マイルほどだが」

「マーサはお元気？」

「二年前に亡くなった。それはともかくヘレン、ぜひ会いたいんだ。死活にかかわる重大事といったらいいか」そこで苦しげに咳《せ》きこんだ。「とりあえず問題はわたしの死かな。肺癌なんだ。もう長くない」

「トニー。お気の毒に」

エムズワースは冗談の口調で、「自分でも気の毒でね」と言い、ついで切迫した声音で続けた。「ヘレン、とにかく会いにきてくれないか。死ぬ前に重荷をおろしたい。きみにあることを話したいんだ」

また激しい咳が聞こえてきた。ヘレンはそれがやむのを待った。「わかったわ、トニー。落ち着いてちょうだい。今日の午後、ロンドンに出て、一泊して、明日の朝できるだけ早い時間にうかがうから。それでいい？」

「ああ。それじゃ明日」電話が切れた。

電話を受けた図書室で、ヘレンは眉をひそめてじっと立っていた。妙に胸騒ぎがした。銀のシガレット・ケースを開いて煙草を一本とり、夫からもらったドイツ製の鼈甲《べっこう》のライターで火をつけた。

トニー・エムズワース。あの弱々しい声と咳を思い出すと、ヘレンはぞっとした。近衛連隊の颯爽《さっそう》とした大尉だったころは、艶聞《えんぶん》が絶えず、狐狩りの名手でもあった。その男からいまのような声を聞かされるのは愉快ではない。生者必滅。死はすぐそこまで来ている、とヘレンは思った。自分もそろそろそういう歳なのだ、と。

だが、それだけではない。ヘレンにはヘドリーも知らない秘密があった。胸と腕に妙な痛みがあるので、最近一人でロンドンに出たとき、ハーリー通りで開業する一流の医者の診察を受け、ロンドン・クリニックで検査を受けた。

ヘレンは、スコット・フィッツジェラルドが自分の健康について語ったことを思い出したものだ。〝わたしは偉い人のオフィスを訪ね、重い判決をもらって出てきた〟というような言葉。ヘレンの判決はそれほど重いものではなかった。原因はもちろん心臓で、狭心症と診断された。心配ありませんよ、と医師は言った。まだ何年も生きられます。薬をきちんと呑《の》んで、ゆったりと生活してください。狐狩りのような運動はもうだめですからね。

「これももうだめ」ヘレンは低くつぶやき、口の端をゆがめて微笑みながら、煙草を灰皿でもみ消した。いまのはこの何ヵ月か、何度となく胸のうちで繰り返してきた言葉である。ヘレンはヘドリーを捜しにいった。

ステュークリーは気持ちのいい村だった。狭い通りの両側にコテージが並び、パブと万屋が一軒ずつ。エムズワースが住むローズ・コテージは教会の向かいだった。ロンドンを発つ前に電話を入れたので、エムズワースはちゃんと待っていた。ドアを開けて出迎えたのは長身の、肉が落ちて病的な痩《や》せ方をした老人で、顔は骸骨《がいこつ》のようだった。

ヘレンは老人の頬にキスをした。「トニー、こんなにやつれて」

「そうだろう？」エムズワースはどうにか微笑んだ。

「わたしは車でお待ちしましょうか?」ヘドリーが訊《き》く。

「ヘドリー、きみにも会えて嬉《うれ》しいよ」エムズワースは声をかけた。「すまないが台所を手伝ってもらえるかな。家政婦は一時間前に帰したんだ。サンドイッチやらケーキやらを用意していってくれた。だからお茶を淹《い》れてもらえると助かるんだが……」

「お安いご用です」ヘドリーはそう答えて二人のあとから家に入った。

居間の大きな暖炉で薪が燃えていた。低い天井は梁《はり》がむきだしで、趣味のいい家具が配され、板石張りの床には数枚のインド絨毯《じゅうたん》が敷かれていた。

エムズワースは安楽椅子に坐《すわ》り、床にステッキを横たえた。傍らのコーヒー・テーブルには厚紙の表紙のファイルが一冊置いてあった。

「あそこにきみのご主人とわたしの写真がある。近衛連隊でわたしが准大尉だったころの写真だ」

ヘレンはサイドボードへ足を運んで銀色の額におさめられた写真を見た。「とてもハンサムだわ、二人とも」

戻ってきて向かいの椅子に腰をおろしたヘレンに、エムズワースは言った。「わたしはピーターの葬儀に出なかった。サー・ロジャーのときも」

「そうね」

「恥ずかしくて顔を出せなかったんだ」

何か容易に口に出せない事情があるようだった。ヘレンは早くもそれを胸の奥で感じとり、寒気が走るのを覚えた。

ヘドリーが紅茶のセットをのせた盆を運んできて、ヘレンの傍らの低いテーブルに置いた。

「食べ物はいいわ」ヘレンは言った。「あとのほうがよさそうだから」

「もう一つご苦労だが」エムズワースが言う。「サイドボードにウィスキーのデカンターがある。わたしに一杯、たっぷり注いでくれ。レディ・ヘレンにも一杯」

「わたしも飲みたくなるのかしら？」

「なると思う」

ヘレンはうなずいた。ヘドリーがグラスに酒を注ぎ、運んできた。「台所にいますから、ご用がありましたら呼んでください」

「ありがとう。来てもらうことになりそうだわ」

ヘドリーは暗い表情で台所にさがった。じっと立って考えるうちに、配膳《はいぜん》口の扉が二つあるのに気づき、両方をそっと開いた。うしろめたいが仕方がない。レディ・ヘレンのためだ。スツールに腰をおろして聞き耳を立てた。

「わたしは長いあいだ友人たちに嘘をついてきた」エムズワースは言った。「いや、妻のマーサも本当のことは知らなかった。みんなはわたしを外務次官だと思っていたが、じつは違ったんだ。秘密情報部に勤務していた。現場に出ていたわけじゃない。勇敢な男たちを汚れ仕事に送りだす役人だった。勇敢な男たちはしばしば命を落とした。ピーター・ラング少佐もその一人だった」

ヘレンの身体にまたあの寒気が走った。「そうなの」と慎重に言った。

「もう少し詳しく説明しよう。わたしは北アイルランドでの極秘任務を遂行する部署の責任者だった。任務の対象はＩＲＡだけでなく、王党派の準軍事組織もそうだった。彼らは証人を脅迫して法の裁きを免れていた」

「あなたはそれにどう対処したの？」

「秘密工作班をつくった。主要メンバーはＳＡＳの隊員で、目的はテロリストの処分だった」

「それは、暗殺という意味？」

「いや、その言葉は受け入れられない。彼らとは何十年も戦争状態にあるのだからね」

ヘレンは紅茶を注がず、ウィスキーを一口飲んだ。「わたしの息子もそういう仕事をしていたということかしら？」

「そう、彼は精鋭の一人だった。アイルランド語のいろいろな方言を駆使できたからね。ロンドンデリーの建設作業員のように話すこともできた。工作班のメンバーは五人。四人が男で、一人が女だった」

「それで？」

「全員、同じ週に死んだ。三人の男と女は射殺され……」

「ピーターは爆弾で殺された？」

沈黙が流れる中、エムズワースはウィスキーを飲み干した。それからサイドボードへいって、震える手でお代わりを注いだ。

「じつはそうじゃなかった。それはきみたちが聞かされた話だ」呷《あお》ったウィスキーがこぼれて顎《あご》をつたった。

ヘレンもグラスを干し、シガレット・ケースから煙草をとって火をつけた。「続きを話して」

エムズワースは椅子に戻り、身体を沈めた。顎でファイルを示す。「記録はそこにある。きみが知るべきことはすべて。これは国家機密保護法違反だが、どうということはない。わたしは明日にも死ぬ身だからね」

「話して！」ヘレンは語気を強めた。「あなたの口から聞きたいから」

エムズワースは深い吐息をついた。「じゃあ話そう。知ってのとおり、アイルランドの過激派組織は、カトリック側もプロテスタント側も、多くの分派を生んだ。中でも悪質な分派の一つに、〈エリンの息子たち〉という共和派のグループがある。ずっと以前はフランク・バリーという男が率いていた。きわめて凶悪な男で、プロテスタントの共和派という変わり種だった。最後は殺されたが、この男にはジャック・バリーという甥《おい》がいた。母親はアメリカ人。ニューヨーク生まれで、一九七〇年に、十八歳でヴェトナム戦争に従軍した。勤務は一期だけ。これはある種の不祥事のせいだ。なんでもヴェトコンの捕虜を何人も射殺したとかで、内密に本国送還となったらしい」

「そのあとIRAに入ったの？」

「大まかにいえばそうだ。ジャックは伯父《おじ》の跡を継いだ。異常殺人者で、以後ずっと自分の愉しみのために活動を続けてきた。もう一つ、あの男に関しては奇妙な事実がある。大伯父がかのバリー卿《きょう》なんだ。バリー卿は北アイルランドのダウン州に、スパニッシュ・ヘッドという海辺の領地を所有していた。いまはナショナル・トラストの所有だがね。ところでジャックの父親は彼が子供のころに死んだし、フランク・バリーはバリー卿が死ぬ前に殺された」

「つまりその領地はジャック・バリーのものということ？」

エムズワースはうなずいた。「ただ所有権は主張していない。表に出てくれば国家反逆罪で吊るされるからね」

「どうかしら。タワー・ヒルでの処刑はだいぶ前にやめたはずだけど。それよりトニー、お願いだから肝心のところを話して」

エムズワースはしばし目を閉じ、ため息をついてから、あとを続けた。「ドゥーリンという男がいてね。以前ジャック・バリーの運転手をしていたが、逮捕されてメイズ刑務所で服役していた。われわれは同じ舎房に密告屋を送りこんだ。その密告屋はコカインをたっぷり持ちこんで、ドゥーリンに生い立ちから何から全部喋《しゃべ》らせたんだ」

「まあ」ヘレンはぞっとした。

「そういうゲームなんだ。ドゥーリンは逮捕された当時、バリーの部下ではなかったが、以前バリーをストラモアまで車で送り届けたときのことを話した。バリーは何かの薬とウィスキーで上機嫌になって、イギリスの秘密工作班を殲滅《せんめつ》した話をしたが、それには〈エリンの息子たち〉のニューヨーク支部のほか、〈コネクション〉と称する人物の協力があったという。ドゥーリンがその〈コネクション〉とは誰なのか訊《き》いてみると、バリーは、正体は誰も知らないが、とにかくアメリカ人だと答えた。それから急に口が重くなったが、昔、マイケル・コリンズがイギリス当局の刑事の中に仲間を持っていたのと同じだとかなんとかいったらしい」

「つまりその〈コネクション〉というのは、アメリカでそうとう高い地位にいる人物らしいというわけね？　でもその人物はどうやってイギリス側の情報を手に入れたの？」

「イギリスの秘密情報部はホワイトハウスとつながりを持っているが、とくに和平交渉が始まってからはそのつながりが強まった。必要に応じて、イギリス側の情報が、味方ということになっている人たちに流されたんだ」

「息子の工作班の情報も流されたの？」

「そう。わたしはやりすぎだと思ったが、サイモン・カーター情報部副長官のようなお偉方が押しきったんだ。ドゥーリンはその後、監房で首を吊っているのを発見された」

ヘレンはサイドボードでウィスキーのお代わりを注いで、振り返った。「まるでボルジア家の陰謀のような話ね。ピーターが爆弾で殺されたんじゃないということを、あなたは話しぶっている。となるとこれが必要だわ」ヘレンは酒を半分飲んだ。「さあ、話してちょうだい、トニー」

「うむ、それで、その〈エリンの息子たち〉だが。連中は〈コネクション〉から手に入れた情報を仲間に伝えた。ダブリンやロンドンに連絡係がいるんだ」エムズワースの顔に苦悶《くもん》がありありと浮かんだ。「記録はそのファイルにある。すべての関係者、写真、何もかも。わたしが極秘ファイルからコピーをして……」

「ピーターのことを話して」

「連中はアーマー州南部で、パブから出てきたピーターを拉致《らち》した。バリーとのその部下たちだ。やつらはピーターを拷問した。だが何も喋らないので、結局、殴り殺してしまった。近くにアイルランド共和国まで通じる新しいバイパス道路の建設現場があって、大きなコンクリート・ミキサーが一晩中動いていた。死体はそこへ投げこまれたんだ」

ヘレンは椅子で黙ってエムズワースの顔を見つめていたが、不意にウィスキーの残りを喉《のど》に流しこんだ。

エムズワースは話を続けた。「やつらはピーターの車を大量の爆薬で吹き飛ばし、ピーターがそれで死んだように見せかけた。彼が死んだことをわれわれに知らせる必要があったが、葉書で顚末《てんまつ》を教えられるようなことじゃなかったわけだ」

エムズワースは少し酔っていた。ヘレンは叫び声をあげて口に手をあて、ぱっと立ちあがって部屋を出た。そしてバスルームの洗面台で何度も何度も吐いた。ようやく顔を洗って廊下に出ると、ヘドリーがいた。

「いまのを聞いたの？」

「ええ。大丈夫ですか？」

「少しましになったわ。お茶を淹《い》れて、ヘドリー。熱くて濃いのを」

ヘレンは居間に戻って腰をおろした。「それでどうなったの？　なぜ情報部は何もしなかったの？」

「全部秘密にしておくことに決めたんだ。だからきみたちにも真相は知らされなかった。われわれは部員にニューヨークとワシントンの共和派の人脈を調べさせた。ニューヨークには〈エリンの息子たち〉というダイニング・クラブがあった。会員全員の名前と写真がこのファイルにある。大物実業家が多いが、上院議員も一人いる。辻褄《つじつま》のあう話だよ。ロンドンからワシントンに提供された機密情報がＩＲＡの手に渡っていたんだ」

「でも、どうして何もしなかったわけ？」

エムズワースは肩をすくめた。「政治だ。大統領も、首相も――ボートを揺さぶりたくなかった。情報活動について少し説明するよ。きみはＣＩＡやＦＢＩが大統領にすべての情報を伝えると思うかね？　思わないだろう」

「それで？」

「イギリスでも同じなんだ。防諜部《MI5》も秘密情報部《MI6》も暗い秘密を抱えている。彼らはたがいに反目していて、ロンドン警視庁《スコットランド・ヤード》の対テロ捜査部や軍情報部とも仲がよくない。それはファイルを見ればよくわかるが、中に興味深い組織が二つ出てくる。一つはアメリカの組織で、一つはイギリスの組織だ」

「どういう組織のこと？」

「ホワイトハウスにブレイク・ジョンスンという男がいる。年齢は五十前後で、ヴェトナム、弁護士、ＦＢＩという経歴の持ち主だ。いまはホワイトハウスの庶務課長だ。庶務課は地階にあるので〈地下室《ベイスメント》〉と呼ばれている。その実体はアメリカ政府の極秘組織で、代々の大統領が受け継いできた。ＦＢＩやＣＩＡからは完全に独立していて、大統領に直接責任を負う。噂はごく曖昧《あいまい》だから、実在すると信じる者はいないがね」

「でも、実在しているのね？」

「そう。そしてイギリス首相も同じような組織を持っている。これもファイルにあるが、責任者はチャールズ・ファーガスン准将という人物だ」

「チャールズ・ファーガスン？　あの人なら昔からの知り合いだけど」

「きみが彼をどういう人物だと思っていたかは知らないが、彼の組織は、その世界では〝首相の私的軍隊〟として知られている。長年ＩＲＡを苦しめてきた組織だ。ファーガスンは国防省の庁舎にかなりの規模の本部を構えているが、責任は首相に対してだけ負うことになっている。だからほかの情報組織から嫌われているがね。ファーガスンの右腕はショーン・ディロンという元IRAの活動家、左腕はスコットランド・ヤードのハンナ・バーンスタイン主任警部だ。バーンスタインはなんとラビの孫娘。とんでもないグループだろう？」

「でも、それがどう関係するの？」

「要するに秘密情報部はファーガスン一統を関与させたくなかった。ファーガスンは首相に話すだろうし、ブレイク・ジョンスンとも個人的な繋《つな》がりがあるから、アメリカ大統領の耳にも入るかもしれない。そうなると困るからね」

「それでどうなったの？」

「情報部はホワイトハウスに当たり障りのない無価値な情報と偽情報を送るようになった。〈エリンの息子たち〉を検挙する方法はなかった。そのあと記録が失われた」エムズワースは書類挟みを手にとった。「このコピー以外はね。なぜこのコピーをとったのかは自分でもわからない。たぶん自己嫌悪からだったのだろう。さあ、これはきみが持っているべきだ」

咳きこみだしたエムズワースに、ヘレンはナプキンを渡した。そこに吐かれたものに血が混じっているのを彼女は見た。「お医者さんを呼ぶ？」

「あとで往診にくる。診てもらっても意味はないんだが」老人は陰惨な笑みを見せた。「話はそれだけだ。わたしはちょっと横になるよ」

腰をあげ、ステッキを拾いあげて、ゆっくりと廊下に出た。「すまなかった、ヘレン。本当にすまなかった」

「あなたのせいじゃないわ、トニー」

ヘレンは大儀そうに階段を昇っていくエムズワースを見送った。ヘドリーがファイルを持って背後にやってきた。「これを持っていかれるんでしょう」

「ありがとう」ヘレンはそれを受け取った。「いきましょう、ヘドリー。ここには死があるだけだわ」


細い田舎道を走るメルセデスの車内で、ヘレンは記録を読んだ。細かい記述の一つ一つ、写真の一枚一枚に目を通した。彼女の思いは、なぜかショーン・ディロンの上に長く注がれた。ブロンドの髪、冷静沈着な印象、人生は悪い冗談でしかないと悟った男の顔。ファイルを閉じ、座席に背を預けた。

「大丈夫ですか、レディ・ヘレン？」ヘドリーが訊いた。

「ええ、大丈夫。ロンドンに戻ったらあなたも読んでみるといいわ」

胸に疼痛《とうつう》を覚え、バッグから薬を取り出して、二錠呑《の》んだ。「ウィスキーをちょうだい、ヘドリー」

ヘドリーが銀色のフラスクを寄越した。「どうなさったんです？　ほんとに大丈夫ですか？」

「薬を呑んだだけ」ヘレンはまた座席にもたれて目を閉じた。「なんでもないの。とにかく、ロンドンに戻りましょ」

だが、なんでもないという言葉を、ヘドリーは信じなかった。顔に困惑の色を浮かべたまま、運転を続けた。

2

サウス・オードリー通りに戻ると、ヘレンは書斎でもう一度ファイルを広げ、文書と写真に目を通した。

ダイニング・クラブ〈エリンの息子たち〉の会員は興味深い面々だった。マイケル・コーハン上院議員、五十歳、スーパーマーケットやショッピング・モールを経営する一族の資金が背景にある。マーティン・ブレイディ、五十二歳、全米輸送労組《チームスターズ・ユニオン》の有力幹部。パトリック・ケリー、四十八歳、建設業界の大立者。トマス・キャシディ、四十五歳、アイルランド風テーマ・パブで財を築いた男。以上はみなアイルランド系アメリカ人だが、意外な人物が一人いた。ロンドンの有名なギャング、ティム・パット・ライアンだ。

台所へいってファイルをヘドリーに渡し、ポット一杯の紅茶を淹《い》れて書斎に戻り、パソコンを起動させた。操作は最近覚えたのだが、理想的な指南役のおかげで、意外にもめきめき上達した。

ヘレンはまず一族の会社のロンドン支店に助言を求めたのだった。コンピューター部門の社員がただちに最適な機種を選んで設置した。基本はすぐに覚えて、さらに高度な知識を身につけたくなると、もう一度会社に相談した。その結果、ある日サウス・オードリー通りに、風変わりな若い男が、ハイテク技術の粋を集めた電動車椅子に乗って現われた。客間の窓からその男を見て、玄関ホールに降りていくと、すでにヘドリーがドアを開けていた。歩道にいる若い男は肩まで垂らした髪と、よく光る青い目と、肉を削ぎ落としたような頬の持ち主だった。顔中にひどい火傷《やけど》を思わせる傷痕《きずあと》があった。

「レディ・ヘレンのお宅ですか？」ヘドリーのうしろに立ったヘレンに、男は明るく声をかけてきた。「わたしはローパーといいます。パソコンの技をいくつかお教えするよう言いつかってきました」そこでにやりと笑い、ヘドリーに言った。「申し訳ないが、車椅子を回して、うしろ向きに階段を昇らせてもらえないか？　この玩具《おもちゃ》にはそれができない」

玄関ホールでヘドリーがふたたび車椅子の向きを変えると、ヘレンは言った。「書斎へどうぞ」

書斎に入ると、ローパーはパソコンを見てうなずいた。「ああ、PK800。すばらしい」ヘドリーを見あげた。「昼食は結構だが、紅茶をいただけるかな。薬を呑まなければならないんだ、上級曹長」

ヘドリーの顔にゆっくりと笑みが浮かんだ。「将校だったんですか？」

「陸軍工兵隊の大尉だった。専門は爆弾処理」掲げた両手も火傷の痕で覆われていた。

ヘドリーはうなずき、書斎を出た。ヘレンは言った。「IRA？」

ローパーはうなずいた。「爆弾の扱いはなかなかうまかったのですが、ベルファストで小型のやつにやられました」首を振る。「油断しましたよ。おかげで新しい道に進めましたがね。父親にはなれません」ローパーはパソコンの前にすっと車椅子を進めた。「わたしはこれが大好きです。なんでもやってくれます。正しい要求をすればね」振り向いてヘレンを見あげる。

「ご希望はそれでしょう、レディ・ヘレン？　ありとあらゆることをさせるのが？」

「ええ、そう」

「わかりました。では、煙草を一本ください。いまの技術レベルをチェックして、何を教えてさしあげられるか考えましょう」

レッスンが始まり、きわめて特殊な技までが伝授された。ヘレンは国防省のコンピューターにも侵入できるようになった。引き続き優秀な生徒として学びつづけたが、ある朝、電話がかかった——これで三つ目の電話だ、こういう電話は必ず三つあるのだと、あとでヘレンは思った——それはローパーが腎不全《じんふぜん》で入院したという知らせだった。一命は取り留め、すでにスイスの病院に転院して療養中とのことだったが、それ以後、二度とローパーから連絡はなかった。

ヘレンはすばやくキーを叩《たた》きながら国防省の電子記録を渉猟し、検索する名前を打ちこんだ。簡単に情報が見つかるものもあったが、ファーガスン、ディロン、ハンナ・バーンスタイン、ブレイク・ジョンスンはだめだった。一方、スコットランド・ヤードの重要指名手配犯のファイルを見ると、ジャック・バリーの記録が何枚もの白黒写真とともに現われた。

「おまえは一度捕まってるんだから」とヘレンは独りごちた。「わたしたちが捕まえることもできるはずよ」

ヘドリーが台所からエムズワースのファイルを持ってきてデスクに置いた。「新しい野蛮人どもですね」

「というわけでもない。古い時代にもいた手合いよ。昔なら何か手を打っただろうけど」

「何かお持ちしますか?」

「いいえ。もう寝てちょうだい。わたしのことはいいから」

ヘドリーはしぶしぶ退出した。ヘレンはまたグラスにウィスキーを注いだ。これが活力の素のような気がした。レポート用紙を出そうと、デスクの一番下の引き出しを開けると、二五口径のコルトが目に入る。ホロー・ポイント弾の五十発入りの箱と消音器ともども、ピーターのボスニア土産だ。もちろん法に触れる土産だが、ピーターは母親の射撃の趣味を知っていた。ヘレンはコンプトン・プレイスに即席に作った射撃場で、よく拳銃《けんじゅう》と散弾銃の練習をするのだった。ヘレンはなかば無意識に手を引き出しに入れ、拳銃を取り出した。箱から弾薬を出して装塡《そうてん》し、消音器をねじこむ。しばらく銃を握ったあとで、デスクに置き、またファイルを調べはじめた。

ファーガスン准将はヘレンを魅了した。昔からの知り合いなのに、まったく未知の一面が隠されていたのだ。それにこのバーンスタインという女性——角縁眼鏡の穏やかな風貌《ふうぼう》の下に、四人の人間を殺した女がいる。しかも記録によれば、一人は女——殺されても文句は言えないプロテスタントのテロリストだった。

そして、ショーン・ディロンという男。北アイルランドに生まれ、ロンドンで父親に育てられた。俳優の道を志して、王立演劇学院に通う。十九歳のとき、ベルファストに里帰りした父親が、英陸軍落下傘部隊員の誤射により死亡。ディロンは故郷に帰り、ＩＲＡに参加した。「十九歳の若者がやりそうなことだわ」ヘレンは低くつぶやいた。「その後は街頭という劇場で活躍したのね」

ディロンは最も恐れられるＩＲＡ闘士となった。殺した人間は数知れない。イギリスの情報組織に〝千の顔を持つ男〟と呼ばれた変装の名人。ただし自動車爆弾などを使う無差別テロで民間人を殺したことは一度もない。逮捕歴はなかったが、旧ユーゴスラヴィアの子供たちに飛行機で医療物資を届けようとして、セルビア人勢力の刑務所に収監される（積荷にはスティンガー・ミサイルも混じっていたらしい）。銃殺隊の前に立たされるところをファーガスン准将に救われ、以後、脅されて准将の下で働く。

ヘレンはまた〈エリンの息子たち〉の調査に戻り、ティム・パット・ライアンの記録にたどり着いた。ライアンの経歴は汚辱にまみれていた。麻薬、売春、みかじめ料稼ぎ。ロンドンのIRA実行部隊に火器や爆薬を供給している疑いが持たれているが、証拠はつかめていない。ウォッピング地区のチャイナ埠頭《ふとう》で〈船乗り亭〉というパブを経営。ヘレンは本棚からロンドンの市街地図をとり、チャイナ埠頭の位置を確かめた。

それから煙草に火をつけ、椅子にもたれた。このライアンという男は獣だ。ジャック・バリーやその一統と同罪、あるいは少なくとも、共犯としての罪は免れない。息子の身に起きたことが、脳裏にしつこくまとわりつく。ヘレンは煙草をもみ消し、ソファに身体を横たえた。

有名な心理学者カール・ユングは〝共時性〟という概念を提唱した。たまたま同時に起こった複数の出来事が、単なる偶然を超えた深い意味を持つと感じられるほど不思議な一致を示すことを指す。そのような不思議な一致が、まさにこのとき、ロンドンはキャヴェンディッシュ・スクェアにあるファーガスン准将のフラットで起こったのである。准将は優雅な客間で暖炉のそばに坐《すわ》り、ハンナ・バーンスタイン主任警部は准将と対座し、ディロンはサイドボードでグラスにブッシュミルズを注いでいた。ディロンは黒革のボマー・ジャケットを着て、首に白いスカーフを巻いていた。

「ウィスキーは勝手に飲んでいいぞ」ファーガスンがディロンに言った。

「いつも勝手に飲んでるさ」ディロンはにやりと笑った。「あんたの期待を裏切りたくないからね、准将」

バーンスタインがファイルを閉じた。「以上です、准将。いまのところ、ロンドンのIRA実行部隊は活動していません」

「不本意ながら、その報告を受け入れる」准将は応えた。「むろん、お偉い政治家の諸氏はわれわれに穏便な活動を要求するだろう」ため息をつく。「ときどき、和平交渉が始まって事が複雑になる前の時代が懐かしくなることがあるよ」眉《まゆ》をひそめるバーンスタインににやりと笑いかける。「わかっておる。いまのは高潔な倫理観を持つきみには不快な発言だ。ともかく、いまの報告を首相に伝えるとしよう。ロンドンの実行部隊は活動していない、と」

ディロンはブッシュミルズのお代わりを注いだ。「われわれの知るかぎりはね」

「おまえさんは不承知か？」

「見えないからといって存在しないとは言いきれない。王党派の側にはアルスター義勇軍《UVF》や王《L》統派義勇軍《VF》がいて、テロや暗殺を続けてきたことは周知の事実だ」

「人殺しをね」と、バーンスタイン。

「それは見る者の立場による。連中は勇敢なる自由の戦士のつもりだよ。イスラエル建国時のユダヤ人の反英テロ組織、シュテルン団と同じでね」ユダヤ人のバーンスタインに歴史を思いださせる。「かたや共和派にはアイルランド民族解放軍《INLA》やジャック・バリー率いる〈エリンの息子たち〉がいる」

「あの悪党め」ファーガスンがうなずく。「やつを捕らえるためなら退職年金をくれてやってもいい」

「双方に跳ね上がりの分派があるからね。どれだけいるかは神のみぞ知るだ」と、ディロン。「それについて当面できることはほとんどない」バーンスタインが言う。「准将のおっしゃるとおり、お偉方たちは何もするなといっているから」

ディロンはテラスに面した窓へいき、外を眺めた。雨が激しく降っていた。「そうはいっても、この街には血の雨を降らせたがっている悪党どもがいるのは事実だ。たとえば、ティム・パット・ライアンとかね」

「あの男なら何度検挙を試みたことか」バーンスタインが指摘した。「でも彼はロンドンで最高の弁護士軍団を従えている。たとえセムテックス（訳注　プラスチック爆薬の一種）を手にしているところを捕まえても、有罪にするのは難しいわ」

「それはそのとおり」と、ディロン。「しかし、やつがIRAに物資を提供しているのは間違いない事実だ。それはわかっている」

「でも、立証できない」

ファーガスンが割りこんだ。「おまえさんはまた処刑人をやりたいのだろう」

ディロンは肩をすくめる。「やつが死んで悲しむ者はいないんだがな。スコットランド・ヤードの連中はシャンパンで乾杯するよ」

「妙なことは考えるな」ファーガスンは腰をあげた。「今夜は早く寝るとしよう。子供たちはもう帰っていいぞ。わしの運転手がダイムラーで待っておるからな、主任警部。それじゃお寝《やす》み」

二人が玄関のドアを開けると、雨脚は依然として激しかった。ディロンは玄関ホールの傘立てから傘をとり、開いて、バーンスタインと一緒に車までいった。後部座席に乗りこんだバーンスタインが、窓を少しおろした。

「平穏無事だとあなたのことが心配になるわ。とくに危険な男になるから」

「早く帰りなよ。でないと気があるのかなと思ってしまう」ディロンはにやりと笑った。「明日の朝、オフィスで会おう」

ディロンは傘をさして足早に歩きだした。住居は歩いて五分のステイブル・ミューズにある。玄関をくぐったとき、ディロンは妙に落ち着かなかった。小さな家はヴィクトリア朝風で、磨かれた木煉瓦《もくれんが》の床に何枚かの東洋段通を散らし、暖炉の上にはヴィクトリア朝の偉大な画家アトキンスン・グリムショーの油絵がかけてある。過去の悪事のおかげで、ディロンはけっして貧しくはない。

ブッシュミルズをグラスに注ぎ、グリムショーを眺めながら、ティム・パット・ライアンのことを考えた。神経が昂《たか》ぶって眠れそうにない。腕時計を見ると、時刻は十一時三十分。サイドボードへ引き返して、デカンターの栓を抜き、グラスのウィスキーを戻した。

壁の入り込みに置いた本棚から本を三冊抜きとって、裏表紙を開き、消音器を装着済みのワルサーPPKを取り出す。本を戻し、銃を点検して、ジーンズの背中側に差した。表はまだ篠突《しのつ》く雨で、傘を持って家を出た。ガレージの扉を開くと、ブリティッシュ・レーシング・グリーン（訳注　濃緑色）のミニ・クーパーが待機している。小ぶりだが時速百マイルはかるく出て、街乗りに最適の車だ。ディロンは乗りこみ、ステイブル・ミューズの出口までくると、煙草に火をつけた。

「よし悪党め、ご機嫌伺いにいくぞ」そうつぶやいて車を発進させた。

同じとき、レディ・ヘレンはソファで転寝《うたたね》から覚めた。目の前にティム・パット・ライアンの顔がちらついている。さっき最後に見た写真の顔だ。起きあがったヘレンは、顔が汗にびっしょり濡《ぬ》れていた。夢の中でライアンが、嘲《あざけ》り笑いながら自分を痛めつけていたのを思い出した。立ってデスクまでいき、開いたままのファイルを見おろすと、ライアンが見つめ返してきた。

ヘレンはコルトを取り上げて掌で重みをはかった。もはや避けがたい何かが動きだしていた。玄関ホールでトレンチコートとレイン・ハットで身を固めた。コートハンガーにかけたショルダーバッグを開き、現金が入っているのを確かめて、銃をコートのポケットに入れる。それから傘をとって外に出た。

傘で激しい雨をしのぎながら、サウス・オードリー通りを急ぎ足で歩き、近くのドーチェスター・ホテルに向かった。そこではいつもタクシーが客待ちをしている。だが、たまたま一台が反対車線をやってきたので、手を振って、通りを駆け足で渡った。

「ウォッピング・ハイ通りへ」車に乗りこんだヘレンはそう言った。「ジョージ・ホテルのそばでおろして」

ヘドリーは地階のフラットに降りたものの、寝る気にはなれず、暗い部屋で肘《ひじ》掛け椅子に坐り、なぜともなくレディ・ヘレンの身を案じていた。玄関ホールに足音がしたので、立って階段の昇り口へいってみた。玄関のドアが開け閉《た》てされる音がしたので、上着をつかみ、階段を昇って玄関のドアを開けた。レディ・ヘレンが傘を揺らしながら歩道を小走りに歩き、手を振ってタクシーをとめるのが見えた。ヘドリーは路上駐車してあったメルセデスに急いで乗りこみ、エンジンをかける。そしてタクシーが通りの反対側を走りだすと、あとをつけた。

ディロンはロンドン塔、セント・キャサリンズ・ウェイを経て、ウォッピング・ハイ通りに入った。ジョージ・ホテルの前を過ぎ、裏通りの迷路を縫って、袋小路に駐車する。車を降りてロックし、両側に朽ちかけた高い倉庫が並ぶ道を足早に歩いて、チャイナ埠頭に出た。艀《はしけ》が何隻か停泊しているだけで、普通の船はなく、使われなくなって久しいクレーンが空にそびえていた。

〈船乗り亭〉は古い埠頭のはずれにあった。ディロンは腕時計を覗《のぞ》いた。午前零時で、閉店時間はとうに過ぎている。影の中で様子を見ていると、厨房《ちゅうぼう》のドアが開き、明かりがこぼれ出た。ティム・パット・ライアンと女が一人姿を現わした。

「じゃあまた明日、ロージー」

ライアンが女の頰にキスをし、女は暗がりのディロンに気づかず足早に歩み去った。ディロンは手近な窓から店の中を覗いた。ライアンがカウンターに坐り、手もとにビールのグラスを置いて、新聞を読んでいた。どうやら一人のようだ。ディロンは厨房のドアをそっと開けて中に入った。

サロンの内装は古風で、カウンターはマホガニー製。大きな鏡があり、その両側に金塗りの天使像が立っていた。〈船乗り亭〉はヴィクトリア朝以来のパブで、当時は毎日何十隻もの船がテムズ川を航行し、埠頭《ふとう》で貨物の積み下ろしをした。数段のガラス棚に酒の瓶がずらりと並び、象牙《ぞうげ》の取っ手がついたビール・ポンプが設置されている。ライアンはこの店を誇りとし、つねに清潔整頓《せいとん》を心がけていて、真夜中の静かな店内で、一人《スタンダード》紙を読むのが好きだった。ドアの蝶番《ちょうつがい》がかすかに軋《きし》り、隙間風が新聞をかるくそよがせた。振り返ると、ディロンがサロンに入ってきた。

「勉強家に神の恵みがありますように」ディロンは陽気に言った。「まだまだ世の中捨てたものじゃないね。おまえさんのようなやつが文字を読めるんだから」

ライアンの顔が石のように強張《こわば》った。「なんの用だ、ディロン？」

「あなたにも神の恵みがありますように、というのが正しい応《こた》え方だ。アイルランド人がそれを知らないのは嘆かわしい」

「踏みこまれる理由はないぞ。おれは潔白だ」

「潔白なんてことは万に一つもありえないね」

ライアンは立って上着の前を広げた。「捜してみろ。銃は持ってない」

「わかってるよ。あんたは抜け目のない男だ」

「勝手に入ってくる権利はないはずだ。おまえは刑事じゃない」

「そのとおり。だが、おれは刑事以上の存在、おまえの最悪の悪夢なんだ」

「出ていけ」

「さもないと叩《たた》き出すか？　それはなさそうだな」ディロンはカウンターの上げ板をあげて中に入り、ブッシュミルズの瓶をとり、グラスに注いだ。「本当はおまえのようなくそ野郎とは飲まない主義だが、今日は一杯やることにする。外が寒いからな」

感情のかけらも見せずにライアンが言った。「警察を呼んでもいいんだぞ」

「どういう理由で？　おれも銃は持ってないぞ」ディロンはにやりと笑って嘘をついた。「わかるかな、いまはそういうご時世なんだ。北アイルランド相、シン・フェイン党、王党派がベルファストで和平交渉をしているときに、銃なんか必要ないだろう？　おれのボスは許さない」

「なんなんだ？　なんの用だ？　なぜおれにつきまとう？」

「これは定期的な見回りだ。おまえに注目していると知らせるためのな。バーミンガムとロンドンの部隊に供給したセムテックス――あれは何件の爆弾テロに使われたんだったかな。三件か？　バーミンガムのショッピング・モールでは四人の主婦が殺された。あれがおまえのせいなのはわかってる。まだ、証明はできないがな」

「よくいうぜ。おまえこそ運動のために何人殺した？　敵方に寝返るまで、二十年近く人殺しを続けたくせに」

「だが、麻薬を売ったり若い女に売春をさせたりしたことはない」ディロンは言った。「そこに違いがある」ブッシュミルズの残りを飲み干し、グラスを置いた。「外は寒くて暗い。おれはいつだって闇の中にいるからな。ＩＲＡの古いスローガンをもじれば、いつかおれの日がくるってやつだ」

身体の向きを変えて厨房への入り口に向かうディロンに、ライアンが怒鳴った。「このくそ野郎め。おれはティム・パット・ライアンだ。きさまなんかに舐《な》められてたまるか」だが、すでにドアは静かに閉まっていた。

ライアンは怒りに任せてカウンターの上げ板をはねあげ、古風な金銭登録機《レジスター》を開けて、引き出しの奥から三八口径のスミス・アンド・ウェッスンを取り出した。弾はいつも全弾こめてある。それからカウンターを出て、厨房に向かった。

ヘレンはウォッピング・ハイ通りにあるジョージ・ホテルの外でタクシーに料金を払った。市街地図を思い出しながら、通りを渡り、狭い裏通りに入る。赤信号で二台の車にはさまれたヘドリーは彼女が姿を消すのを見た。低く毒づき、信号が青に変わると、その裏通りに乗り入れてヘッドライトをハイビームにしたが、もうレディ・ヘレンの姿は見えなかった。その先は朽ちかけた倉庫が並ぶ迷路だ。こんなところでいったい何をする気だろう？　不安に胸を騒がせながら、ヘドリーはゆっくりと車を進めた。

レディ・ヘレンは土砂降りの雨を高く掲げた傘で受けて歩き、難なくチャイナ埠頭を見つけた。パブの窓には明かりがあり、外壁のガス灯が〈船乗り亭〉という看板を照らしている。ガス灯の光は埠頭の端までにじみ、その向こうは黒い川面で、対岸に灯火が見えていた。ヘレンは迷った。パブの入り口付近に駐《と》めてある大型のレンジ・ローヴァーは、おそらくライアンの車だろう。

　傘の内から見ていると、厨房のドアが開き、男が出てきた。それがファイルの写真で見たディロンだとわかると、ヘレンは驚き、うしろへさがった。ディロンは埠頭を横切りながら煙草に火をつける。するとまた厨房のドアが開いて、紛れもないティム・パット・ライアンが飛び出してきた。

「ディロン、このくそ野郎」ライアンは叫んだ。手にした拳銃《けんじゅう》がガス灯の明かりで見えた。「これでも食らえ」

　ディロンは笑った。「納屋の大扉にも当たらないだろうよ。いつも手下に撃たせるからな」

　ディロンも背中から拳銃を抜いた。ライアンが撃ってくると、腰をかがめ、姿勢を安定させようと片足を前に踏み出した。が、そこには油がこぼれていて、ディロンは転倒し、取り落としたワルサーが遠くへ滑った。

　ライアンは勝ち誇って笑った。「これで終わりだな」とふたたび撃つ。

　ディロンは必死で身体を転がし、埠頭の縁から暗い川に飛びこんだ。水はひどく冷たい。浮かびあがると、覗きこむライアンの顔があった。

「よし、そこか」

　ライアンがスミス・アンド・ウェッスンを持ちあげる。と、そのとき、声がした。「ミスタ・ライアン」

　ライアンが振り向く。ディロンはこもった咳《せき》のような音を聞いた。消音器付き拳銃の発射音だ。ライアンがのけぞり、ディロンの脇の水面に落ちた。浮かびあがったライアンは、眉間《みけん》に穴をあけられていた。ディロンは死体を押しのけ、岸壁の環付きのボルトをつかんだ。上で足音が聞こえたが、だれも覗きこんでこない。ふたたび届いてきた声にはアイルランド訛《なま》りがあった。

「大丈夫、ミスタ・ディロン？」

「大丈夫だが、あんたは誰だ？」

「あなたの守護天使よ。今後も気をつけて」

足音が遠ざかる。ディロンは木製の梯子《はしご》まで泳いでそれを昇った。頭を埠頭の上に出すと、女が影の中に入るところがちらりと見えた。傘をさした黒っぽい姿はすぐに消えた。

埠頭にあがると身体から水が流れ落ちた。ワルサーが落ちていて、近くにライアンの拳銃もあった。ディロンはワルサーをジーンズに差し、スミス・アンド・ウェッスンを拾いあげて、埠頭の縁へいった。見おろすと、ライアンの死体がなかば水に浸かって浮いていた。銃を川に投げ捨てた。

「地獄で反省するといい」そう言い捨てて、急いでミニ・クーパーに戻った。

グラブ・コンパートメントから携帯電話を取り出し、キャヴェンディッシュ・スクェアにかけた。ファーガスンの不機嫌な声が応えた。「誰だ？」

「おれだ」

「まったく何時だと思っておる？　わしはもうベッドの中だ。明日の朝まで待てんのか？」

「それが待てなくてね。古い友人が旅立っていったんだ」

ファーガスンの声音が変わった。「この世から？」

「そういうこと」

「すぐにここへきたまえ」

「その前に家に寄らないと」

「なぜ？」

「テムズ川で一泳ぎしたからさ」ディロンは電話を切り、車で走り去った。

ファーガスンはしばらく考えてから、電話をかけた。バーンスタインはすぐに出た。「もう寝ていたか？」

「いえ、本を読んでいました。なんとなく眠れなくて」

「電話で緊急処理車輛《しゃりょう》を一台手配してくれ。ショーンがちょっとしたトラブルに巻きこまれたらしい」

「深刻な事態ですか？」

「墓を一つ造ることになりそうだ。きみもすぐくるように」

ファーガスンは受話器を置き、ベッドから出てガウンを着た。それから元グルカ兵で召使いのキムを電話で起こして、紅茶の用意を命じた。

ヘドリーが諦《あきら》めかけていると、目の前の歩道のはずれにレディ・ヘレンが現われ、こちらにやってきた。あとからボマー・ジャケットにジーンズという格好の若い男が三人、角を曲がってくる。ニューヨークやロンドンなど、世界中の大都市に棲息《せいそく》する若い野獣どもだった。下卑た笑い声が聞こえてきた。男たちはレディ・ヘレンにまとわりつき、バッグを奪おうとした。ヘドリーは怒りに駆られ、車をとめて飛びだした。

「やめろ!」

男の一人がレディ・ヘレンを建物の壁に押しつけている。男たちは一斉にこちらを向いた。

「すっこんでろよ、黒んぼ。おまえには関係ねえ」

男たちが近づいてくると、ヘドリーの中ですべてが甦《よみがえ》った。ヴェトナム、デルタ地帯、さまざまな戦闘の技。バッグを持った男の手首をつかんでねじり、伸ばさせた肘に拳《こぶし》を打ちおろして骨を折る。次いで右肘を背後の男の鼻に叩きこみ、左足で三人目の脚をこすりおろして膝蓋《しつがい》骨《こつ》をはずした。

三人は歩道に横たわって苦痛の叫びをあげた。ヘドリーはバッグを拾いあげてレディ・ヘレンの手をとった。「いきましょうか」

「ヘドリー、あなたは情け容赦がないのね」

「手加減するなんて無意味です」

「ここで何をしているの?」

「あなたが家を出るのに気づいて、あとを追ってきたんです。タクシーを降りたあとで見失いましたがね」

ヘドリーはドアを押さえてレディ・ヘレンを車に乗りこませ、自分も運転席についた。ヘレンはかるく息を弾ませながらバッグを開き、小瓶を出して、掌に薬を二錠振り出した。

「フラスクをちょうだい、ヘドリー」

「おやめになったほうがいいですよ」

「早くちょうだい」執拗《しつよう》な声に負けて、ヘドリーがしぶしぶフラスクを寄越す。一口呷《あお》って薬を呑《の》みくだすと、喉《のど》から熱いほてりが広がった。「サウス・オードリー通りへ戻って荷物をまとめましょ。明日の朝、コンプトン・プレイスに戻るから」

ヘドリーが車を出しながら不安げに訊《き》いた。「大丈夫ですか？」

「最高の気分よ。いまティム・パット・ライアンを処刑してきたの」

ヘドリーは車体がぶれるのをさっと戻した。「ご冗談でしょう」

「とんでもない。いま話してあげる」

　キムがドアを開けてディロンを迎え入れた。客間に入ると、トラック・スーツ姿のハンナ・バーンスタインがファーガスン准将と向きあって坐《すわ》っていた。准将はパジャマの上にガウンを着ている。

「みなさんに神の恵みがありますように」ディロンは言った。

「芝居のアイルランド人はたくさんだ、ディロン。最悪のニュースを話したまえ」ファーガスンがうんざりした声で言う。

ディロンは手短に話してから、サイドボードでブッシュミルズを注いだ。

「まったくきさまという男をどうしてくれよう」ファーガスンが語気鋭く言う。「いまの政治情勢がわかっておるのか？　何もするなといわれているのに、何を血迷ったか、わざわざトラ

な男でした」

「たいした損失はないと思いますが、准将。ライアンは石を引っくり返すと出てくる虫みたい

珍しくバーンスタインがかばった。

「ちょっとプレッシャーをかけにいっただけなんだがな」

ブルを求めて出かけていくとは」

「わしも嬉《うれ》しくなくはない」と、ファーガスン。「しかし、これをどう処理するか。特別保安部《スペシャル・ブランチ》の優秀な頭脳はどういう意見かね？」

「放っておけばいいでしょう。死体はじきに発見されて、警察が捜査します。はっきりいって

ライアンは人間の屑《くず》で、敵が無数にいますから。これはわれわれの問題じゃありません」

「そうだな」ファーガスンが言う。

ディロンは首を振った。「やれやれ、冷酷非情な女だね。おれが恋した育ちのいいユダヤ娘

はどこへいったのかな？」

「あなたと仕事をしているとこうなるのよ」バーンスタインはファーガスンに向き直る。「そ

れよりわれわれの関心事はそのアイルランド訛りのある女性です。われわれの手助けをしてく

れたわけですが、何者かは知っておく必要があるでしょう。准将さえよろしければ、国防省の

コンピューターで各情報組織のデータを調べてみますが」

「よろしく頼む、主任警部。王党派がらみかもしれん」

「そうじゃないな」とディロンは言う。「王党派はたいていおれと同じでアルスター訛りだが、

あのご婦人は違ってた」

「まあいい」ファーガスンは立ちあがった。「きみは空いた寝室を使いたまえ、主任警部。この雨の中、家に帰らせるのは気の毒だ」

「ありがとうございます」

准将は振り返る。「もちろん、おまえさんは歩いて帰るんだぞ、ディロン。アイルランド人は雨に慣れてることだしな」

「おお、お殿様に神の恵みあれ。それでは靴が減らんよう、紐《ひも》と紐を結んで首にかけて、ステイブル・ミューズまで歩いて帰りましょう」

ファーガスンは大声で笑った。「黙っていけ、この悪党」ディロンは出ていった。


サウス・オードリー通りの家の書斎で、レディ・ヘレンがデスクに広げたファイルを読んでいると、ヘドリーが紅茶のセットを盆にのせて入ってきた。盆をテーブルに置き、カップにお茶を注ぐ。

ヘレンは英国風にミルクを加えて一口飲んだ。「おいしい」そう言って、ふたたびファイルの上にかがみこむ。「考えてみると変ね。ライアンはリストの最後なのに、最初に死んだ」

「レディ・ヘレン、こんなことは続けられませんよ」

「いいえ、続けられるわ。わたしにはうんとお金があるでしょ？　この連中はわたしの息子がむごたらしく殺されたことに直接の責任があるの。おかげで夫もあとを追うように死んでしまった。それにヘドリー。わたしにはもう時間がないの。わたしが呑んでる薬——あれは心臓病の薬なのよ」

ヘドリーは衝撃を受けて椅子にへたりこんだ。「気づきませんでした」

「そうとわかったいまでも、やっぱり反対する？　なんならイングラム先生に電話して、わたしの気が狂ったと知らせてもいいのよ。警察に電話して、わたしを殺人犯として逮捕させてもいい。あなたしだいよ」

ヘドリーは腰をあげた。「あなたはこの世の誰よりもわたしによくしてくださった」ため息をつく。「気が進まないのは変わりませんが、一つだけ確かなことがあります。あなたが誰かの助けを必要としているときは、わたしがお助けする。あなたがわたしを助けてくださったように」

「ありがとう、ヘドリー。もう寝《やす》んでちょうだい。明日の朝、コンプトン・プレイスに帰りましょう」

ヘドリーが退室すると、ヘレンはディロンのことを考えた。それからソファに横になって、キルトの掛け布団を身体にかけた。

ロンドン　ワシントン　アルスター　ロンドン

3

ハンナ・バーンスタインの国防省のコンピューターを使った調査は徒労に終わった。アイルランド共和国政府や北アイルランドのリズバーンにある英陸軍本部のデータも検索したが、何も出ず、問題は棚上げとなった。ライアンの死は何日か世間を騒がせ、新聞はイースト・エンドその他のギャング間の抗争を取り沙汰《ざた》した。スコットランド・ヤードでは誰も涙を流さず、暗黒街の情報提供者に探らせても成果がないので、やはり事件は棚上げにされた。もちろん捜査が打ち切られたわけではないが、事実上休止状態となった。

コンプトン・プレイスで、ヘレンはよく食べ、長い散歩をし、新鮮な空気をたっぷり吸った。古い納屋で拳銃射撃の練習をかさね、しぶるヘドリーから指導を受けた。ヘドリーの実力を思い知らされたのは、ある日の午後のことだった。ヘドリーは、リー・ロジャーが長年のあいだに集めた銃の一つであるブローニングの拳銃を取り上げ、弾をこめた。納屋の反対側の端にはダンボールを切り抜いた標的が七つ立ててある。標的が襲いくる中国兵をかたどっているのは、サー・ロジャーが朝鮮戦争に大佐として従軍したときのなごりだった。

「見ていてください」

距離はおよそ三十フィート。さっと手をあげてすばやく連射すると、標的全部が頭を射抜かれていた。残響が消えていくあいだ、ヘレンは驚嘆の色を顔に表わしていた。

「信じられない」

「兵士として訓練を受けましたからね。あなたも腕はいいですが、拳銃はやはり近くから撃たないと確実じゃありません」

「どれくらい近づいたほうがいいの？」

ヘドリーはブローニングの握把に新たな弾倉を叩《たた》きこみ、ヘレンに渡した。「ついてきてください」そう言って中央の大きな標的まで先に歩いた。「心臓に銃口をつけて、引き金を引く」

ヘレンは言われたとおりにした。「ここまで近づくんです」

「ライアンとの距離は十二フィートあったわ」

「だからはずす可能性がありました。逆に撃たれたかもしれません」

「わかった。でも、とにかくテーブルの位置から練習しておくわ」

「どうぞ」

そのテーブルの上で携帯電話が鳴った。ヘドリーが蓋《ふた》を開き、ヘレンに渡した。「ヘレン・ラングです」しばらくして、ヘレンはうなずいた。「知らせてくださってありがとう。ご冥福をお祈りします」電話を切ってヘドリーを見た。「トニー・エムズワースが亡くなったって」

「お気の毒に。それで、ご葬儀はいつ？」

「水曜日」

「いかれますか？」

「もちろん」ヘレンは冷静だったが、目には苦しみがにじんでいた。「今日はもういいわ、ヘドリー。家に戻りましょう」そう言って歩きだした。

ステュークリーで葬儀が営まれた朝は麗らかに晴れていた。ロンドンから車で一時間なので、教会は満員だった。ヘレンは通路をはさんで反対側の会衆席にファーガスン、ハンナ・バーンスタイン、ディロンの姿を認めて、ほとんど愉快な気分になった。教会の出口で、喪主であるトニー・エムズワースの甥《おい》夫妻と握手をした。

「今日はどうもありがとうございました、レディ・ヘレン」夫妻は声をそろえて挨拶《あいさつ》した。「村はずれのカントリー・ホテルでささやかな会を催しますので、ぜひいらしてください」

ヘレンはその会に出た。ホテルのラウンジは立てこんでいた。高級なものではないシャンパンのグラスを受け取ったとき、チャールズ・ファーガスン准将がこちらを見つけ、人ごみをかき分けてきた。

「やあ、ヘレン」准将は彼女の両頰にキスをした。「どう見ても五十歳より上には見えない。どういう秘訣《ひけつ》があるのかな？」

「相変わらず優しいのね、チャールズ。少しお世辞がよすぎるようだけど、女性を喜ばせる技はお見事だわ」ヘレンは准将の脇にいるバーンスタインに顔を向けた。「あなた油断してはだめよ。ウルグアイ大使夫人と事を起こしたときは、大使から決闘を申しこまれたんですからね」

「これはひどいな、ヘレン。この美しい女性はわしの補佐官、ハンナ・バーンスタイン主任警部だ。それからここにいるアイルランドの悪党はショーン・ディロン。トニーをよく知っていた男です」バーンスタインとディロンに紹介する。「この方はレディ・ヘレン・ラングだ」

ディロンはゆったりした濃紺のアルマーニのスーツを着ていた。ヘレンは握手をしながら、たちまちこの男が好きになった。そのとき、誰かに呼ばれてファーガスンが離れていき、バーンスタインとディロンもあとに従った。

ファーガスンは自分を呼んだ相手に挨拶をする。ディロンは准将を脇へ引っ張っていった。

「レディ・ラングというのはどういう人だい？」

「ご亭主とは朝鮮戦争で一緒に戦った仲だ。子息のピーター・ラング少佐は近衛連隊からSASに転属して、おまえさんのよく知っている地域で優秀な工作員として活躍した。しばらく前にIRAの自動車爆弾に吹き飛ばされたがね」

バーンスタインは誰かと話し、ファーガスンはまた誰かに挨拶された。ヘレンは不意に倦怠《けんたい》感を覚え、少し息苦しくなってきたので、二月の陽射しが落ちているテラスに出た。ディロンはそれを見ていた。あの女性には、何か言葉で説明できない独特の雰囲気がある。そう感じたディロンは、あとを追った。

ヘレンが手すり際で薬を呑《の》んでいるところへ、ディロンがやってきた。「シャンパンを持ってきましょうか？」

「どうせならウィスキーのほうがいいけれど」

「それなら似たもの同士ですね。アイリッシュでいいですか？」

「ええ」

ディロンはすぐにウィスキーを注いだグラスを二つ持ってきた。ヘレンは自分の分を飲み干し、銀のシガレット・ケースを差し出した。「こういう悪癖はある？」

「あなたはすばらしいご婦人だ」ディロンは古いジッポの炎をひらめかせ、ヘレンに提供した。

「一つ気になったんだけど、ミスタ・ディロン」ヘレンは言った。「近衛連隊のネクタイを締めているのね」

「ああ、これはファーガスンを喜ばせるためでね」

ヘレンは一歩踏みこんだ。「じつをいうとあなたのことは知っているのよ、ミスタ・ディロン。トニー・エムズワースからいろいろ話を聞いて。そういう話を聞いたのは特別な理由からだけど」

「ええ、息子さんのことですね」ディロンはうなずいた。「あなたがわたしと口をきいているのは不思議です」

「わたしは戦争にもルールがあると信じているけど、トニーの話では、あなたは正々堂々としていたということだわ。冷酷非情で、その、誤った信念を持っていたにせよ」

「誤りは認めます」

謙虚さを装って頭《こうべ》を垂れるディロンに、ヘレンは言った。「本当に悪党ね。こんどはシャンパンを持ってきてちょうだい。ただしちゃんとした銘柄のものを開けるようにいって」

「かしこまりました」

カウンターにはファーガスンがいた。「レディ・ヘレンはたいした女性だね」ディロンは言った。

「そのとおり」

バーテンダーがグラス二つにシャンパンを注いだ。「あの人には何か特別な雰囲気がある。うまく言葉では言い表わせないが」

「妙な野心を起こすな、ディロン」ファーガスンが言った。「おまえさんなどには手の届かない高貴な方だ」


一週間後、ヘレンとヘドリーは会社のガルフストリーム機でニューヨークに飛び、プラザ・ホテルに投宿した。そのころには例のファイルにある事実と人物のデータは完全に頭に入り、会社のコンピューターを使ってさらに情報を増やしていた。旅にはコルト二五口径も携えていった。これまで何度もガルフストリームを利用したが、保安検査を受けたことは一度もなかった。

ヘレンはなんでも知っていた。たとえば、全米輸送労組《チームスターズ・ユニオン》のマーティン・ブレイディが、週に三回、ニューヨーク埠頭《ふとう》の近くのジムにいき、夜の十時ごろ出ていくこと。ヘレンはヘドリーが運転する車でその隣のブロックまで出かけた。ブレイディの車は赤いメルセデスで、ひどく目立つ。ヘレンは近くの路地にひそみ、車のロックをはずそうと背をかがめたブレイディの後頭部に弾を撃ちこんだ。

これはヘドリーが勧めたプランだった。マフィアは二二口径か二五口径の拳銃で処刑するのを好むと聞いたことがあったのだ。警察はマフィアと労組のいざこざが原因だと考えるはずだった。

アイルランド風テーマ・パブの経営者トマス・キャシディも簡単だった。キャシディは最近ブロンクスに新しい店を開いたばかりで、毎晩その裏口に車を駐めていた。ヘレンはふた晩続けて偵察をし、三日目の午前一時に、やはりロックをはずそうとしている相手を仕留めた。《ニューヨーク・タイムズ》紙は、この地域では犯罪組織によるみかじめ料要求をめぐってトラブルが多発しており、キャシディはその犠牲者になったのだろうと報じた。ヘレンはコンピューターによる調査でキャシディが警察に被害届けを出しているのを知っていた。

建設会社社長のパトリック・ケリーはさらに簡単だった。自宅はオッシニングの田園地帯にあり、ケリーは毎朝六時に起きて、五マイルのジョギングをした。ヘレンはそのコースを調べ、三日目の朝、トラック・スーツを着てフードを頭にかぶり、激しい雨の中を走っているケリーを襲った。木の下で待ちかまえ、近づいてきたケリーの心臓に二発の弾を撃ちこみ、金のロレックスと首の金鎖を奪った。これもヘドリーのアイデアで、ただの物盗りに見せかけるためだった。

すべてが完璧《かんぺき》だった。ヘレンは薬をそう頻繁に呑まなくてもよく、ヘドリーは疑念を抱きながらも頼もしい助手ぶりを発揮した。わたしという人間は本当は邪悪なのだろうか、とヘレンは自問した。それから、ユダヤ教では、エホバは多くのことを自分の手で行なわないと、何かで読んだのを思い出した。神は天使を遣わす。たとえば、死の天使を。

それがわたしなのだろうか？　だが、正義を求めるヘレンに悔悟の念など湧くはずもない。

そこで計画を続行し、雨の降るマンハッタンで、ピエール・ホテルから帰宅するマイケル・コーハン上院議員を待ち伏せたが、邪魔が入ったのだった。

　コーハンはロンドンで仕留めればいいと自らを慰めつつ、ヘレンがプラザ・ホテルに戻っていくあいだに、ほかの出来事が起こっていた。その出来事は彼女自身や、彼女の知っている人々に深い影響を与えることになるのだった。

　ヘレンが床についた数時間後、国防省庁舎にあるファーガスン准将のオフィスにハンナ・バーンスタインが入り、ディロンもあとに続いた。

「お忙しいところを申し訳ありませんが、重要な情報が入りました」

「ほう？」ファーガスンは微笑んだ。「話してくれ」

　バーンスタインがうなずくのを受けて、ディロンが報告した。「おれの古い友だちにトミー・マグワイアというアイルランド系アメリカ人がいる。長年武器の取引をやってきた男だ。この男がゆうべキルバーンで、運転している車のブレーキ・ランプの故障を見咎《みとが》められて、停止させられた。そのとき、なかなか勘の鋭い若い女の警官がトランクを開けさせたんだ」

「そしたらなんと」とバーンスタインが引き取る。「五十ポンドのセムテックスと二挺《ちょう》のＡＫ47が見つかった」

「それはすばらしい」と、ファーガスン。「あの男の前歴からすれば十年はぶちこめるだろうな」

「ところが彼は」とバーンスタインがつけ加える。「取引をしたいと言いだしたのです」

「そうかね」

「ジャック・バリーをくれてやるというんだ」とディロンが言う。

ファーガスンはしばらく身じろぎもせず眉《まゆ》をひそめていた。「マグワイアはいまどこに？」

「ウォンズワースです」バーンスタインはロンドンの陰鬱《いんうつ》な刑務所の名前を口にした。

「それならいって話を聞いてやるとしよう」そう言ってファーガスンは立ちあがった。


ウォンズワース刑務所はイギリスで指折りの警備が厳重な矯正施設である。ファーガスンが所長に一通の令状を示すと、所長ははっと驚いた。スコットランド・ヤードの対テロ班であれ、北アイルランドの軍情報部であれ、アルスター警察であれ、ファーガスンが指定する者以外はマグワイアと面会させてはならないという命令だ。違反すれば、国家機密保護法違反で、所長自身が刑務所に入ることになる。

ファーガスン、バーンスタイン、ディロンが面会室で待っていると、刑務官がマグワイアを連れてきた。ファーガスンがうなずくと、刑務官は退室。マグワイアはディロンを見て仰天した。

「ショーン、おまえか！」

「そのとおり」ディロンはマグワイアに煙草を一本やり、ファーガスンたちに説明した。「トミーとは古い付き合いなんだ。ベイルート、シチリア島、パリ」

「むろん、ＩＲＡの仲間だな」

「というわけでもない。トミーは直接行動するタイプじゃないんだ。金のために武器を調達するだけだ。自動小銃、セムテックス、ロケット・ランチャー。捕まらずにきたのはアメリカ政府のパスポートと、外国の武器商の代理人という身分のおかげだ。ドイツとか、フランスとかの」ディロンはマグワイアの煙草に火をつけてやった。「いまもマルセイユのジョベールじいさんの下で働いてるが、その気持ちはわかるね。ユニオン・コルスに守られてるわけだから」

バーンスタインに顔を向ける。「イタリア・マフィアより性質《たち》の悪い連中だよ」

「どういう連中かは知っているわ、ディロン」バーンスタインは侮蔑《ぶべつ》に満ちた目でマグワイアを見た。「車のトランクに二挺のAK47と五十ポンドのセムテックス。あれは見本ね？　誰と会う予定だったの？」

「いや、それは違う」マグワイアは弁解した。「あんなものが入ってるなんて知らなかった。ヒースロー空港に車が用意してあるといわれたんだ。キーはある場所で渡された。これはきっと罠《わな》なんだ」

　ファーガスンが冷たく言った。「帰ろう」

「わかった、わかった」と、マグワイア。「あのトランクの中のものは見本だ。ジョベールからティム・パット・ライアンに届ける予定だったんだ。でも飛行機でこっちへ着いて、電話で受け渡しの打ち合わせをしようとしたら、ライアンが死んだと聞かされた」

「たしかにあの男は死んだ」と、ファーガスン。「だが、おまえさんはジャック・バリーがどうとかいったそうだが」

　マグワイアはためらった。「バリーはライアンをロンドンでの仲介人にしていた。武器を調達させてたんだ。おれは、ジャック・バリーを引き渡すことができる。本当だ。話を聞いてくれ」

「では、話すがいい」

バーンスタインが口をはさむ。「あなたはバリーを知っているのね？」

「いや、会ったことはない」

「それならこれは時間の無駄じゃないの？」

「おれに任せてくれ」ディロンはまた一本、マグワイアに煙草を与えた。「ジャック・バリーに会ったことがないのは幸せだよ。おれはある。自分を裏切った者のタマを愉《たの》しみながら切り取る男だ。一つ推測をさせてくれ。ジャックは、いまは亡き親愛なるフランク・バリーから〈エリンの息子たち〉を継いだ。連中はローマ法王の暗殺だってやりかねない。ジャックは、IRAでは少数派のプロテスタントだからな。だがあの男は和平交渉に反対してシン・フェイン党と袂《たもと》を分かった。彼らをばあさんたちの集まりと思ってるだろう」

「そう聞いてるよ」

「そこでまた推測だが、ジャックはダブリンで武器を調達するつてを失った。だがやつは莫大《ばくだい》な遺産があって金持ちだから、直接ジョベールからセムテックスや銃を買い入れることにした。その仲介役がおまえだ。ロンドンにはライアンがいたが、もうこの世にいないからな」

「そうなんだ」マグワイアは勢いこむ。「三日後に、ベルファストでバリーに会う」

「ほう？」と、ファーガスン。「場所はどこだ？」

「おれはヨーロッパ・ホテルにチェックインして待つことになってる。バリーが迎えを寄越すんだ」

「どこへ連れていかれるの？」バーンスタインが訊《き》く。

「そんなことわかるはずないだろ。さっきもいったが、初めて会うんだから」

面会室はしんと静まり返った。ファーガスンが言った。「いまの話は本当だろうな？」

「もちろんだ」

ファーガスンは腰をあげた。「所長に令状を交付したまえ、主任警部。収監者をホランド・パークの隠れ家《セイフ・ハウス》へ連れていく」

バーンスタインがブザーのボタンを押すと、刑務官が入ってきた。「この男を監房へ戻して出所の準備をさせてちょうだい」

マグワイアが、「司法取引は成立したのか？」と訊いたが、刑務官はかまわず引き立てていった。

ディロンは言った。「おれと同じことを考えてるのかな、じいさん？」

「うまい作戦だというのは認めるだろう」と、ファーガスン。「マグワイアがいつの間にかマグワイアでなくなる。これでバリーと直接接触できるわけだ。ああ、早くこの手でふんじばってやりたいものだ」

「一つ問題があります」とバーンスタインが疑義をはさむ。「マグワイアはアメリカ人で、偽のアメリカ英語はすぐにばれます。誰が彼になりすますのですか？　アメリカ人として通用して、しかも危険な任務を遂行できる人間が必要ですが」

「もっともな指摘だ。実際、この一件にはアメリカが関係している面がある。大統領は、北アイルランド和平プロセスが進行しているときに、アメリカ市民が最悪のテロリストに武器を売ろうとしている事態を喜ばんだろう」

　例によって察しのいいディロンが先回りをする。

「つまりブレイク・ジョンスンに頼もうってことだろう？」

　バーンスタインが言う。「でも、それは〈ベイスメント〉の仕事でしょうか？」

「当たってみなくちゃわからないさ」と、ディロン。「ブレイクは北アイルランドで休暇旅行を愉しみたいと思うかもしれない。アメリカ人の役を一番うまく演じられるのはアメリカ人——しかも彼は二十フィート離れた蠅を撃ち落とせる男だ」

「ときどき頭が冴《さ》えることもあるようだな、ディロン」ファーガスンはにやりと笑う。「さあ、この気の滅入る場所から出るとしよう」


　ブレイク・ジョンスンは五十代だが、いまでもハンサムな男で、年齢よりずっと若く見える。十九歳で海兵隊に入隊し、ヴェトナム戦争では銀星章《シルバー・スター》、南ヴェトナム政府の殊勲十字章、二つの名誉戦傷章《パープル・ハート》を授与された。ジョージア法科大学院《ロースクール》で法曹資格を取得し、FBIに入局した。ジェイク・キャザレット大統領が上院議員時代に極右組織から脅迫されたとき、警察の護衛隊が上院議員を見失ったが、ジョンスンがなんとか駆けつけて、二人の暗殺者を射殺し、自分も銃弾を一発受けた。

　以来、特別な関係ができたキャザレットが大統領に就任したとき、ジョンスンはホワイトハウスの庶務課長に任命された。言うまでもなく庶務課は大統領直属の捜査機関〈ベイスメント〉の隠れ蓑《みの》である。ジョンスンはすでにいくつもの秘密作戦で並外れた手腕を示した。そのいくつかの作戦には、ファーガスンやディロンも関与していた。

暖かい午後、ジョンスンが大統領執務室《オーヴァル・オフィス》に出頭すると、大統領は首席補佐官ヘンリー・ソーントンとともに書類の決裁をしていた。ジョンスンはソーントンに好意を抱いているが、ホワイトハウスの実務を統括する首席補佐官との関係が良好なのは喜ばしいことだ。ホワイトハウスでの活動を円滑に進め、大統領の政策を議会に承認させる努力をし、大統領のイメージを守るのが首席補佐官の役目である。給料はさほど高くないが、最高度に名誉ある役職であり、政権に参加する以前は、ニューヨークで一族が経営する法律事務所の代表だったので、かなりの財産を所有していた。

ソーントンは〈ベイスメント〉の実体を知る数少ない人間の一人である。そのソーントンが顔をあげて微笑んだ。「やあ、ブレイク。なんだか深刻そうな顔だな」

「深刻になって当然かもしれません」

キャザレット大統領も顔をあげた。「悪い知らせかね？」

「微妙な問題です。いましがたチャールズ・ファーガスンから興味深い話があったのです」

大統領は椅子にもたれた。「よし、ブレイク。最悪の部分を話してくれ」

話し終えると、大統領も首席補佐官も眉をひそめた。「するときみはベルファストへ出かけて、そのマグワイアとかいう男になりすまし、バリーを捕まえようというのか？　敵の本拠地で？」

ジョンスンは微笑んだ。「しばらく休暇をとっていないので、ディロンの顔でも見にいこうかと思うのです、大統領」

「わたしほどディロンを高く買っている人間はいないよ、ブレイク。彼ときみはわたしの娘をテロリストの手から救い出してくれた——あのことは死んでも忘れない。だが、いまの話はどうかな。あそこは戦闘地域だぞ」

ソーントンも口を添える。「考えてみたまえ、ブレイク。そこまで危険なことにかかわる必要があるだろうか？」

ジョンスンは答えた。「わが国は北アイルランド和平の実現に力を注いでいます。シン・フェイン党も王党派も対話の努力を重ねています。ところが、双方の過激な分派がテロを繰り返して紛争を続けようとしている。中でもこのジャック・バリーは悪質です。思い出していただきたいのですが、この男はアメリカ市民でもあって、ヴェトナム戦争では紛れもない虐殺行為をして本国送還となりました。それ以後もテロリストとして人殺しを続けています。これはイギリスだけでなくアメリカの責任でもあります。あの男を排除するのは」

キャザレット大統領が笑みを浮かべてソーントンを見あげると、こちらも微笑んでいた。

「どうやらきみはそうとう乗り気のようだな、ブレイク」

「おっしゃるとおりです、大統領」

「では無事に帰ってきてくれたまえ。きみを失うのはわたしにとって深刻な痛手だ」

「大統領に痛手を与えるなど絶対にいたしません」

ロンドンの国防省庁舎にあるオフィスで、ファーガスンは秘密回線電話を切り、インターコムのボタンを押した。

まもなくディロンとバーンスタインが入ってきた。

「きたまえ」

「ブレイク・ジョンスンと話した。あさってヨーロッパ・ホテルにトミー・マグワイアとしてチェックインする。きみたちは現地で彼と接触するんだ」

「支援態勢はどうなっていますか、准将？」バーンスタインが訊く。

「きみが支援要員だ、主任警部。アルスター警察や陸軍には声をかけない。清掃婦の中にも共和派支持者がいるからな。情報がどこから漏れるかわからない。作戦の実行者はディロン、おまえさんとブレイク・ジョンスンだ。手錠はバリー一人の分だけでよい」

「任せてくれ、准将」

「保証するか？」

「いつか棺桶《かんおけ》の蓋《ふた》が閉まるのと同じくらい確実だよ」

4

ベルファストでは珍しくない天候だが、冷たい北風が市街地に雨を叩《たた》きつけ、ベルファスト湾の波を荒立てて、ヨーロッパ・ホテルのディロンの部屋の窓を鳴らした。ここは世界一爆弾テロの被害が多いホテルである。ディロンは窓から鉄道の駅を見おろし、この都市《まち》が自分の人生を大きく変えたことを思い返した。ずっと昔の父親の死、爆弾テロ、暴力沙汰《ざた》。いまのイギリス政府はそれらに終止符を打とうと努力している。

ディロンはハンナ・バーンスタインの部屋に電話をかけた。「おれだ。ちゃんとした格好をしているか？」

「いいえ。シャワーからあがったところ」

「すぐいく」

「冗談はよしなさい、ディロン。なんの用？」

「空港に電話してみた。ロンドンからの飛行機は一時間遅れてるそうだ。バーへいこうと思うんだが、昼食を食べないか？」

「そうね、サンドイッチでも」

「じゃ、バーで」

正午過ぎの〈ライブラリー・バー〉は静かだった。ディロンはアイルランド人がこよなく愛するバリーズの紅茶を注文し、隅の席で《ベルファスト・テレグラフ》紙を広げた。二十分後、バーンスタインがやってきた。茶色のパンツ・スーツにうしろで縛った赤毛と、凛《りん》とした風貌《ふうぼう》である。

ディロンは満足げにうなずいた。「いいね。ファッション・ショーの取材にきたって感じだ」

「お茶なの？　バーも営業中なのに紅茶を飲んでいるショーン・ディロンを見られるなんて、いままで生きていてよかった」

ディロンはにやりと笑ってバーテンダーに手で合図した。「せっかくアイルランドにきたんだから、わたしはハム・サンドイッチだ。きみは？」

「ミックス・サラダでいい。それと紅茶」

ディロンは注文を伝えて新聞を折り畳んだ。「またこの都市《まち》でアイルランド問題の解決に向けて果敢に挑戦するわけだ」

「解決はできないと思っているわけ?」

「七百年続いてきたんだ、ハンナ。なかなかできないよ」

「なんだか少し沈んでいるのね」

ディロンは煙草に火をつけた。「なに、ベルファストの空気のせいさ。ここへ戻ったとたん、街の匂いや感触が身体を包みこんでしまう。おれにとって、ここはいつまでたっても戦場だ。古き悪しき時代。親父の墓参りもすべきなんだろうが、一度もしたことがない」

「そういう気分になるのには理由があるの?」

「さあね。おれは人生の目標を決めていた。演劇学院、ナショナル・シアター。そういうのはもう知ってるだろう。十九の歳の話だ」

「ええ、未来のローレンス・オリヴィエだった」

「ところが、里帰りをした親父がイギリス軍の落下傘兵に射殺された」

「誤射でね」

「それはわかってたが、十九歳の若造は違ったふうに見る」

「そしてIRAに参加して栄光ある大義のために戦った」

「大昔の話。あれからおおぜい死んだ」

サンドイッチとサラダが運ばれてきた。若いウェイトレスはすぐに立ち去った。バーンスタインが言った。「振り返れば後悔の念が湧く、というわけね?」

「まあたしかに、いまごろはロイヤル・シェイクスピア・カンパニーで主役を張ってたかもしれないからね。映画も十五本は出ていたかな」ディロンはハム・サンドイッチを一つ平らげ、もう一つに手を伸ばした。「おれは有名になれたんだ。マーロン・ブランドが何かの映画でそんなことをいわなかったかな」

「少なくとも悪名は馳《は》せたじゃない。それで満足するのね」

「でもおれの人生に女はいない。きみは冷たく撥《は》ねつけるし」

「哀れな男」

「身内もいない。いや、ダウン州には親戚《しんせき》がうようよいるが、おれが現われたら一マイル先まで逃げていくだろう」

「そうでしょうね。でも、苦悩の物語はもういいから、バリーのことをもう少し話してちょうだい」

「やつより伯父《おじ》のフランク・バリーのほうをよく知ってたんだ。組織に入ったころ、いろんなことを教わったが、そのうち袂《たもと》を分かつことになった。ジャックは昔から悪いやつだった。ヴェトナムでいよいよ本性が明らかになって、ヴェトコンの捕虜を虐殺したことで軍隊を追い出された。この土地の紛争にかかわるうちに悪質になっていった。それと、これも記録にあるが、やつは世界中のいろんな組織の雇われガンマンをやってきた」

「それはあなたのことじゃないの、ディロン」

ディロンはにやりと笑う。「一本とられた。手厳しい女だ」

そのとき、ブレイク・ジョンスンが〈ライブラリー・バー〉に入ってきた。レイバンのサングラスに濃紺のシャツとスラックス、グレーのツイードの上着というでたちだ。白いものが混じる黒髪は梳《と》かしていない。ディロンたちに気づいた素振りは見せず、カウンターへ足を運ぶ。

「やれやれ、まるでくたびれた旅行者だな」と、ディロン。

「前からいってることだけど、もう一度いうわ、ディロン。あなたって人は腹の立つばか野郎よ」バーンスタインは立ちあがる。「部屋で彼を待ちましょ」

ディロンはバーテンダーに、「勘定は五十二号室につけてくれ」と声をかけ、バーンスタインのあとを追った。


雨が窓を打つ部屋で、ディロンは冷蔵庫からハーフボトルのシャンパンを出して栓を抜いた。

「ベルファストはこんな天気が多いが、まあ三月はどこでもこうだろう」三つのグラスにシャンパンを注ぎ、一つを自分でとった。「会えて嬉《うれ》しいよ、ブレイク」

「こちらもだ、アイルランドの良き友人」ジョンスンは乾杯の仕草をして、バーンスタインに顔を向けた。「主任警部。以前にも増してかぐわしいね」

「おい、そういう台詞《せりふ》はおれの受け持ちだぞ」ディロンは言った。「まあいい、本題に入ろうか」

三人は坐《すわ》った。ブレイクが口を切った。「バリーについての資料は読んだ。とんでもない悪党のようだが、きみからも話を聞きたいね、ショーン」

「最初に知りあったのは伯父のフランク・バリーのほうだ。〈エリンの息子たち〉の創設者だが、連中は初めから凶暴な分派だった。フランクは何年か前に死んだが、それはまたべつの話だ。以後はジャックが跡を継いでいる」

「ジャックとも知り合いなのか？」

「何年かいがみあって、撃ち合いもした。おれはやつのお気に入りの人間じゃない、といっておこうかな」

「マグワイアに会ったことがないというのは確かかね？」

「マグワイアがそういってるけど」バーンスタインが答える。「嘘をつく理由はないと思うわ。服役を免れたがってるから」

「よし。コンピューターで送ってもらったデータは暗記した。マグワイアの経歴、ジョベールという男が束ねるアランスの犯罪組織のこと、それからショーン、ロンドンできみを殺すところだったティム・ポット・ライアンのこと。これは興味深いね——女性の処刑者というのは。だがとにかく、バリーのことをきみの口から聞いておきたい。ファイルにのっていることも含めて」

ディロンは少し長く時間をかけて説明した。終わると、ジョンスンはうなずいた。「これでだいたい全部かな。かなり注意が必要な相手らしいね」

「もう一つ、バリー一族のことを知っておく必要がある。まず彼らは由緒あるプロテスタントの家柄だ」

「プロテスタント？」ジョンスンは信じられないという声で訊《き》き返す。

「そう珍しいことじゃない。アイルランド史上、共和派のプロテスタントはおおぜいいた。たとえば、ウルフ・トーンとかね。それからもう一つ、ジャック・バリーの死んだ大伯父はバリー卿《きょう》という人物だった。フランク・バリーが相続人だったが、さっきもいったとおり、フランクは死んだ」

「つまり、ジャック・バリーが相続人ということか？」と、ジョンスン。

「ジャックの父親はフランクの弟だが、これも何年か前に死んでる。一族の生き残りはジャックだけだ」

「やつはバリー卿というわけか」

「フランクはバリー卿としての権利を主張しなかったし、ジャックもいまのところ主張していない。でも女王陛下と枢密院にとっては頭痛の種なの」

「そうだろうな」

「ただ、ジャックは自分の家系のことを真面目に考えてるんだ」ディロンはうなずく。「バリー家は古い家柄で、長い歴史がある。ベルファストの北三十マイルほどの海辺に、スパニッシュ・ヘッドという領地があって、そこには城もある。いまはナショナル・トラストの所有だが、以前そのことをジャックは嘆いていたよ。つまり――ジャックは複雑な男なんだ。まあ、それはともかく、肝心の話に移ろう。マグワイアは階下《した》のバーで、六時から七時のあいだ、タクシーの迎えを待つことになってる」

「行き先はわからないのか？」

「わからない。たぶんジャックは街のどこかで待ってるんだろう。いざというときの逃げ道がたくさんある場所でね。たとえば、港湾地帯とか」

「きみたちは尾行してくるんだな？」

「そのつもりだ。緑のランド・ローヴァーでね」ディロンは紙片を渡した。「これがナンバーだ」

「見失ったら？」

「それはありえないわ」バーンスタインが黒いブリーフケースをデスクに置いて開いた。「これは無線追跡器」

「どこまでも追跡できる。最新式の装置だ」と、ディロン。

追跡器はスクリーンのついた黒い箱だ。「見てて」バーンスタインがボタンを押すと、市街地図の一部が表示された。「北アイルランド全体をカバーできるの」

「これはすごい」

「こっちもすごいのよ」バーンスタインは小さな箱を開けて金色の印章付き指輪を取り出した。

「サイズが合えばいいけど。合わなかったら、身体のどこにでもとりつけられる発信器があるわ」

ジョンスンは左手の指に指輪をはめてうなずいた。「いいようだ」

「武器は携帯しない」ディロンは言った。「バリーの部下たちの目をごまかすのは無理だからね」

「じゃ、ぴったり尾《つ》いてきてもらわないとな」

「重武装でついていくよ」

「要はわたしがバリーのところへ案内して、きみたちが飛びかかるという筋書きだな？　警察その他の掩護《えんご》はなしと」

「これは秘密工作なんだ、ブレイク。やつをとっ捕まえて注射をし、空港へ連れていく。そこからリア・ジェットでファーリー・フィールド基地に引きあげる」

「そのあとは？」

「ホランド・パークの隠れ家で、ファーガスン准将がジャックと話をする」と、バーンスタイン。

「近ごろはいい薬があってね」と、ディロン。「やつはおもしろいように喋《しゃべ》るはずだよ。主任警部の気に入らない手法ではあるがね」

「黙りなさい、ディロン」バーンスタインが語気鋭く言う。

ジョンスンはうなずいた。「まあ喧嘩《けんか》はよしたまえ。わたしも大統領も今回のチャンスを喜んでいる。問題なしだ。きみたちに任せるということで、わたしは構わない」

〈ライブラリー・バー〉はオフィス街の勤め人たちが仕事帰りに一杯ひっかけていく店として人気がある。六時過ぎにブレイク・ジョンスンが入っていったときには、かなり客が立てこんでいた。ジョンスンはカウンター席についてウィスキー・アンド・ソーダを注文し、煙草に火をつけた。緊張しているが、落ち着きは保っている。一つには、ディロンに全幅の信頼を置いているからだ。六時三十分。ウィスキーのお代わりを頼む。それをバーテンダーが目の前に置いたとき、ポーターが〝マグワイア〟と書いたボール紙を掲げて入ってきた。

「ああ、わたしだ」ジョンスンは声をかけた。

玄関前の階段を降りて赤いタクシーに近づいたときには激しい雨が降っていた。後部座席に乗りこむと、驚いたことに運転手は白髪の女性だった。

「こんばんは」女性はきついベルファスト訛《なま》りで挨拶《あいさつ》した。「行き先はあたしが教えるから、じっと坐ってて」

タクシーが走りだし、後方に駐《と》まっているランド・ローヴァーが尾行を開始した。運転するのはディロンで、バーンスタインは助手席にいる。

女の運転手は無言のまま港に車を進め、古倉庫の並ぶ荒涼とした区域を走った。やがてタクシーはフォードのバン、トランジットの脇で停止した。

「さあここだよ、降りて」

ジョンスンが言われたとおりにすると、タクシーは走り去る。雨の中で待っていると、バンの後部扉が開き、一人の男が飛び降りた。一人はボマー・ジャケット、もう一人の顎鬚《あごひげ》の男は足首まであるオーストラリアのドローバー・コートという格好で、二人とも拳銃《けんじゅう》を持っている。

「ミスタ・マグワイア？」顎鬚の男が訊く。「おれはデイリーでこっちはベルだ。デイリーとベル。キャバレーの漫才コンビみたいだが、そうじゃない。テレビのドラマじゃないが、妙な真似をすると命はないぜ。さあお決まりのポーズをとってもらおうか」

ジョンスンは両手をバンのルーフに置き、足を開いて立った。念入りな身体検査をすませると、デイリーは言った。「うしろに乗ってくれ。出発だ」

ベンチ型の座席は坐り心地がよかった。デイリーが向かいに坐り、ベルは扉を閉めて運転席に乗りこむ。バンが走りだした。

ジョンスンは不安げに言った。「どういうことだ？　おれは約束どおりに動いてる。ミスタ・バリーに会うつもりできたんだ」

「ミスタ・バリーも早く会いたがってるよ」と、デイリー。「だが、もうちょっと待ってもらう。煙草でも吸ってくつろいでくれ」

ディロンは前のタクシーが停止するのを見て、手前の角で曲がり、車を降りて様子を見にいった。それからまた駆け戻り、運転席についた。

「べつの車に乗り換えさせた。フォードの白いトランジットだ」バーンスタインに説明する。

まもなくランド・ローヴァーは夜の車の流れに混じったバンを見つけた。

雨は容赦なく降り、夜の闇がおりている。バンは市街地を出るようだ。

「ベルファスト市内じゃないようね」と、バーンスタイン。

「そうらしい」

前方にライトをともした道路工事現場が見えてきた。片側車線しか通行できなくなっている。

「くそっ！」バーンスタインが毒づいた。

「例の装置だ、お嬢さん。大丈夫だよ」

バーンスタインはブリーフケースを膝《ひざ》にのせ、蓋《ふた》を開けて、追跡器を操作する。夜の闇の中でスクリーンの地図はいっそう鮮明だ。バンは見えなくなったが、問題はない。かなりの時間走ってきたが、バンはまだ北に向かっている。

「いったいどこへいく気？」

「さあ。ま、なんとなくわかる気はするがね」

「というと？」

「このまま北に進めばアントリム州の沿岸地方だ。それならスパニッシュ・ヘッドじゃないか？」
「それはおかしいわ。ナショナル・トラストの所有なんだから」
「そうなんだが、ああいう場所は復活祭までは一般に開放されない」
「でも、まさかそんなところへ」
「しっかりスクリーンを見ててくれ。いまにわかる」

バンには窓が二つあった。走っているのは海岸沿いの道路。不意に雨がやみ、嵐雲の切れ目に半月が覗《のぞ》いた。やがて車は脇道に折れ、とあるゲートの前で停止した。看板には〝スパニッシュ・ヘッド・ナショナル・トラスト〟とある。

ゲートのすぐ内側にコテージがあり、窓に明かりがあった。ベルがクラクションを鳴らすと、ドアが開いて老人が現われた。ためらう老人にベルが怒鳴った。「さっさとボタンを押して中へ入れろ、ハーカー！」

ゲートは電動式らしい。老人がコテージのドア脇にある箱を開けて何か操作すると、ゲートが内側に開く。ベルはバンを乗り入れた。ブレイク・ジョンスンは険しい崖《がけ》の上に城を見た。塔や胸壁のある壮麗な城だ。だが、近づいていくと、それは十九世紀のゴシック風に建てられた大きな田園邸宅《カントリー・ハウス》にすぎないとわかった。バンが停止し、ベルが降りて、後部の扉を開けにきた。ジョンスンがデイリーのあとから降り立ったのは広い前庭だった。

「さあいこう、ミスタ・マグワイア」デイリーが言った。

ベルが重厚なオーク材のドアを開けて先に入った。広々とした玄関ホールは板石張りで、暖炉があり、壁から突き出た三本のポールから旗がさがっていた。アイルランド共和国の三色旗、英国国旗、そして意表をつくアメリカの南部連合国旗。

「こっちだ」

デイリーが先に立って回り階段を昇り、ジョンスンが続いて、ベルがしんがりを務めた。二階の広い廊下のあちこちに肖像画がかけてある。やがてデイリーは大きなマホガニー製のドアを開けた。中は図書室で、やはり肖像画が何枚も飾られ、大きな暖炉で薪が燃え、壁には本棚が並んでいた。フランス窓が開いており、男が一人、ワインのグラスを手に外を眺めている。長身で肩幅が広く、黒いセーターにジーンズという格好だ。振り向いた顔は色浅黒く、物思わしげで、かなりハンサムだが、酷薄な印象があった。

「ミスタ・マグワイアか？　おれがジャック・バリーだ」

アクセントはアメリカ人のままだな、と考えながら、ジョンスンは答えた。「どうもはじめまして」やや力のない震え声を出そうと努める。「なんだか不安でしたよ」

「つまらない芝居はよすんだ、ミスタ・ジョンスン。あんたが何者かはわかってる。ブレイク・ジョンスン。ジェイク・キャザレット大統領の懐刀。あんたの組織は、たしか〈ベイスメント〉だったな？　さあ、ワインを飲むといい。サンセールだ」アイス・バケットから瓶を抜きとり、グラスに注いで差し出した。「ようし。おれには信頼できる情報源があって、本物のマグワイアがチャールズ・ファーガスン准将とショーン・ディロンの手中に落ちたのを知ってる。ロンドンのもう一人の取引相手、ティム・パット・ライアンが死んだことは新聞にのったがね」

　ジョンスンはワインを味わった。「八六年か、八年か」

「七年だ」と、バリー。「あんたはおれの古い友だちのジョーン・ディロンと知り合いなのか？」

「友だち？」

「というのは少し言いすぎか。それより本題に入ろう。おれには第一級の情報源があるが、それでもいくつか教えてもらいたいことがある。たとえば、あのチャールズ・ファーガスンの糞《くそ》じじいがどういう作戦を立てているか」

「おれのケツにキスしろ、というのが返事だな」

　バリーは自分のグラスにサンセールを注いだ。「そういう態度に出ると思っていたよ」デイリーにうなずきかける。「〝潮吹き穴〟がいいかもしれないな、ボビー。外は寒いし、また雨が降りだした。一時間ほど試して、どうなるか見てみよう」


　激しい雨の中、デイリーとベルはジョンスンを崖の縁まで連れていった。海面の上で稲光がしきりにひらめき、眼下では波が荒れ狂っている。ライトを手にしたベルを先頭に、二人は小道をくだりはじめた。崖のなかばまで降りたとき、ベルは足をとめた。

「ここだ」

　海は底ごもりのする咆《ほ》え声とともに白い飛沫《しぶき》をあげている。デイリーがジョンスンの背中を押した。「さあ降りろ。十フィートほど下に台がある。大丈夫だよ。今夜は寒いから、服は着たままでいい」

ジョンスンは一瞬ためらったあと、降りはじめた。木製の階段の下に台があった。波飛沫が吹きあがってくると、息をとめた。すさまじい寒さだ。

デイリーはベルに言った。「見張ってろ。またくるからな」

デイリーは城に引き返しはじめた。


「どんぴしゃり」城のある敷地に車を近づけながら、ディロンは言った。「やっぱりスパニッシュ・ヘッドだ」

ゲートの手前で車をとめ、アイドリング状態に保つ。バーンスタインが降りてゲートを開けようとしたが、無理だった。

「だめ、電動式みたい。ちょっと待ってて」

大きなゲートの脇に、歩行者用の回転式ゲートがある。バーンスタインがそれを乗り越えると、コテージのドアが開いて、老人が出てきた。「おい、だめだぞ。ここは私有地だ」

「いまは違うわ」バーンスタインはショルダーバッグからワルサーを出し、銃口を老人の顎の下につけた。「さっさとゲートを開けなさい」

老人は恐怖をあらわにした。操作盤をおさめた箱の前へいってボタンを押すと、ゲートが開いた。ディロンは車を進め、通路の片側にある駐車場に乗り入れてエンジンを切った。

それから車を降り、老人の身体を押してポーチにあがらせる。「いまから質問するからきちんと答えろ。あんたは管理人だろうが、コテージにはほかに誰かいるか?」

「家内は死んだ」

「あんたの名前は?」

「ハーカーだ。ジョン・ハーカー」

「あんたは悪い子だな、ミスタ・ハーカー。九月から復活祭まで閉鎖されてる場所へ、無断で客を招く。たとえば、おれの古い友だちのジャック・バリーを」

「なんのことかわからない」老人は震えている。

ディロンはワルサーを取り出して陽気に言った。「こいつを右膝のうしろにあてて引き金を引いたら、もっとよく思い出すかもしれないな」

ハーカーはたちまち折れた。「閣下はたしかにお城にいらっしゃる。でも、わしみたいな年寄りに何ができるっていうんだね?」

「閣下?」ディロンは笑った。「ここへはよくくるのか?」

「冬のあいだときどきね。それを知ってる人間はほかにもいるよ。領地の手入れに村からくる連中も知ってるんだ」

「でも、しっかり口をつぐんでいるということね」と、バーンスタイン。

「そりゃしかたがない」老人は言う。「いまは難しい時期だし、閣下を怒らせるととんでもないことになる」

「頭に弾を撃ちこまれるわけか?」と、ディロン。

「そんなことしなくてもね。〝潮吹き穴〟で懲らしめるからね。去年はティム・リアリーがあそこで死んだ」

「崖の途中に口を開いてる漏斗《じょうご》みたいなもんで、潮が吹きあがってくる。閣下はあそこへ人を立たせてお仕置きするんだ」

「ひどいことを！」

「あの男は神様《グッド・ゴッド》とは関係ないだろうな」ディロンはまたハーカーに向き直る。「それはともかく、少し前に白いフォードのトランジットが入ってきただろう？」

ハーカーはうなずいた。「今朝、ベルファストに出かけて、四十分ほど前に戻ってきたよ」

「誰が乗ってた？」

「行きは閣下の部下のボビー・デイリーとショーン・ベルの二人だが、帰りはベルだけが前に乗ってた」

「おまえはちょっとあとをつけて、様子を見てみたはずだ」

ハーカーはぎくりとした。「なんで知ってるんだね？」

「おれはなんでも知ってる。何があった？」

「ちょっと離れたとこから見てたんだが、ベルがうしろの扉を開いたら、ボビー・デイリーとべつの男が降りてきた。三人ともお城に入っていったよ」

「おまえはそのあとも興味津々で、木の陰かどこかに隠れてどうなるか見ていただろう」

またしてもハーカーは驚いた。「なんでわかるんだ？」

「おれはアイルランド人だからだよ、このまぬ《ぬ》け。しかもダウン州の出身だから千里眼なんだ。それにおまえがずぶ濡れなのは雨の中にしばらく立ってた証拠だ。さあ答えろ、城にはバリーの手下が何人いる？」

「デイリーとベルでさ」

「よし。じゃ、そっと城に近づくから案内しろ。裏道などがあると都合がいい」

「なんでもいうとおりにするよ」

所々に外灯が配置されて敷地内は薄ぼんやりと明るい。植え込みや茂りの濃い林を縫う小道をたどっていくと、城の胸壁が前方に現われた。不意にハーカーが足をとめる。

「誰かくる」と囁《ささや》く。

三人は林の中に入った。まもなくデイリーがべつの小道から出てきて城に向かっていく。

「あいつだ」ハーカーが声をひそめて言う。「あれがボビーだ」

デイリーの背中を見送りながら、ディロンは言った。「やつはどこへいってきた？」

「あいつが出てきた道の先には〝潮吹き穴〟のある崖しかない」

ディロンはバーンスタインに顔を向けた。「バリーはなぜベルファストで商談をしなかった？　なぜブレイクをわざわざここまで連れてきた？　意味がわからない」

「いやな臭いがぷんぷんする」とバーンスタイン。

「賛成だ」ディロンはハーカーに言った。「〝潮吹き穴〟に案内してくれ。用心しながらな」

ショーン・ベルは小道の脇の木の下で、ライトを地面に置いて雨宿りをしていた。彼は不満たらたらだった。激しい雨でぐしょ濡れになり、煙草は出して数秒で崩れてしまうので気晴らしの種もないからだ。崖の下で潮が高く吹きあがるたびに、恐竜の苦悶《くもん》の声のような鈍いとどろきが腹に響いてくる。あのアメリカ人はどうしているだろう？　こんな夜だと長くはもたないはずだ。

カチリと音がして、右耳に硬いものが押しつけられ、男の声がした。「荒っぽくやる場合は、ミスタ・ベル、おまえの脳味噌《のうみそ》を吹きとばすことになる。だからいい子にしろ」

「誰だてめえは？」ベルは息を呑《の》んだ。男が彼の全身を探り、三八口径の回転式拳銃を抜きとる。

「ウェブリー三八口径。賞味期限がとっくに切れた銃だ。おまえたちはよほど金に困っているらしい」男は拳銃をボマー・ジャケットのポケットに入れた。「おれの名はディロンだ」

「なんだと！」

「おまえには悪い知らせだ。ところでこの近くにおれのアメリカ人の友人がいるだろう」

ディロンがワルサーの消音器の先をぐいと耳に押しつけると、ベルは痛みに声をあげた。

「〝潮吹き穴〟にいる。入り口はこの道を降りたところだ」

「なぜそんなところにいるんだ？」

「バリーはやつが約束の相手じゃないのを知ってた。だからここへ連れてきたんだ」

「そうなのか？　よし、案内しろ」

ベルはライトを取り上げて歩きだす。やがて白い水飛沫が夜の闇の中に吹きあがると後ずさりした。

「こいつを見張っててくれ」ディロンはバーンスタインにそう言って、木の階段の降り口までいった。「大丈夫か、ブレイク？　ディロンだ！」

ジョンスンは台の上で錆《さ》びた鉄の支柱につかまっていた。生まれてこのかた、これほど冷たい思いをしたことはなかった。ジョンスンは叫んだ。「遅いじゃないか！」

「あがってきていいぞ！」

数分後、ジョンスンがゆっくりと階段を昇ってきた。「くそ、ディロン。ひどい目にあった。ヴェトナムで六時間ほど浸かってた沼地のほうがよっぽどましだ」

「何があった？」

「バリーは全部知っていた。わたしの名前も、〈ベイスメント〉のことも。自分には第一級の情報源があるが、それはそれとして、きみやファーガスンのことで知ってることがあったら話せと要求したんだ」

「じゃ、城に戻ってそいつを教えてやろう」

「喜んで。だが、その前に」ジョンスンは階段の降り口に立っているベルのほうを向いた。「これでも食らえ、くそ野郎」強烈なパンチを飛ばすと、ベルは悲鳴をあげ、うしろにのけぞって頭から下に落ちた。そしてほどなく、潮が吹きあがった。

「これでいいか？」ディロンが訊《き》いた。

「ああ、いこう」

ジョンスンが先導して前庭を横切り、玄関の重厚なドアの前で足をとめた。ディロンはハーカーに言った。「あんたは小屋に戻ってじっとしてろ、じいさん。このことは誰にも話すな。そしたら撃たないでおいてやる。わかったか？」

老人はそそくさと立ち去った。ジョンスンが言った。「もう一挺《ちょう》、銃はないか？」

ディロンはウェブリーを出した。「博物館に展示してあるような銃だが、ちゃんと仕事はするだろう」

「じゃ、いこうか」ジョンスンはそう言ってドアを開けた。


図書室で、デイリーは暖炉の火に薪を一つ足し、バリーはフランス窓のそばで吹きつける雨を眺めていた。「ずいぶん荒れる夜だな、ボビー。ミスタ・ジョンスンはどうしてるだろう」

「おまえが思っているより元気なようだ」ジョンスンがドアをすっと開けて部屋に入り、あとの二人も続いた。

活人画のような三人の立ち姿に、バリーは頭をのけぞらせて笑った。「なんと、おまえか、ショーン」

「そのとおりだ、ジャック、おまえを悩ませにきた。チャールズ・ファーガスンが話したいそうだ。ここにいるおれの友人からおもしろいことを聞いたが、こうなるとファーガスンはますます話したくなるだろう。なんでも第一級の情報源があるそうだが、当然それはホワイトハウスの内部ということになる。おまえは本当に悪いやつだよ」

「昔からそうさ、ショーン、昔からな。ところでベルは、すべての人間がたどる道をたどったんだろうな？」

「間違いなく」

「まあ、誰でもいつかは経験することだ。ミスタ・ジョンスンにブランデーを注いでやれ、ボビー。きっと飲みたいはずだ」バリーは自分のグラスを掲げた。「ヴェトナムでともに戦った兵士に」

「それは違うな。わたしも人は殺したが、おまえがしたようなことはしなかった」ジョンスンはデイリーからブランデーを受け取り、壁にいくつもかけた肖像画を眺めた。「あれは南軍の軍服じゃないのか？」

バリーもその絵を見た。「そう。あの一番端の絵の、がっちりした身体の男は、フランシス一世。十八世紀にバルバドスで財を築いた。砂糖と奴隷。帰国して貴族の肩書きを買った。その直系はみんなフランシスという名で、伯父のフランクもそうだ」

「おまえは違うようだが」

「ああ、ジャックというのはジョンからきている。アメリカの南北戦争に参加して、シャイローで戦死した。国に送ってきた手紙には、南軍を選んだのは軍服の灰色が気に入ったからだと書いてあったそうだ」

「おまえに似たところのある男なら、ありそうな話だな」と、ジョンスン。「それはともかく、本題に入ろう。おまえはわたしがマグワイアになりすましてくると知っていた」

「あの男はどうしたんだ？」

「わかってるでしょ。ロンドンの隠れ家で臓物《はらわた》をぶちまけるように喋《しゃべ》っているわ」バーンスタインが答えた。

「犬め」

「そのとおり」と、ディロン。「だがああいう手合いはみんなそうだ。それはいいが、おまえは何もかも知ってるようだな」

「いつだってそうさ、知ってるだろう。いつも一歩先をいくんだ。だから生き延びてこられた」

「ファーガスン准将のことを聞きたがったそうだけど」と、バーンスタイン。

「それは当然だろう。あの古狐め」

「じきに会える」ディロンは言った。「おもしろく語りあえるだろうよ」

「それは間違いない」バリーはアイス・バケットからサンセールの瓶を抜いて自分のグラスに注いだ。それから暖炉のかたわらに歩み寄る。「ミスタ・ジョンスンにブランデーのお代わりを注いでやれ、ボビー。もう一杯ぐらい欲しいはずだ」

デイリーはサイドボードへいき、ブランデーのデカンターをとると同時に引き出しを開け、拳銃《けんじゅう》を手に振り向いた。

「これで形勢逆転だな」バリーは言った。

だが、ディロンの手はすでにボマー・ジャケットの背中の下に入っていた。その手がさっとあがり、鈍い音がしたと思うと、デイリーは心臓を撃ち抜かれてサイドボードに背中をぶつけた。床にくずおれたときはまだ手にデカンターを持っていた。

バーンスタインが叫んだ。ディロンが振り向くと、暖炉の脇の羽目板が開き、バリーがうしろ向きに中へすっと引っこんだ。ディロンが駆けつけたときにはカチリと音を立てて閉まり、羽目板は動かなかった。

「くそったれ！」ジョンスンが毒づく。

「予想しておくべきだったな」と、ディロン。「この城を使ったのは逃げ道が用意されてるからだ。ウサギの巣穴みたいな迷路ができてるんだろう。捕まえるのはむりだ」

バーンスタインはデイリーに目をやる。「この男はどうする？　アルスター警察を呼ぶ？」

「それはまずいんじゃないかな」ディロンは床のインド製絨毯《じゆうたん》で死体を巻いた。「かつぐから手を貸してくれ」

ジョンスンが手伝った。「どうするんだ？」

「ここを出よう。この証拠はおれが処分する。デイリーには〝潮吹き穴〟にいるベルと合流してもらう」

ディロンは廊下に出た。ジョンスンが先回りをして玄関のドアを開けた。雨が強く吹きつけてくる。「汚れ仕事にうってつけの夜だ。ゲートで待っててくれ」ディロンはそう言ってさっさと歩きだした。

ジョンスンとバーンスタインはゲートに戻った。コテージには人のいる気配がないが、明かりはついていた。二人はランド・ローヴァーに乗りこむと、数分後、ディロンも現われた。

「ごみの始末はすんだ。よこしまな者の道は破滅にいたる」ディロンはコテージのドアを蹴《け》った。ドアが開いてハーカーが顔を出す。「逃がしちまった」ディロンは老人に言った。「閣下とデイリーは秘密の通路から逃げたよ」

「そういうのがあるんだ、あそこには」

「とにかく、バリーにはあんたが一枚嚙《か》んだことを知られないほうがいい。口をつぐんでいれば大丈夫だ。今夜のことは起こらなかったことにしろ」

「絶対に喋らないよ。さあゲートを開けてあげよう」

ディロンはランド・ローヴァーの運転席について車を出し、海岸沿いの道路を走らせた。

「これからどうする?」バーンスタインが訊く。

「リア・ジェットに電話を入れて、明日の朝発つと知らせてくれ。ファーガスンは悪い知らせをすぐ聞きたがるだろうが、これはいわなくてもわかってるよな」それから、後部座席のジョンスンに話しかける。「あんたはどうする? ワシントンに帰るか?」

「いや、もう少しこの件を追ってみる。一緒にロンドンへいって、きみたちがファーガスンの怒りに耐えるのを手伝うよ」

「よし、それじゃヨーロッパ・ホテルに戻って、ルーム・サービスでまともなものを食おう」

5

リア・ジェットは真夜中に飛んできた。朝、空港におもむくと、レイシーとパリーの両大尉が午前七時の出発にそなえて待機していた。ジェット機の機体には英空軍のマーク、レイシーとパリーは階級章のついた空軍のつなぎの飛行服姿と、正規の公務であることが明らかな運航である。

「おひさしぶりです、ミスタ・ジョンスン」レイシーがジョンスンに挨拶《あいさつ》し、最後にタラップをあがるディロンに顔を向けた。「また新しい任務かな、ショーン?」

「とりあえずマルベリャでの休暇は延期、とでもいっておくかな」ディロンはそう答えてタラップをあがっていった。

リア・ジェットは離陸し、高度三万フィートまで上昇してアイリッシュ海上空に出た。バーンスタインが紅茶とコーヒーを詰めた魔法瓶を出し、ディロンがカップを三つ用意した。

「ファーガスンはすぐ国防省へこいといったって？」ディロンは訊く。

「そうおっしゃったわ」

「じいさん、どんな感じだった？」

「ふつうの話し方だったけど」

ディロンは自分のカップに紅茶を注いだ。「そういうときが一番危ない」


驚いたことに、ファーガスンはファーリー・フィールド基地に駐《と》めたダイムラーのリムジンで待っていた。雨が降る中、レイシーは大きなゴルフ用の傘をさしかけて、ディロンたちを車まで送り届けた。

「さあ早く乗ってくれ。さっそく話を聞こう。ひさしぶりだな、ブレイク。わしの隣に坐《すわ》りたまえ」バーンスタインとディロンは折り畳み式の補助席に腰かける。バーンスタインがボタンを押して運転席との仕切りをおろした。「よし、悪い知らせを聞かせてもらおう」ファーガスンが言う。「おまえさんが話すんだ、ディロン。アイルランド人は喋るのが得意だからな」

「信じがたいことに、このじいさんも、母上がアイルランドのケリー州の出身なんだ」ディロンはジョンスンに言った。「ところが性格が全然違う」

ディロンはベルファストとスパニッシュ・ヘッドでの出来事を何一つ省略せず話した。ファーガスンは最後まで深刻な顔つきで聞いていた。

「やれやれ。きみがマグワイアでないことを知っていたのか」ファーガスンはジョンスンに言う。「こんどの作戦はほんの何日か前に決まったものだというのに」

「それだけではありません、准将」と、ジョンスン。「〈ベイスメント〉のことも知っていて、第一級の情報源があると自慢しました」

「どういう情報源だろうな」

「ホワイトハウスの誰かに違いありません。あそこではおおぜいの人間が働いています」

「しかし〈ベイスメント〉は極秘組織のはずだ」

「あなたの組織もそうですが、准将、知っている人間はいるでしょう？　それにコンピューターへの侵入も問題です。子供にハッキングされたこともありますからね」

「こちらも同様だ」

「われわれも同じことをしますがね、准将」バーンスタインが割りこむ。「パリ、モスクワ……」

「ワシントンまでね」と、ディロン。

「それで、心当たりはまるでないのか？」ファーガスンはジョンスンに訊《き》いた。

「というわけでもありません。こんどの作戦では旅行課に事務を依頼しました。これは偽造課の隠れ蓑《みの》です。バリーが見たがるかもしれないので、トミー・マグワイア名義のパスポートを作ってもらい、旅行の手配を頼みました。航空券やヨーロッパ・ホテルの予約です」

「それは全部コンピューターでやるわけね」

「ともかくきみの正体が知られていたという動かしがたい事実がある。これは気に入らない」ファーガスンは怒りをあらわにした。「まったく気に入らない。大統領にも不快な事実だろう」

「そのとおりです」ジョンスンが実感をこめて言う。

ファーガスンはうなずいた。「では、どうする？」

ディロンが発言した。「おれはさっきからマグワイアのことを考えていた。やつは何かを隠しているかもしれない」

「なぜそう思うの？」と、バーンスタイン。

「ああいう連中はたいてい何かを隠しているものさ。きみも長く警官をやっているんだからわかるだろう」ファーガスンに顔を向ける。「やつの尋問をさせてくれ」

「ぶちのめして口を割らせるわけ？」バーンスタインが鋭い口調で訊く。

「いや。神を畏《おそ》れる気持ちを吹きこんでやるだけだ」

ファーガスンはうなずいた。「よし、おまえさんに任せる」

「よしと」と、ディロン。「計画はこうだ……」


ホランド・パークにある隠れ家は高い塀をめぐらしたヴィクトリア朝中期の邸宅である。一見何事もない佇《たたず》まいだが、警備態勢は厳重きわまりない。マグワイアは居心地のよさに驚いていた。あてがわれたのはスイート・ルームで、テレビがあり、食事もうまい。だが、バスルームの中すらも監視されていることには気づいていなかった。

食事の時間に降りていく客間には趣味のいい家具や暖炉があり、テレビはスイート・ルームのものより大型だ。食事の内容は充実していて、シャブリが一瓶出ることもある。警備を担当するフォックスは物腰の丁寧な男で、制服ではなく紺のスーツを着ている。もちろんマグワイアは、フォックスが左の脇腹に密着させたホルスターにスミス・アンド・ウェッスン三八口径マグナムを差していることを知らないし、金塗りの額にはまった大きな鏡の裏から客間がはっきり見えることにも気づいていない。いま、隣室で客間を監視しているのは、ファーガスンとジョンスンとバーンスタインだった。

マグワイアは昼食を終えたところで、フォックスが壁際に立っていた。ドアにノックがあり、ディロンが入ってきた。

「元気そうだな、トミー」ディロンは言った。

マグワイアはディロンを見た。「おまえか。なんの用だ?」

「アルスターで起きたことを教えてやろうと思ってね」ディロンは煙草に火をつけ、アイス・バケットからワインのハーフボトルを抜いて、マグワイアの空のグラスに注いだ。ディロンは味見をする。「悪くない。ジャック・バリーは捕まらなかったよ。まんまと逃げられた。デイリーとベルという二人の部下は始末したがね。何か思い当たることはないか?」

「聞いたこともない名前だ」

「不思議なことに、バリーはわれらがアメリカ人の友人ブレイクが、おまえになりすましてやってくるのを知っていた。ブレイクが大統領の下で働いてることやら何やら全部知ってたよ。ホワイトハウスの内部に情報源があるそうだ」

「おい、それはおれには関係ないことだぜ」と、マグワイア。「バリーについて知ってることは全部話した。やつを逃がしたのはおまえの問題だ」

「たしかにこれは問題だが、おれのじゃなくておまえの問題だ。おれはおまえを大嘘つきだと思ってる。まだ話してないことがうんとあるとね」

「ばかばかしい。もう全部話したぞ」

「そうか？　よし、それならおまえは釈放だ」

「釈放？」マグワイアは仰天した。

「おまえはおれたちにバリー逮捕の機会を与えた。逃がしたのは残念だが、おまえのせいじゃない。ただ正直にいうが、おれたちとしては作戦の失敗を法廷で宣伝したくないんだ」ディロンはフォックスにうなずきかける。「主任警部を呼んでくれ」

「わかりました」

フォックスがドアを開けて声をかけると、バーンスタインが公文書めいた書類を手に入ってきた。「収監者に所持品を返還してヒースロー空港まで送ってちょうだい」フォックスにそう告げてから、マグワイアのほうを向いた。「トマス・マグワイア、ここに好ましくない外国人としてあなたを強制退去処分にする旨の令状があります。記録によれば、あなたはパリから不法に入国したので、そこに送還されます。フランスの当局がどう対応するかは関知しません」

「ちょっと待ってくれ」マグワイアが言いかけるのを、ディロンがさえぎった。

「幸運を祈るよ、トミー。おまえさんにはそれが必要だ」

「どういう意味だ？」

「ジャック・バリーにはヨーロッパや中東のあちこちに友だちがいる——ＰＬＯとか、リビア人とかね。マフィアとも取引があるそうだ」

「それがおれとどう関係する?」

「ジャックはブレイク・ジョンスンが代役を務めたのを知ってる。だからおまえから事情を聞きたがるだろう。タマを千切られないよう、幸運を祈るということさ」

いきかけるディロンに、マグワイアが言った。「おい、あいつはサディストなんだ! 北アイルランドじゃ男を一人、コンクリート・ミキサーに放りこんで殺したんだ」

沈黙が流れた。バーンスタインが訊いた。「それは本当なの、ミスタ・マグワイア?」

マグワイアはバーンスタインを見、ディロンを見てから、腰をおろした。「おれはここを出たくない」

「それなら話せ」ディロンは言った。

ドアが開き、ファーガスンとジョンスンが入ってきた。「よし、話を聞こうか」

「頼むから、煙草を吸わせてくれ」

ディロンは古い銀のシガレット・ケースを出して煙草を一本与え、火をつけてやった。「全部ぶちまけるんだ、トミー。すっきりするぞ」

「前にもいったとおり、バリーに直接会ったことはないんだが、やつはマルセイユのジョベールと取引がある。おれはジョベールの下で働いてるから、バリーが武器売買のことでアイルランドから寄越す人間とはよく会ってたんだ。その中の一人に、ドゥーリンという男がいた。会ったのはパリだ。パトリック・ドゥーリン」

ディロンが口をはさむ。「その名前は知ってる。メイズ刑務所で首を吊っているのを発見された」

「そいつだ」と、マグワイア。「ある夜、セーヌ川の遊覧船で一緒に食事をした。うまい料理にたっぷりの酒。ドゥーリンはひどく怒ってた。バリーは獣のようなやつだといって」

興味をそそられて、一同は続きを待った。「ドゥーリンは以前バリーの運転手だった。これはたしか三年ほど前のことだと思うが、ある夜、バリーを乗せて車を運転していたら、酒だか薬だかでハイになったバリーが、イギリス陸軍の秘密工作員を五人、始末したばかりだと話したそうだ。男が四人に女が一人。そのうち一人をコンクリート・ミキサーに放りこんで殺した。あとの四人はたしか射殺だ。正確には覚えてないが」

「なんてことなの」と、バーンスタイン。

「ほかには？」ディロンは容赦なく追及する。

「バリーが〈エリンの息子たち〉を束ねてるのは知ってるだろう？　やつはその五人を始末できたのはニューヨーク支部の連中と、〈コネクション〉と呼ばれる人間のおかげだといったんだ」

「〈コネクション〉？」ファーガスンが訊き返す。

「そう、内部の人間だ。バリーは、マイケル・コリンズがイギリス側の刑事を何人か味方につけてたのと同じだといったそうだ」

「ドゥーリンという男にずいぶんいろいろと話したのね」と、バーンスタイン。

ファーガスンはうなずいた。「この男を安全に匿《かくま》っておいてくれ、ミスタ・フォックス。また連絡する」

「承知しました、准将」

ファーガスンはディロンたちのほうを向いた。「よし、いこう」

一時間後、オフィスでジョンスンと坐《すわ》っていたファーガスンは、入室してきたバーンスタインとそのうしろのディロンに驚かされた。

「記録がありました」バーンスタインが報告した。「三年前に、アルスターで秘密工作班のメンバーが殺害されています。男性四人に女性が一人。リーダーのピーター・ラング少佐は自動車爆弾で死亡。爆発の威力が大きく、遺体は残りませんでした。ほかの四人についての詳細もここにあります。これがバリーの話した事件のようです」

「なんと、ピーター・ラングか。古い友人だったロジャー・ラングの子息だ」ファーガスンは言った。「きみたちも母親のレディ・ヘレン・ラングに会っただろう。トニー・エムズワースの葬儀で」

「テラスにいた魅力的なご婦人だな」と、ディロン。「これだけ証拠があれば何かできそうだ。次はどうする？」

「わたしは大統領に報告しようと思う」ジョンスンが言う。

ファーガスンは首を振った。「まだだ、ブレイク。きみに命令はできないが、もう少し待ってくれ。まずやっておきたいことがある」バーンスタインに顔を向ける。「バリーに関して、何か有益な情報はないかね？」

「ありません。MI5とMI6のデータにもアクセスしてみましたが」

准将はしばらく考える。「サイモン・カーターに電話してくれ。本人とだけ話すこと。ジャック・バリーと〈エリンの息子たち〉、それにホワイトハウス内部からの機密漏洩《ろうえい》の可能性について、知っていることはないか訊《き》いてみてくれ」

「わかりました」バーンスタインは出ていった。

ファーガスンは立ちあがった。「ブレイク、階下《した》にいい食堂がある。サンドイッチでもつまみながら報告を待とう」


隅のテーブルで待っていると、三十分後、バーンスタインがやってきて席についた。「例によって怒り心頭に発していました。若干誇張していえばですが」

「どういう意味だ？」ファーガスンが訊く。

「ショックを受けていたようです。なんとなく、こんどの一件のことを知っているような気がします。ありえないことですが」

「あのおやじは神様にでも嘘をつきかねないからな」と、ディロン。

「折り返し電話をくれるのが妙に早かったのです。ジャック・バリーの経歴について教えてくれましたが、全部こちらの知っていることばかりでした」

「ワシントンや〈エリンの息子たち〉のことは何もなし？」ジョンスンはディロンに顔を向ける。「カーターはまだ秘密情報部の副長官なのか？」

「そのとおり」

「その彼が知らないのなら……」

ファーガスンはバーンスタインに命じた。「すぐ携帯電話で呼び出してくれ」

バーンスタインはカーターを呼び出して電話を准将に渡した。「サイモン」と、ファーガスン。「すぐに会いたい。三十分後に、議事堂のテラスで」

「ちょっと待て、ファーガスン……」

「いま首相への報告をまとめているところだが、きみからの情報も欲しいのだ」ファーガスンは電話を切り、しばらく黙って思案する。それから、言った。「きみもきてくれ、ブレイク、大統領の代理として。カーターは恐れ入るだろう。それとディロン、おまえさんもこい。例によってあの男を動揺させよう」

「あの男ほどおれを憎んでるやつはいないね」

「そう、わしはあの男の神経を逆撫《さかな》でしてやるのが好きでな」ファーガスンはバーンスタインのほうを向く。「きみはコンピューターの天才だ。何か意味のある情報が出てこないか試してくれ」腰をあげた。「では諸君、行動開始だ」


庶民院と貴族院からなるイギリスの国会議事堂は類《たぐ》いまれな施設である。イギリスの国家運営を担ってきた歴史や、テムズ川に臨む特異な立地もさることながら、設備の充実ぶりも著しい。建物内には二十六のレストランやバーがあり、ロンドンでも指折りの上質でしかも安価な飲食物を提供しているのである。

ただしファーガスンのような人物でさえ、遅々として進まない行列に並ぶ必要があり、店の入り口では大柄な警察官が保安チェックをしている。迷路のような廊下を抜けて中央ロビーにやってきたファーガスンの一行は、テムズ川に面したテラスへの出口に向かった。

三月下旬の寒い時期だが、今日は陽射しが明るく、天幕は畳まれている。貴族院の区域と庶民院の区域に分かれたテラスには、国の内外からの訪問者がおおぜい出ていた。

「おまえさんがジャケットを着ているのはありがたいよ、ディロン」ファーガスンが言う。「珍しいことだ。そこそこ立派に見える」

ディロンはシャンパンをのせた盆を掲げているウェイターに手で合図をした。

「日本の国会議員団の関係者でいらっしゃいますか?」

「そうだよ」ディロンはシャンパンのグラスを、ジョンスンと渋い顔のファーガスンに渡し、自分も一つとる。

三人は手すり際から川面を見おろした。「ここの警備態勢はどうなんだ?」とジョンスンが訊く。

「ここの流れの速さは五ノット」ディロンは答えた。「アメリカの海軍特殊部隊《SEAL》でも苦労するだろうな」

「ところがこの小僧は」ファーガスンが言った。「いつぞや首相がここでアメリカ大統領の歓迎会を開いたとき、ただカーターに警備の不備を見せつけるために、川からテラスにあがって、ウェイターになりすましてカナッペを配りおった」

大笑いをするジョンスンに、ディロンは言った。「カーターはご機嫌斜めだったよ」

「それはそうだろう」ジョンスンがそう言ったとき、当のカーターが現われた。

カーターはディロンの顔を見て不快な表情を浮かべた。「なんということだ、ファーガスン、またこのごろつきを連れてきたのか？」

「あなたに神の救いがありますように」ディロンは言った。「わたしのような卑しい者にお会いくださるとは、なんとも太っ腹でございますな」

「ディロンを連れてきたのはその必要があるからだ。文句はいわんでもらいたい。こちらはブレイク・ジョンスン、ジェイク・キャザレット大統領の保安担当者だ」

「あなたのことは存じあげている、ミスタ・ジョンスン」カーターはしぶしぶ握手をした。

「用件に入ろう」と、ファーガスン。「バーンスタイン主任警部からジャック・バリーと〈エリンの息子たち〉について問い合わせがあったと思うが」

「知っていることは全部話した。どうせコンピューターですべて調べているだろうがね。きみたちがそういうことをしているのはわかっている」

「それはお互いさまだがね。それで、きみはジャック・バリーがホワイトハウス内部に持っているかもしれない情報源について、何も知らないわけかな？」

「知っていれば教えている」

ファーガスンはジョンスンに顔を向ける。「きみに任せる。説明してやってくれ」

ジョンスンが話し終えたとき、カーターはひどく冷静だった。「ただの作り話かもしれない。なぜそのマグワイアを信用するのかね？　なぜ哀れなドゥーリンとやらの話を真に受ける？」

「もう一つ」とディロンが指摘する。「バリーはブレイクを捕まえたとき、自分には第一級の情報源があるといった」

「情報源はあるに違いない」と、ジョンスン。「わたしがマグワイアでないと知った上で待ち受けていたからね」

カーターは返事をする気配がない。ファーガスンはウェイターに手を振って、シャンパンを所望した。「もう一杯やろう、諸君。きみも飲むだろう、カーター？」

「ああ、もらうよ」

「最後にもう一つ。三年前、陸軍のある秘密工作班が、全員ジャック・バリー一味に殺害された。ピーター・ラング少佐が指揮するグループだ。きみはそのことをバーンスタイン主任警部に話さなかったようだが？」

「訊かれなかったからだ。記録はコンピューターで読めるしね。それに、あの事件がバリー率いる〈エリンの息子たち〉の犯行だという証拠はない。気のすむまで探すがいい、ファーガスン、そういう証拠を明らかにしているファイルは存在しないんだ。ほかに何かあるかね？　わたしは忙しいんだが」

「とりあえずない。首相には、例によってきみが協力的だったと伝えておくよ」

カーターが顔をしかめる。「この一件を報告するつもりかね？」

「わしの任務のことは誰よりもきみがよく知っているはずだ。〝首相の私的軍隊〟と、きみたちは呼んでいるのではないかね？」

「くそっ！」カーターは毒づき、くるりと背を向けて歩み去った。

「さてと一件落着」ディロンはにやりとする。「次はなんだ？」

「午後に首相と面会する約束をとりつけてある」ファーガスンは言った。「きみも一緒にきて、直接説明してくれたまえ、ブレイク。おまえさんは、ディロン、いつもどおり車で待つ」

ディロンはジョンスンに笑いかけた。「何も変わらない。おれは自分の分をわきまえてるよ」

国防省に戻ると、ハンナ・バーンスタインはまだコンピューターの前に坐《すわ》っていた。「何か報告は？」ファーガスンが訊《き》く。

「一つおもしろい事実が見つかりました。いくつかの情報筋によると、イギリス秘密情報部はこの二年ほど、北アイルランドでの作戦に関する微妙な情報を気前よくアメリカの情報組織に回さなくなった。そういう情報がシン・フェイン党に定期的に流れていたという噂があったせいとか」

「で、いまの情報提供のしかたは？」と、ファーガスン。

「いちおう情報提供は中止されていませんが、情報の質は低く、高級紙の政治面に出ているようなことばかりのようです。たまにおいしいものが一口二口混じるていどで……」

ディロンが割りこむ。「秘密工作班についての情報なんかはもう渡されないと」

「そのようね」

「しかしそれが情報部の公式の方針なら」と、ジョンスン。「きみたちはとっくに知っているはずじゃないのか？」

「わしは教えてもらえない」ファーガスンが言う。「首相との関係で特権的な地位にいるせいで憎まれているからな。彼らはことあるごとに邪魔をするし、協力はできるだけ避けようとする」

「その空気はわかります」と、ジョンスン。「わたしもCIAやFBIとの関係で同じ問題を抱えていますから」

「ようするに、カーターとその仲間は三年前の事件を知っていたわけだ」ディロンが言う。

「すぐにじゃないかもしれないが、ある時点でね」

「そうだな」ファーガスンはうなずき、バーンスタインのほうを向いた。「ケンブリッジ卒の頭脳で推理してくれ、主任警部」

「たしかな事実は二つあります。まず、なぜか秘密情報部はアメリカの情報組織に不信感を抱きはじめて、とるに足りない情報や偽情報を流すようになった。三年前の事件については早い段階で真相を察知したけれど、証拠がないと判定した」

「二つめは？」

「その証拠を明らかにしているファイルは存在しない。少なくともいまの時点では。副長官がそういっているのなら、わたしは信じます」

「あなたは？」ジョンスンはファーガスンに訊く。

「筋は通っていると思う。彼らは自分たちの利益を考えてゲームをしているのだ。重要な和平プロセスが進行中のいま、首相には厄介な問題を報告しないことにした。報告すれば、話はアメリカ大統領に伝わる。そうなるとわしやきみが関与することになる」

「ろくでもない連中だ」と、ジョンスン。

「そう、しかしきみの国に無価値な情報を送りつづけても、彼らが失うものは何もない」ファーガスンは言った。「第二次大戦中には、ナチに対して同じことをしたよ。ドイツ陸軍情報部に偽情報を流したんだ」

ロン。

「それはともかく、こんどの一件では、誰がこの国の指導者なんだといいたくなる」と、ディ

バーンスタインがうなずいた。「それで、どうします？」

「首相に会う。わしにはそれしか道はない。ブレイクもそうだ。バリー捕獲作戦についてキャザレット大統領に報告するわけだが、ブレイクとしては真相をすっかり話すしかないからな」

「そのとおりです」と、ジョンスン。

「秘密情報部が関与しているかもしれない点はどうします？」バーンスタインが訊く。

「関与などしておらん。ファイルはない、不都合な事実は何も知らないといっている。マグワイアの証言のことを教えても驚いていたし、でたらめだと仄《ほの》めかしたからな」

「では放っておくのですか？」

「そのとおり。首相に会っていきさつを詳しく話し、今後この問題は全部わしのやり方で処理することにする」

「サイモン・カーターに神のご加護を」ディロンが言った。

ダイムラーはダウニング街の入り口に設置された警備門の通過を許可された。ファーガスンが言った。「長くはかからんと思う」

「わかってるよ。おれはここで待つのに慣れてる」ディロンはジョンスンににやりと笑ってみせる。「おれは雇われガンマンとして重宝だが、この先にいる偉大な人物にとっては気詰まりな相手なんだ」

《タイムズ》でも読んでいることだ。ためになる」ファーガスンはそう言い残して車を降り、ジョンスンもあとに続いた。

警備の警察官が敬礼をしてドアを開け、中で補佐官が歓迎の微笑みを浮かべた。「准将、ミスタ・ジョンスン。首相がお待ちです」

案内されて、歴代首相の肖像画が飾られている階段を昇り、二階の廊下を進む。補佐官は書斎のドアを短くノックして開く。デスクについていた首相が立ちあがり、こちらに出てきて、ファーガスンと握手をした。

「やあ、准将」

「こんにちは、首相。首相が就任されたとき、わたしの一風変わった地位についてお話しさせていただきました。あのとき、アメリカ大統領も似た組織を持っていると申しあげましたが、覚えておいでですか？」

「〈ベイスメント〉のことかね？」

「そうです、首相。こちらがその組織の責任者です」

首相はジョンスンと握手をした。「さあ、二人ともかけたまえ。何か非常に重要な用件だと聞いたが」

「そうなのです」ファーガスンは答えた。

「話してくれ」

ファーガスンが話し終えると、首相はしばらく眉《まゆ》をひそめていた。「信じられないような話だ。次は何が起こるのかね？」

「ミスタ・ジョンスンが大統領に報告しなければなりません。わたしのオフィスに戻ったら、電話をかけてもらおうと思っております」

「それがいいだろう。たまたまわたしも、北アイルランド和平のことで、今夜大統領に電話するつもりでいる。この一件のことも話して、わたしがきみとミスタ・ジョンスンを完全に信用していることを伝えておこう」

「秘密情報部副長官の立場はどう配慮すればよろしいでしょう?」

「なんの立場のことかな?」首相は穏やかな表情を保っている。「サイモン・カーターは何も知らないと言明した。〝ファイルはない〟と。それならそれでいい。これはまさにわたしの先任者たちがきみに処理させてきた種類の問題だ、准将。だからきみがうまく処理してくれたまえ」

「承知しました、首相」

准将とジョンスンが腰をあげると、魔法のようにドアが開き、二人は外に送り出された。

ところが生憎《あいにく》、ジョンスンは大統領と話すことができなかった。電話をまわされた首席補佐官の秘書が、大統領はボストンで演説をしていると告げた。演説のあとはナンタケットの私邸で三日間の休暇を過ごすという。次いでジョンスンは自分の秘書のアリス・クォーンビーと話したが、秘密回線を使っているので自由に話せた。

「とても心配していました」と秘書は言った。

「むりもないね。バリーは逃がしてしまったし、わたしはもう少しでやられるところだった。

やつは〈エリンの息子たち〉にニューヨーク支部があると話していた。一つ調べてみてくれ」

「わかりました」

「それとすぐ帰国したいから、今日のうちにイギリスを発つ軍用機がないか確かめてもらいたい」

「わかりましたらお電話します」


ファーガスンのオフィスで最終的な打ち合わせが行なわれた。まずバーンスタインが明白な事実を述べた。「これ以上ここでできることはないようね」

「そう、あんたに任せるしかない」ディロンがジョンスンに言った。「〈エリンの息子たち〉のニューヨーク支部」そこで笑った。「まるでアイルランド風テーマ・パブの支店みたいな響きだな」

ジョンスンは眉根を寄せた。「冗談じゃなく、いい線をいってるかもしれない」

「それから白い家《ホワイトハウス》の謎もある」と、バーンスタイン。「まるでアガサ・クリスティの推理小説ね」

「その種の小説は単純きわまりないのが問題だ」ファーガスンが言う。

「犯人はいつも執事」と、ディロン。

「というより、田園邸宅《カントリー・ハウス》で週末を過ごす人間が十人ほどしかいなくて、その中に必ず犯人がいるという点だ」

電話が鳴った。ファーガスンが出て相手の話を聞き、うなずく。「ちょっと待っていたまえ」

ジョンスンを見た。「きみの秘書からだ。今夜アメリカに向けて発《た》つイギリス空軍のガルフストリームが、ファーリー・フィールドに寄ってきみを乗せるといっているそうだ」

「ちょうどいいですね」ジョンスンは答えた。

「それで頼む」ファーガスンはそう言って受話器を置いた。

「じゃ、これでいいな」ディロンはにやりと笑った。「あとはあんたの働きしだいだ。固唾《かたず》を呑《の》んで吉報を待ってるよ」

ワシントン　ナンタケット　ニューヨーク

6

ホワイトハウスのオフィスで、ジョンスンはアリスに溌剌《はつらつ》と挨拶《あいさつ》した。機内ではなんとか眠り、時差を無視した朝食もむりやり腹におさめた。さっぱりとしたくて、オフィスに着くとすぐにシャワーを浴び、着替えをした――オフィスに泊まりこむことが多いので、着替えはいつも用意してある。

髪を洗い、髭《ひげ》をそり、清潔な青いフランネルのスーツに身を包んで、デスクについた。アリスがコーヒーを運んできて褒《ほ》めた。「十歳は若返りましたね」

「この未決書類入れを見てくれ」

「増やさない努力はしましたが。で、どうでした？」

〈ベイスメント〉の運営はきわめてユニークである。常勤のスタッフは秘書のアリス一人だけで、あとは必要に応じて秘密リストから任務遂行メンバーを選ぶ。彼らはすでに退職しているFBI時代の同僚、さまざまな分野の学者、ヴェトナム戦争時代の戦友たちだ。活動形態は共産主義者の細胞システムに似ていて、それぞれのメンバーは他のメンバーが何をしているのかを知らない。知っているのはアリスだけである。そのアリスが、話を聞いて憤慨した。

「ホワイトハウスにスパイがいるなんて信じられませんが」

「なぜだね？　スパイはどこにでもいる。国防総省、CIA、FBI……」

「そうですね」アリスはジョンスンのカップにコーヒーを注ぎ足す。「最近はコンピューターにあらゆるデータがあるのが問題です。しかも、どれだけ予防策をとっても簡単に侵入される」

「そう、世の中は難しい。ところで――〈エリンの息子たち〉のことは何かわかったかい？」

「たいしたことは。ジャック・バリーの名はCIAとFBIの記録にありますが、〈エリンの息子たち〉はバリーの記録に出てくるだけです」

ジョンスンは眉をひそめた。「だが、あの男がニューヨーク支部のことを話したのは間違いないんだが」不意に笑いだす。「ディロンのいったことを思い出したよ。〈エリンの息子たち〉というのはアイルランド風テーマ・パブのようだというのをね」

アリスも笑った。「なるほど」

「よし、べつのルートを試してみよう。パブ、レストラン、ダイニング・クラブ。何か出てこないか調べてみてくれ」

「承知いたしました、ご主人様」

アリスが退出すると、ジョンスンは書類仕事にとりかかった。

一時間ほどして、アリスが戻ってきた。「探すべきところを探せば簡単に見つかるものですね」紙片を一枚手にしてそう言った。「〈エリンの息子たち〉というダイニング・クラブがありました。〈マーフィーズ〉というレストラン・バーが運営しています。場所はブロンクス」

ジョンスンは紙片に記された住所を見て、腕時計を覗《のぞ》いた。「ちょうどいいニューヨーク行きの列車がある。指定席、車、それに政府につけを回せるスイート・ルームを手配してくれ。部屋は偉大な人物にふさわしいものを頼む」

アリスは大笑いしながら出ていった。


〈マーフィーズ〉は〈ヘイリー通りにあった。午後三時過ぎ、ジョンスンの乗った車は店の前にとまった。緑色をふんだんに使い、金色の竪琴を飾った、ありがちなアイルランド風テーマ・パブではなく、古いオーソドックスな店である。

「ここで待っててくれ、ジョージ」ジョンスンは運転手にそう言い置いて車を降り、店の入り口に足を向けた。

薄暗い店内は古風な内装で、ボックス席が並び、壁はマホガニーの羽目板張り。ボックス席の一つで二人連れが食事を終えるところで、昼の書き入れ時はとっくに過ぎている。バーテンダーはおそらく七十五歳を超えている老人で、シャツの袖《そで》をまくりあげ、鼻先に老眼鏡をのせて《ニューヨーク・タイムズ》紙のスポーツ欄を読んでいた。

「やあ」ジョンスンは声をかけた。「ブッシュミルズの水割りをくれないか」

「お客さんは趣味がいい」老人は酒の瓶に手を伸ばした。

「名字はドゥーリーだから当然だ。友だちにここを教えられてね。バリーという男だが」

老人はグラスを押して寄越した。「覚えのない名前ですな」

「きみも一杯やりたまえ」ジョンスンが言うと、バーテンダーはグラスにたっぷり注いで一気に飲み干した。

「なんでも以前、ここの〈エリンの息子たち〉というダイニング・クラブに入っていたらしいんだが」

「ああ、それは会員が四、五人だけのクラブですよ。ごくふつうのクラブですが、上院議員も会員でしてね」

「上院議員？」

「ええ、マイケル・コーハン上院議員。ほんとにいい方で」

「それはおもしろいね。ほかの会員はどういう人たち？」

「ええっと……建設業者のパトリック・ケリー……アイリッシュ・パブのチェーンを持ってたトム・キャシディ……あとは誰だったかな」老人は顔をしかめる。

「もう一杯いくかい？」

「ああ、こりゃどうも。いただきます」ウィスキーを注ぎ、半分飲んで、うなずく。「ブレイディ――マーティン・ブレイディだ、輸送労組の。このあいだやられたそうですがね」

「どういう意味？」

「暗殺ですな。夜、組合のスポーツ・ジムから出てきたところを襲われたそうです」身を乗り出してくる。「その筋といろいろあったみたいでね。わかるでしょ」

「ああ、なるほど……それで〈エリンの息子たち〉はいつ集まるんだ？　決まった曜日や日にちがあるのかな」

「いえ、日は決まってないんです。ときどき開かれます。といっても、もう一月ほど間が空いてるかなあ」

「ふうん」ジョンスンは二十ドル札をカウンターに滑らせた。「仲間入りはむりみたいだね。どうもありがとう。お釣りはいらないから」

「どうもありがとうございます」


車に戻り、携帯電話でアリスに連絡した。「メモしてくれ」ジョンスンはダイニング・クラブの会員の名前を告げた。「ニューヨーク市警のコンピューターを検索してブレイディ殺害事件の詳細を調べるんだ。これからピエール・ホテルへいくが、一時間後にまた電話する」

「わたしはどうしてピエール・ホテルに泊まれないのかしら。なぜいつもあなたなの？」

「それはわたしが重要人物だからだよ、アリス」

「その肥大したエゴがあなたの魅力なのよね」アリスはそう言って電話を切った。


ホテルの部屋でコーヒーとサンドイッチの軽食をとっていると、アリスから電話がかかった。

「いま坐《すわ》ってます？」

「そんな悪い知らせなのか？」

「そういっていいと思います。ブレイディ殺害事件のことを調べるようおっしゃいましたね？」

「ああ、そういった」

「一応、ニューヨーク市警のデータを、ダイニング・クラブの会員全員の名前で検索しました。つながりがあるかもしれないので」

「つながりはあったのか？」

「そういうことです。〈エリンの息子たち〉という名前は出てきませんが、ブレイディ、ケリー、キャシディの名前はありました」

「続けてくれ」

「三人とも射殺されているんです。最初はブレイディで、犯罪組織による路上での銃撃と見られています。キャシディは三日後の夜、みかじめ料をめぐるいざこざが原因との噂。ケリーはさらに三日後の朝で、オッシニングの自宅近くでジョギング中に強盗の被害にあっています」

「ううむ」ジョンスンは愕然《がくぜん》とした。「なんといっていいかわからない」

「新聞でも報道されましたが、記事は別々で――関連づけて取り上げているものはありません。〈エリンの息子たち〉のことを知らなければ、つながりがあるとは思わないでしょう」

「そうだな」

「警察に知らせますか？」

「どうかな。コーハン上院議員はどうだ？」

「ニューヨーク市警のコンピューターには何もありません。まだ生きていますしね。ゆうべは《ラリー・キング・ライヴ！》に出ていました」

「どうして？」

「例によって北アイルランド和平の関係です。いま大きな話題になっていますから。アイルランド系アメリカ人の有権者にアピールするためにイギリスを訪問するらしいです。このあとはどうしますか？」

「大統領の印章と署名が入った白紙の令状にハリー・パーカー警部という名前を記入して、ファックスで送ってくれ」ジョンスンは部屋のファックス番号を告げる。

「パーカーというのは誰ですか？」

「古き良きニューヨークの路上の不寛容が産み出した男。選り抜きの刑事と最新鋭コンピューターをそろえた特別殺人捜査班を率いている。FBI時代の知り合いだ」

「貸しがあるというわけですね？」

「それは関係ない。さっき頼んだ令状を渡してやれば一も二もなく引き受ける。また連絡する」

次はイギリス国防省のファーガスン准将に電話をかける。ロンドンは午後八時。電話はキャヴェンディッシュ・スクェアのフラットへ転送された。

「きっと気に入りませんよ、この話」ジョンスンはファーガスンに殺人事件と〈エリンの息子たち〉についての情報を伝えた。

ファーガスンが言った。「誰かが半端でない仕事をしているようだな」

「そういっていいでしょう。ロンドンでライアンが殺された事件を連想しました。あの男もバリーと関係がありましたからね。スコットランド・ヤードから詳しい情報を手に入れてもらえますか？　ディロンは犯人を女性だと言いましたが、武器がなんだったかも気になります」

「すぐ手配しよう。三十分後に連絡する」

ファーガスンはスコットランド・ヤードの記録課に電話を入れ、次いでディロンを呼び出した。「すぐきたまえ」

ディロンは十分後に現われ、キムに迎え入れられた。二階にあがると、ファックス機が紙を吐き出していた。

「どうしたんだ？」ディロンは訊《き》いた。

ファーガスンはファックスの文面を読んだ。顔をあげて、通信紙を寄越す。「ライアンが埠《ふ》頭《とう》で殺された事件の記録だ。珍しい拳銃《けんじゅう》が使われている。読んでみたまえ」

ディロンは読んでうなずいた。「コルト二五口径。女性向けの銃だが、ホロー・ポイント弾を使えば殺傷力は充分ある」用紙を返す。「それで？」

「さっきニューヨークからジョンスンが電話をかけてきた。〈エリンの息子たち〉のニューヨーク支部を見つけたそうだ――メンバーはほとんど死んでいるがね。七日以内に三人が射殺された。この二週間内の出来事だ」

ディロンはひゅうと口笛を吹く。

「残るはニューヨーク在住のマイケル・コーハン上院議員一人……そうだ！　議員は北アイルランド和平の件で訪英して、ドーチェスター・ホテルに滞在することになっている。ロンドンでアメリカの上院議員が殺されたら一大事だ。首相はわれわれに警護を要請するはずだ」

「で、どうする？」

「ジョンスンに電話をしてこの事実を伝えよう」

ピエール・ホテルの部屋で、ジョンスンは注意深く話を聞き、うなずいた。「できれば今夜のうちに、特別殺人捜査班の責任者に会ってきます。この部屋のファックス番号を教えておきますから資料を送ってください。こちらも何かわかったら知らせます。ディロンはいますか？」

「いま代わる」

「きみはこんどの件をどう見ている？」電話口に出たディロンに、ジョンスンは訊いた。

「こういう言葉を聞いたことがあるだろう。〝一度めは偶然、二度めは不思議な一致、三度めは敵のしわざ〟というのを。この一件は四度重なっている」

「本当に同じ犯人だと思っているのか？　例の女性だと？」

「わかってるのは一つだけ。誰かが、あるいはあるグループが、〈エリンの息子たち〉を皆殺しにしようとしている。五人のうち四人がやられたとなると凄腕《すごうで》だ。おれがマイケル・コーハン上院議員ならうんと心配するね」

「同感だ。また連絡する」

ディロンは受話器を置いた。「とりあえず様子見だ」ファーガスンに言う。「首相に報告するかい？」

「まだだ」

「カーターには？」

「カーターなどくそ食らえだ。酒を一杯やったら帰っていいぞ」

ポリス・プラザ一番地の市警本部で、ハリー・パーカーはそろそろ退勤しようと考えていた。今日も忙しい一日だった。麻薬がらみの銃撃が三件、気骨《きぼね》の折れる尋問が六つ、山ほどの書類仕事。行きつけのバーに寄ろうかと思ったとき、電話が鳴った。

「ハリーか？」

「誰だい」

「ブレイク・ジョンスンだ」

「おう、おまえか。ディレイニー事件以来だな——あれは二年前、いや三年前かな。FBIをやめたと聞いたが」

「出世したよ。会ってから話すがね」

「いつ会う？」

「十五分後はどうだ？」

「いま仕事をあがるところだぜ」

「ハリー、おまえに大統領から命令された仕事を頼みたいといったらどう思う？」

「この大嘘つきめと思うよ」沈黙が流れたあと、パーカーは訊いた。「おい、冗談だろう？冗談ならそういえよ、ブレイク」不意に、二十五年の現場の生活につちかわれた直感が警告を発した。「おいおい、いったい何に巻きこもうっていうんだ？」

「興味津々の事件だ、保証する。コーヒーを用意しておいてくれ」

ハリー・パーカーはしばらく思案をめぐらしていた。年齢四十八歳、体重二百二十四ポンド、ハーレム出身の黒人で、奨学金を得てコロンビア大学に入学、卒業後すぐ警察に入った。警察官になるのは小さいころからの夢で、夜勤も週七十時間の勤務も苦にしない。ただし、妻のほうは平気ではなかった。

十年前にパーカーと別れた妻は、ジョージア州でバプテスト派の牧師と再婚したが、二人の子供が彼のもとに留まった。息子は医者、娘はCBSローカル局のかけだしの記者で、シングル・マザー。ハリーの孫娘は今年二歳になる。

パーカーは受話器をあげて通りの向かいのデリに電話をした。「やあ、マイラ、パーカー警部だ。グリルド・チーズ・サンドイッチ、フレンチフライ、コーヒーを二人前頼む」

デスクの引き出しを開けて煙草を出し、ためらったあとで、一本くわえて火をつけた。禁煙中のはずだが、かまうものか。今夜は長い夜になりそうな気がする。窓辺に立って雨の降る通りを眺めていると、電話が鳴った。

「パーカー警部、ジョンスンという方が見えてます」

「ここへ通してくれ」

まもなくノックが響いたが、ドアを開けたのはデリの若い男の店員だった。

「そこのテーブルに置いてくれ」パーカーがそう言ったとき、ジョンスンが戸口に現われた。

「いい匂いだな。今日は一日ほとんど何も食べてないんだ」

「それでおれの食い物を盗む気か」パーカーはデリの店員を手ぶりで追い払う。「まあそこへ坐れ」

二人は部屋の隅の、低いテーブルをはさんで向きあう椅子に腰をおろした。ジョンスンがサンドイッチを一つつまむ。「うまい」

パーカーはコーヒーが入ったプラスチック容器の蓋《ふた》をとった。「遠慮なく食ってくれ。おれは飢えてもいい。おまえは腹が立つほど元気そうだな。それで、どういうことなんだ？」

ジョンスンはポケットから封筒を取り出した。「読んでくれ」そう言ってまたサンドイッチに手を伸ばした。

パーカーは封筒を開いてファックス通信紙を出した。「ふうん、大統領の令状か」

「それはファックスで送らせたものだからコピーだ。原本は大統領のメッセンジャーがおまえのところへ届けにくる」

パーカーは愕然《がくぜん》としていた。「ブレイク、おれは話には聞いたことがあるが、こういうのを見るのは初めてだ。おまえがFBIをやめたのは知ってるが、いまはなんなんだ？ CIAか、シークレット・サービスか？」

「どっちでもない。大統領直属の部下だ」

「というと？」

「わたしが所属しているのは特別な極秘の部署だ、ハリー。大統領直属だからこういう令状を執行できる。この一件では、おまえが忠誠を尽くす相手はニューヨーク市警や市長じゃない。アメリカ合衆国大統領ただ一人だ。それを受け入れるか？」

「おれに選択の余地はあるのかい？」

「ない。これは国家の安全にかかわる事件だ。それを解決するのにおまえの特殊技能が不可欠なんだ」

不意に、ハリー・パーカーはすばらしい気分になった。サンドイッチに手を伸ばして、言った。「おれはおまえのものだ、ブレイク。おまえのものだよ。全部話してくれ」

しばらくのち、パーカーはシャツの袖《そで》をまくりあげてコンピューターの前に坐《すわ》っていた。「ロンドンで起きたライアン殺害事件のデータをここに入力する」キーを叩《たた》きながら言う。「よし、それじゃ〈エリンの息子たち〉の会員から始めよう」雨が激しく叩く窓のそばで、パーカーの指がすばやく動く。「まずはマーティン・ブレイディ、輸送労組の幹部。夜、組合所有のジムから出てきて、車のロックをはずそうとしたとき、首のうしろを銃で撃たれた。これは典型的なマフィアの手口で、ブレイディが連中とトラブっていたことはわかっている」

「うむ」と、ジョンスン。「しかしその種の暗殺の場合、連中はCIAを見習って、二二口径あたりの小口径銃を使うんじゃないのか?」

パーカーの指がキーボードの上を走る。「そのとおりだが、この事件ではコルト二二五口径で、ホロー・ポイント弾が使われているわけだ」椅子にもたれた。「うーん、もう一ぺんライアンの記録に戻ってみるか」またキーを叩く。「コルト二二五口径だ」

「ただの偶然かな」と、ジョンスン。

「いやいや。偶然なんかであるはずがない」

「ほかの会員のデータを見よう」

パーカーは作業に戻った。「三日後の午前一時、キャシディはブロンクスに出店した新しいレストランから出てきた。警察はみかじめ料を要求していた犯罪組織とトラブルを起こして犠牲になったとしている」キーを叩く。「信じられない。ここでも使われたのはコルト二二五口径だ」

「残るは一つ」

パーカーは検索する。「裕福な建設業者パトリック・ケリーは、朝六時に起きて、五マイルのジョギングをする習慣があった。オッシニングの自宅の近くで心臓を撃たれて死んでいた。いつも一万五千ドルの金の腕時計をはめ、金の鎖を首にかけていたが、遺体はどちらも身につけていなかった」ジョンスンに顔を向ける。「警察の見立ては武装強盗だ」

「使われた銃を調べてくれ」

パーカーは言われたとおりにして結果を待ち、やがてうなずいた。「すばらしい。ロンドン、ニューヨークの事件と同じ武器だ」またジョンスンを見る。「どう思う?」

「犯人は同じ銃を使うという点をのぞけばひどく頭のいい人間だ。どの事件もほかの説明がつくようにうまく仕組んでいる。ブレイディはマフィアがらみ、キャシディはみかじめ料がらみ、ケリーは強盗」

「たしかに頭がいいな。一見、これらの事件にはつながりがなさそうに見える。おまえが調査を始めなかったら、同じ銃の使用という点は気づかれなかっただろう。それにしても銃のことは不思議だが」

「ロンドンにいる友人が、ライアンを射殺したのは女だといっている点はどうだ?」

「それより、ロンドンで使ったコルトをニューヨークでも使ってる点だ。これは変だよ。空港の保安検査をどうかいくぐったんだ?」

ジョンスンはゆっくりとうなずき、それから顔を輝かせた。「自家用飛行機かもしれないぞ、ハリー。金持ちの自家用飛行機ならノーチェックだ」

「まったく、こいつはどういう事件なんだ？」パーカーが呆《あき》れる。

「まだわからないが、わかったら真っ先におまえに知らせるよ」

「そいつは嬉《うれ》しいね」

ジョンスンは腰をあげた。「それくらいさせてもらうさ。じゃ、これから大統領に会ってくる」そう言って部屋を出ていった。


ロンドンはもう真夜中過ぎだが、ファーガスンにも連絡を入れた。ベッドで受話器をとった准将に、ジョンスンは言った。「ますます奇妙ですよ、准将」

ファーガスンははっきり覚めた声で応《こた》えてきた。「話してくれ」

ジョンスンは一通り話し終えると、「何者だと思います？」と訊《き》いた。「王党派が〈エリンの息子たち〉を一人ずつ標的にしているんでしょうか？」

「ブレイク、わしはこの世界では古株だ。その直感でいうのだが、ロンドンとニューヨークで同じ銃が使われているなら、殺人者は一人だよ。命を賭《か》けてもいい」

「しかし女性というのは信じられません」

「わしの年になると信じられないことなど何一つない。これから大統領に会うのかね？」

「ええ」

「数日後にマイケル・コーハン上院議員がロンドンへくる。そのことを話しておいてくれ。上院議員は訪英しないほうがいいかもしれん」

ですね」

「ニューヨークにしろロンドンにしろ」ジョンスンは肩をすくめた。「近ごろはずいぶん物騒

同じとき、北アイルランドはダウン州の、崖《がけ》の上に立つ隠れ家の台所で、ジャック・バリーが紅茶を飲んでいると、携帯電話が鳴った。〈コネクション〉からだった。

「いったいどこにいたんだ?」バリーが強い口調で訊いた。

「わたしは忙しいんだよ。ブレイク・ジョンスンがワシントンに戻った。つまりきみはうまく逃げたということだろうな」

「まあそういうことだ。ショーン・ディロンと女の主任警部も一緒にきた。部下が二人やられたが、おれはなんとかしのいだよ」

「よし。われわれの取り決めのことは喋《しゃべ》らなかっただろうな?」

「もちろんだ」と、バリー。

「すばらしい。また逐一情報を流す」〈コネクション〉は電話を切った。

バリーは毒づいた。いま話した男の正体を知らないのはいまいましい。〈エリンの息子たち〉の会員も、おたがい同士が知り合いなだけで、〈コネクション〉が誰かは知らなかった。バリーはちょっと考えてから、暗号機能付き携帯電話でマイケル・コーハン上院議員にかけた。議員とはアメリカで何度か会って意気投合した。コーハンはバリーの話す身の毛もよだつ逸話を好んで聞いた。夜間の秘密工作など、輝かしい闘争の話を。

コーハンはすぐ電話に出た。「誰だ?」

「バリーだ。まずいときにかけたか?」

「うむ、いま自宅でパーティの最中だ。ついさっき書斎に逃げこんできたところだがね。こちらから電話しようと思っていたが、ちょうどメキシコから帰ったばかりなんだ。悪い知らせを聞いたよ。マーティン・ブレイディが殺された。路上で襲われたんだが、マフィアのしわざらしい」

「おかしな偶然だな。ついこのあいだ、ティム・パット・ライアンも同じような殺され方をした」

「本当かね?」と上院議員。「しかし、あの男は本物のギャングだったからな」

「ケリーとキャシディはどうしてる?」

「ここふた月ほど話していない。こちらから——」電話口のうしろでドアが開く音と、酔漢の笑い声が聞こえた。「やれやれ、ここまで入りこんできた。また連絡する」コーハン上院議員は電話を切った。


翌朝、ブレイク・ジョンスンは手配した空軍機に搭乗した。短い飛行は平穏無事だった。また三月らしい天候に戻り、雨が降りそうだったが、操縦士の若い少佐はすぐれた技量の持ち主だった。

「ナンタケットには首席補佐官もおられます。ここからはヘリでお送りするよう指示されました」基地に着くと、少佐は言った。

「砂浜に着陸するのか?」と、ジョンスン。

「そうです」

「それならヴェトナムでさんざんやったな」

「わたしが生まれる前の話ですね。こちらへどうぞ。サンドイッチとコーヒーを用意してあります。ヘリの出発は三十分後です」

少佐がさしかける傘に入って、ジョンスンは駐機場を横切った。


ナンタケットの古い下見板張りの家は代々のキャザレット家が住んできた家である。キャザレット大統領はこの家にさまざまな思い出を持っていた。子供時代、学校の休暇。ヴェトナムから帰ったあと負傷した身体を癒《いや》したのもここだった。一方で辛い思い出もある。妻が白血病で亡くなったのも、若いころにほかの女性とのあいだに生まれていた娘がテロリスト集団に誘拐されたと知らされたのも、この家でだった。その娘、マリー・ド・ブリサック伯爵令嬢は、いまパリのソルボンヌ大学で美術を教えている。

ジェイク・キャザレットはどんな天候のときも、この砂浜が好きだった。いまも大統領はヘンリー・ソーントン首席補佐官と、シークレット・サービスのクランシー・スミスを引き連れて散歩していた。愛犬のフラットコート・レトリバー、マーチスンが、波と戯れている。風の強い日で、三人の男は防寒衣に身を固めていた。ワシントンから遠く離れて、打ち寄せる波のうなりを聞いていると、生きている喜びが湧いてきた。

大統領は足をとめ、手を二度振った。その合図の意味を知っているクランシーは、マルボロの箱を出し、防寒衣の襟の陰で煙草に火をつけて、大統領に渡した。

「前にもいいましたが」ソーントンが言った。「こういうところをテレビに映されたら、票がごっそり減りますよ」

「ここは自由の国だ、ヘンリー。煙草は健康によくないかもしれないが、人を悪人にするわけじゃない」大統領はかがんでマーチスンの耳を撫《な》でた。「この可愛い犬を殴るような人間になるのなら話はべつだがね」

遠くから何かがうなる音が聞こえてきた。クランシーが帽子の耳覆い越しに聞き耳を立てる。

「ヘリです、大統領。ブレイク・ジョンスンでしょう」

「よし。北アイルランドで何が起こっているか聞かせてもらおう」大統領は先に立って、浜辺のずっと先にある家に向かって歩きだした。

居間でジョンスンは大統領と対座し、ソーントンは暖炉脇の壁にもたれた。「知ってのとおり、この件に関してはイギリス首相とも話したが、どうも信じられないような話だ」と大統領は言った。「たとえば、そのバリーという男が話したことだが」

「本当なのです。バリーはホワイトハウスの内部に情報源があると自慢しました。早い話、あの男はわたしが何者で、誰の下で働いているかを知っていたのです」

「すべて筒抜けというわけだな。しかしホワイトハウスから秘密が漏れたというのは、どうも信じられない」

「よくあることですよ、大統領。誰でもいい、ジャーナリストに訊いてごらんなさい」首席補佐官が言った。「機密保護は万全とはいえません」

「第三者が入手できる情報はたくさんあります」と、ジョンスン。「近ごろはありとあらゆる情報がコンピューターに記録されていますからね。予防措置はとられていますが、わたしにしても、必要なときはラングレーのCIAのコンピューターにアクセスします。手間隙をかければ、敵は〈ベイスメント〉の記録も覗《のぞ》き見ることができるでしょう。この会話も記録されているのです」

「ああ、そうだった――ここに設置した例の保安装置のことだね？」と大統領。

「そうです。あの装置はワシントンに直結しています」

「もちろん、暗号化されてね」首席補佐官がいくらか皮肉をこめて言う。

「情報はホワイトハウスの記録課が受信して、指示通りに保存することになっています」

「それはコンピューターに保存するわけだ」と首席補佐官。「その種のシステムで問題なのは、おおぜいのスタッフが関与していて、そのスタッフはみなどんなコンピューターにもアクセスできる技術の持ち主だという点だ」

「ホワイトハウスではおおぜいの人間が働いている」大統領が言う。「もっとも、バリーが〈コネクション〉と呼ぶ人物は北アイルランドと関係のある人間というか、IRAのシンパか何かだろうね」

「しかし大統領、それでも範囲はずいぶん広いですよ」と、ソーントン首席補佐官。「わたしの母もアイルランド出身で、小さいころに家族がクレア州から渡米してきました。父方のソーントン家はイギリスの家系ですがね」

「わたしの母方の祖母もダブリン生まれだった」大統領はにやりと笑ってジョンスンを見た。

「きみはどうだ?」

「ジョンスン家はイギリス系ですが、大統領、首席補佐官のおっしゃることはよくわかります。この国には四千万人のアイルランド系市民がいるとよくいわれますが、大統領や首席補佐官のように、どこかの時点でアイルランドの血が混じっているケースも含めると、どこまで数字が増えるかわかりません」

「ホワイトハウスのスタッフにも相当数いるだろうね」ソーントンがつけ加える。

「そのとおりです。もちろん徹底的に調べるつもりではいますが。それと、最後に残してしまいましたが、かなり悪い知らせがあります」

「話はまだ悪くなるのか?」大統領は首を振った。「話してくれたまえ、ブレイク」

ジョンスンが〈エリンの息子たち〉の会員が殺された事件について話すうちに、大統領も首席補佐官も衝撃の色を浮かべた。

話が終わると、大統領は言った。「これこそ信じられない話だ。いまの事実はイギリス首相も知っているのかね?」

「全部は知りません。ファーガスン准将はわたしの捜査がすむまで待つほうがいいと判断したのです」

大統領はしばらく眉《まゆ》をひそめていたが、やがて首席補佐官に顔を向けた。「一杯酒を飲まなければやりきれない。わたしにはスコッチの水割りを頼む。氷はなしだ。きみたちも好きなものを飲んでくれ」

大統領は立ってフランス窓を開き、冷たい空気を深く吸いこんだ。ソーントン首席補佐官がスコッチを持ってきた。「一つ考えたことがあるんですが」

「話してくれ」

「どうもわれわれはコーハン上院議員の話題を避けているようです」

「というと?」

「いままでの話からすると、〈コネクション〉と呼ばれる謎の人物がいて、北アイルランド問題に関する機密情報を〈エリンの息子たち〉に流しているらしい。そしてどうやらティム・パット・ライアンが、ロンドンでの連絡係だったと思われる」

「それで?」と、大統領。

「この連中は悪党です。ジャック・バリーとつながりがあったのなら、そういうことになる。ということは、コーハン上院議員も悪党ということになりませんか?」

「そのことはわたしも考えた」大統領が言う。「彼が〈コネクション〉なのかな?」

「それはどうでしょうか」と、ジョンスン。「もしそうなら、つながりが見えやすいダイニング・クラブの会員にはならないと思いますが」

「なるほど一理あるな」

眉根を寄せる大統領に、ソーントン首席補佐官が訊いた。「どうします?」

「公式には何もしない」大統領は答えた。「コーハンは否認するだろうし、証明するのは難しい」

「ロンドン行きをやめさせますか?」

「なんのために? 命を狙われているのなら、ニューヨークにいても狙われるだろう。それに彼は、新聞ではわたしの政策を支援するために訪英するといっているが、実際には選挙区の有権者にいいところを見せるためだ」

「ではどうします？」と、首席補佐官。「どういう手を打ちます？」

大統領はジョンスンのほうを向いた。「まずはファーガスンに、最近の出来事について首相に報告するよう頼んでくれ。時機を見てわたしも首相と話し合うことにする」

「コーハン上院議員のことは？」

「例のディロンがよくいう古いイギリスの言い回しはなんだった？　〝蹴《け》りを入れる〟か？」

「そうです、大統領」

「それならコーハン上院議員に〝蹴りを入れる〟ことにしよう。怖がらせて、どう動くかを見張る。うまくいけば何かわかるかもしれない」

「承知しました、大統領。ではそろそろ失礼します。ヘリを待たせていますので」

「待たせておけばいい。一緒に昼食をとろう。そのあとで暗雲垂れこめる世界に戻ってくれ」

そのおよそ三時間後、マイケル・コーハン上院議員はニューヨークのオフィスで電話を受けた。

「わたしだ」〈コネクション〉の声が言った。「悪い知らせがある。〈エリンの息子たち〉が苦難の時を迎えたようだ。全員死んだ。ブレイディ、キャシディ、ケリー、ライアン。全員だ。興味深いことに——みな同じ拳銃《けんじゅう》で殺された」

コーハンは愕然《がくぜん》とした。「恐ろしいことだ！　信じられない。ブレイディとライアンのことは聞いたが、ケリーとキャシディもか。いったいどういうことなんだ？」

「『モヒカン族の最後の者』（訳注 邦題は『モヒカン族の最後』）という小説があるだろう？」〈コネクション〉は笑った。「きみは〝エリンの息子たちの最後の者〟というわけだ。次はどこで斧《おの》が振りおろされるのかな。ところで、大統領はきみの秘密を知っているよ」

「わたしは否定する。すべて否定する。なぜそのことがわかった？」

「前にもいっただろう。ホワイトハウスに入る情報はすべてわかるんだ」

「あんたは誰だ？　くそっ、こんなことなら関わりになるんじゃなかった」

「だが関わってしまった。わたしの正体は大いなる謎のままで終わるはずだよ。この声はボイスチェンジャーを通しているかもしれない。わたしはきみの親しい友人かもしれないし、女ということもありうる。実際、ロンドンでライアンを殺したのは女と考えられているそうだ」

「きさまなど呪われろ！」

「もう呪われているよ。さあよく聞け。大統領の命令で、ブレイク・ジョンスンからきみに連絡があるはずだ。事情を説明して、用心するよう警告するだろう」

「しかし、どうすればいい？　三日後にロンドンへいくんだ」

「わかっている。出かけたほうがいいというのが、わたしの意見だ。こちらにいても安全なわけじゃない。きみの訪英中に、わたしのほうで対策を考えておくよ」

「本当にか？」

「もちろんだ。ジョンスンが会いにきたらとぼけるんだ。ダイニング・クラブで何度か食事をしたことはあるが、何がどうなってるのかわからないとね」

「しかし犯人は誰なんだ？　プロテスタントのやつらか？」

「それよりイギリスの情報組織が怪しい。もしそうなら、ロンドンでは安全だな」

「なぜだ？」

「どういう裏の顔があるにせよ、きみはアメリカの上院議員だ。ロンドンで殺されてはまずいだろう」

「それを信じる努力をするよ」

「よし。また連絡する。わたしがうまく処理するからな」

ヘンリー・ソーントンは受話器を置いた。

わが身が危うくなれば、どんなことでもする覚悟がある。いまやコーハンは危険な存在だ。運がよければ、謎の殺人者が始末してくれるだろう。もしそうならなかったら……手を打つ必要があるかもしれない。バリーはしばらく放っておくことにしよう。まずはコーハンがどうなるか見届けるのだ。

ソーントンはサイドボードへいってグラスにウィスキーを注いだ。もちろん、アイリッシュ・ウィスキーだ。大統領に話したことは本当だった。母親は実際、クレア州の生まれである。伏せておいたのは、母親には腹違いの兄がいて、一九一六年にダブリンで起きたイースター蜂起でマイケル・コリンズとともに戦い、イギリス軍に処刑されたことだった。ソーントンはこの人物の伝説を聞かされながら育ったのだ。

だがもう一つ、それ以上に重要な要因があった。ハーヴァードの大学院生だった一九七〇年に、ソーントンはベルファストのクイーンズ大学から留学していたカトリック教徒の娘と知り合った。美しいアイルランド娘の名前はロザリーン・フィッツジェラルド。ロザリーンはソーントンの絶対的な愛の対象となった。二人は一年間、性の欲望を超越した純愛の日々を過ごしたが、やがて悲劇が起こった。夏休みにベルファストに帰省したロザリーンが、悪いときに悪い場所に居合わせ、イギリス軍落下傘部隊とIRAの銃撃戦に巻きこまれ、イギリス軍兵士の弾丸を受けて、歩道に死体となって横たわったのだ。

ソーントンはイギリスへの憎悪に凝り固まった。社会的成功も富の獲得も、無意味だった。やがて彼は大統領首席補佐官のポストを得て、復讐《ふくしゅう》の好機を手に入れたのである。ソーントンはウィスキーを一口飲んだ。「くそっ」と低く毒づいた。「いまに見ているがいい」

翌日、コーハン上院議員は、マンハッタンのオフィスでブレイク・ジョンスンを愛想よく迎えた。恐ろしい、信じられないと、それらしい反応を示しながら話を聞き、深刻な面持ちで首を振りながら戸口まで見送った。ロンドンでは充分に気をつけるが、大事な仕事があるのだから出かけないわけにはいかないと言った。

「何かあったら逐一知らせてもらいたい」コーハンは真摯《しんし》なまなざしでジョンスンの目を見つめて握手をした。

ジョンスンはそうすると約束した。

大統領に手短に報告したあと、ロンドンのファーガスンに電話をかける。「そちらはどうします?」ジョンスンは訊《き》いた。

「まずは首相に会う。新事実を伝えて大統領と協議していただく。対応はその協議の結果しだいだ」

「コーハンのことは？」

「大統領は訪英を禁止されなかったから、予定どおりくるわけだ。となると身辺警護だな」

「何が起こると思います？」

「前にもいったとおり、わしはこの世界では古株で、それなりの直感が働く。わしの直感は、上院議員はロンドンで死ぬと告げているよ」准将はそう答えて電話を切った。

ロンドン

7

雨の降るコンプトン・プレイスで、レディ・ヘレン・ラングは厚手の防水性コートとレイン・ハットに身を固めて馬を走らせていた。オランダから北海を渡ってくる風に荒立てられた波が小石の浜を打ちすえている。松林を抜けて入り江の砂浜に降り、手綱を引きしめて雌馬の足をとめ、命を甦《よみがえ》らせてくれる雨に顔と身体を打たせた。

「さあ、ドリー」ヘレンは雌馬の首をかるく叩《たた》いた。「家に帰りましょう」

靴の踵《かかと》で腹を叩く必要はなかった。ドリーはロケットのように飛び出し、松林の中を疾走した。手綱のかるい一鞭《ひとむち》でさっと進路を変え、グランド・ナショナルの出走馬のように横桟二つの柵《さく》を飛びこえた。騎乗したまま厩舎《きゅうしゃ》に入ると、ウッドがいた。近くの競走馬の厩舎で主任厩務員をしているウッドが、ときどき馬の世話をする契約を結んでいるのは、ほかの手伝いの者と同じで、お金のためではなくレディ・ヘレンを守ってあげたいからである。

ウッドはヘレンが降りるあいだ馬の口をとっていた。「どうです走りは？」

「すばらしいわ」

「汗を拭《ふ》いてオート麦をやっときます」

「どうもありがとう」

ヘレンが台所の入り口に向かっていくと、ヘドリーがドアを開けた。「また来馬ですか」

「わたしにどうしろというの？　死ぬまでベッドで寝て暮らせって？」ヘレンは微笑んだ。

「あまり小うるさく小言をいわないでちょうだい。シャワーを浴びてくるから、そのあと村のパブへお昼を食べにいきましょ」

ヘレンがいってしまうと、ヘドリーはコーヒーを淹《い》れて飲んだ。ウッドの車が走り去る音を聞くと、台所のドアを開けて、外の雨を眺めた。ウォッピング地区の埠頭《ふとう》でレディ・ヘレンがライアンを殺してからは、すべてが夢のように思えた。ニューヨークのブレイディ、キャシディ、ケリー。

ヘドリーはぞっと身震いをした。何かできることはないだろうか？　あの人が前にいったように、スコットランド・ヤードに届けるとか？　でも、どう話せばいい？　わたしの雇い主が四人の男を殺しました。北アイルランドで彼女の息子さんとその同僚四人が殺された事件に関わっていた男たちです。それからマンハッタンで、若い娘をレイプしようとした二人のごろつきも射殺しました。そう話すのか？　こんなことを考えるのさえ時間のむだだ。

レディ・ヘレンを警察に突き出すことはできない。自分にとってあまりにも大切な人だ。それだけではない。自分はヴェトナムでおおぜいの人間を殺した。あるときは正当な理由があり、あるときはなかった。だが、一つ確かなことがある。もし自分が〈コネクション〉と呼ばれる謎の人物を見つけたら、罪悪感のかけらもなく殺すだろうということだ。

シャワーを浴びて着替えたヘレンは、書斎でパソコンの前に坐《すわ》った。高度な技術を身につけた彼女は、コーハン上院議員の訪英に関するデータをすぐに画面に表示した。到着の日時のほか、ちょっとした運に恵まれて、ドーチェスター・ホテルのスイート・ルームの部屋番号もつかんだ。ロンドン滞在の折りはいつも同じ部屋に泊まるらしかった。ヘレンはすべてのデータを考慮して策を練り、ヘドリーのいる台所に降りた。

ヘレンはドアにかけた羊革のコートをとった。「さあ、ヘドリー、食事が待ってるわ。出かけましょう」ドアを開けて庭に出て、入り口の開いた納屋に入れてあるメルセデスのほうへ歩きだした。

パブは、一年のこの季節はいつもそうだが、静かだった。非常に古いイングランドのバーの様式を残した店で、床には大きな板石が敷かれ、低い屋根は梁《はり》がむきだしである。暖炉で薪が燃え、長いオーク材のカウンターにはビール・ポンプがとりつけられ、うしろの棚に酒の瓶が並んでいる。店には常連の老いさらばえた男が四人いるだけ。その四人がヘレンに挨拶《あいさつ》した。帽子をとった者もいる。ヘドリーも同じように温かく迎えられた。

経営者はヘティ・アームズビーという中年女性で、カウンターの端で《タイムズ》紙を読んでいる八十五歳の老人は父親のトムである。

「また《タイムズ》を読んでいるのね」ヘレンはトムに声をかけた。

「世の中の新しい動きを知りたいんでさ」トムは答える。「頭がぼけなくていいですからね。《タイムズ》を読むといろんなことがわかる。今日も北アイルランドのことがいろいろのってまさあ。なんでアメリカが口を出すのかわからんですがねえ」

「ヘドリーとあなたのお父さんにビールを、わたしにはジン・トニックをお願いね」ヘレンはヘティに言った。

「食事はなさいます?」

「シェパード・パイとあなたのお手製のパンをいただくわ」ヘレンが煙草をくわえると、ヘドリーが火をつけた。「ほんとによくわからないわね、トム。わたしもアメリカ人だけど」

「それはあなたの責任じゃないですよ、レディ・ヘレン」トムは笑った。

「またそんなことといって。壁を見てごらんなさいよ」

壁には飛行機の白黒写真をおさめた額が飾られていた。ドイツのドルニエ爆撃機、アメリカのB17爆撃機。B17の写真は二枚あり、一枚はホースシュー湾に落ちた機体の写真。もう一枚は鼻先から墜落した機体を写したもので、脇には飛行服姿の搭乗員たちが並んでいる。

「ああ、まあね」と、トム。「いい連中でしたよ。基地からトラックが迎えにくるまでここで待ってたんだ。トラックがきたときにはべろんべろんに酔ってたけどね。戦争が終わってから、何人か遊びにきました。まあでも大昔の話だ。ほとんど死んでしまったろうな」

ヘティが盆を持ってやってきた。「こちらへどうぞ、レディ・ヘレン。火のそばがいいでしょう」

ヘレンとヘドリーは料理と飲み物が並べられたテーブルにつき、食事を始めた。「おいしい、ヘドリー?」

「ええ、おいしいです」と、ヘドリー。「いまでもときどき変な気がするんですよ。ハーレムに生まれて、貧乏な暮らしをして、ヴェトナム戦争にいって。それがいつのまにか、イングランドの古いものが残ってる土地で暮らして、ジェイン・オースティンの小説に出てきそうなパブで、シェパード・パイなんてものを食べている」

「でもそれが気に入ってるでしょ」

「それはもう。この村の変わり者のみなさんも大好きです」

「みんなもあなたが大好きだわ。だから、これでいいのよ」

食事がすむと、ヘレンはイングリッシュ・ブレックファストの紅茶を注文した。「コーヒーよりこのほうがいいわ、ヘドリー。頭をはっきりさせてほしいの」

「なんなんですか？」

「あさって、コーハン上院議員がドーチェスター・ホテルにくるのよ」

ヘドリーは深く息を吸った。「じゃ、本気なんですね？」

「もちろんよ」ヘレンはポケットから小さなビニール袋を出し、中から鍵《かぎ》を取り出した。「サウス・オードリー通りの家の台所に新しい流し台をとりつけたとき、工事の音がやかましくて、わたし、一晩ドーチェスターに泊まったでしょ？」そこで微笑む。「わたしは贅沢《ぜいたく》が好きな、心の弱い女だから、スイート・ルームに泊まったの。これがその部屋の鍵」

ヘドリーは鍵を手にとった。「それで？」

「あなたはよくいろんな怪しい友だちがいると自慢する。前に古い厩舎の鍵を失くしたときは、万能鍵を手に入れてくれたでしょ。ロンドンにいる友だちから買ったといって。その人は鍵開け職人なのと聞いたら、そういうわけでもないといったわ」

「ええ」

「明日、ロンドンに出ましょう。イギリスの貴族のいいところは、あなたもよく知ってるとおり、どんな催しにも招かれることよ。わたしはあさってドーチェスターの舞踏室へいくことにする」

　ヘドリーはもう腹をくくっていた。「で、何が必要なんです？」

「あなたのその友だちにこの鍵を見てもらうの。もちろんこれは、もう錠がつけ替えられてるから使えないけど、死んだ主人の話では——とにかく、あなたの友だちが予想どおり腕のいい職人なら、これをもとに万能鍵を作れるはずよ」

　ヘドリーはため息をつく。「どうしてもとおっしゃるなら」

「どうしても必要なの。さあ、ビールを飲んでしまって、家に帰りましょう」


　翌日の午後、ヘドリーは地下鉄のコヴェント・ガーデン駅から地上にあがった。ここはロンドンで最も繁華な界隈《かいわい》である。人ごみの中を歩いて向かった先は、クラウン・コートという、店が四、五軒並ぶだけの狭い通りだ。その店の一つに〈ジャコー——鍵職人〉がある。扉の鈴を鳴らして、ヘドリーは店に入った。

　奥のカーテンが割れて、白髪頭の年老いた黒人が出てきた。「おや珍しいな、ヘドリー」

「おひさしぶり」

「じゃあ一つ乾杯だ」ジャコーはカウンターの下からスコッチのハーフボトルを出して、二つの紙コップに注いだ。「まったくどうにもこうにもなあ。うちのボビーがあんたと同じようにここの大使館勤務になって、おれもロンドンで暮らすようになった。ところが息子はあのろくでもない湾岸戦争に連れてかれて殺されちまって」

「じゃ、いただくよ」ヘドリーは紙コップを掲げてから、一口飲んだ。「あんたは国に帰ると思ったけど」

「国ってどこだい？　おれはいまでもけっこういいトロンボーン吹きだ。ロンドンにはニューヨークよりいいジャズ・クラブがある。ところで、今日は何か用があるのかい？」

ヘドリーは鍵を取り出した。「これがどういう鍵かわかるかな」

ジャコーは一瞥《いちべつ》しただけで答えた。「ああ、わかるよ。ホテルの鍵だ。それがどうかしたかい？」

「これで万能鍵を作れるかな？　このホテルのどの部屋でも開けられる鍵を」

「あんたがホテル荒らしをする男だとは思ってもみなかったが、ああ、作れるよ。ホテルの連中はこういう鍵を安全だと思ってるが、プロの手にかかったらおしまいさ。おれなら五分でできる」

「じゃあ一つ頼むよ。おれはホテル荒らしじゃないけど、これは大事なことなんだ」

「いいよ」ジャコーは酒瓶の蓋《ふた》をとってお代わりを注いだ。「さあ、もう一杯やるといい」

老人がカーテンの奥に入るとヘドリーは酒を飲んだ。ジャコーは五分後に出てきた。「できたよ」

二つの鍵はまったく同じものに見える。ヘドリーは疑わしげに訊《き》いた。「ほんとに大丈夫《コーシャー》かい？」

「ユダヤ人なら清浄《コーシャー》だと誓うところだが、おれはハーレム生まれの老いぼれトロンボーン吹きだ。ホテルの名前は知らないし、知りたくもないが、一つ確かなのは、その鍵でどの部屋でも開けられるってことさ」

「いくら払えばいい？」

「なあに友だちじゃないか。水臭いこといいなさんな」

マイケル・コーハン上院議員はニューヨーク発ロンドン行きのコンコルドに搭乗した。彼はジャンボよりコンコルドのほうが好きだが、それは誰でも同じだろう。三時間半の滑らかで快適な飛行、上質の食事、無料のシャンパン。座席はジャンボより窮屈だが、速度がそれを補っている。映画が観られないのも、コーハンには気にならない。なぜなら頭の中を駆けめぐるさまざまな想念自体が映画のようだからだ。おもしろい映画ではないにせよ。バリーには暗号機能付き携帯電話で二度連絡をとろうとしたが、応答がなかった。バリーは始終移動しているし、携帯電話の電源をいつも入れているわけではない。とくに逃亡中は切っているのが普通だ。

それにしても事態はまずい方向へ進んだ。じつに愚かしい展開だ。自分にはアイルランド系住民の票が絶対に必要だったが、その点、ブレイディは輸送労組の幹部で資金集めと票集めに力を発揮してくれた。ケリーとキャシディを紹介したのもあの男である。

ＩＲＡの資金調達に関わるようになったのも自然の成り行きだった。北アイルランド支援委員会だけでなく、ダブリンに拠点を置くほかの組織ともつながりができた。ＩＲＡの支援は誰もがやっていた。アイルランド系アメリカ人のほとんどが北アイルランド問題に強い関心を抱いていたのだ。彼らにとってIRAはヒーロー——ロマンチックなヒーローだった。〈マーフィーズ〉に通いはじめたころは、みんなで酒を飲み、反逆の歌をうたって、ロマンチックな情熱に血を滾《たぎ》らせたものだ。そしてある夜、ブレイディからジャック・バリーに引き合わされた。バリーは組織の仕事でダブリンからニューヨークにきている本物のIRAの闘士だった。

バリーはイギリス軍との銃撃戦や必死の逃亡の話をたっぷり聞かせ、支援を要請した。最も重要な役割を果たせるのは、ニューヨークの港湾労働者の組合に影響力を持つブレイディだった。アイルランドへの武器密輸を手配できるからだ。コーハンとケリーは資金集めに奔走し、キャシディは武器調達を受け持った。コーハンは最初の大きな成果をよく覚えている。アーマライト銃五十挺《ちょう》をポルトガル籍の船でアイルランドに送りこんだのだ。

そのころにはすでにバリーの提唱で〈エリンの息子たち〉のニューヨーク支部と自称して、〈マーフィーズ〉でダイニング・クラブを結成し、いつも使うボックス席に銘板を掲げた。大っぴらに行なったのは、クラブ自体は隠す理由がなかったからだ。やがてふたたびバリーがニューヨークにやってきて、謎の支援者のことを話した。前の年にバリーがIRAの仕事でロンドンのメイフェア・ホテルに滞在しているとき、電話をかけてきたのだという。誰なのかと尋ねると、相手はこう答えた——〝わたしのことは〈コネクション〉と呼んでくれ、まさにそういう人間なのだから〟。

驚いたことにその人物は、北アイルランドでの闘争にとってきわめて重要なイギリス側の機密事項を、ワシントン経由で伝えてきたのである。一方でブレイディは、やはり港湾労働組合の人脈を使って北アイルランドから逃亡してきたIRAのメンバーをニューヨークに迎え入れたし、武器の密輸も続けられた。

事がいよいよ本格的になってきたのは、〈コネクション〉がニューヨークやボストンで暗躍するイギリスの工作員についての詳細な情報を流しはじめたときだった。イギリスの工作員はIRAとの戦争の一部を密《ひそ》かにアメリカで行なっていたのである。

この時点で、輸送労組を基盤とするブレイディと、建設業界に人脈を持つキャシディが、新たな活動を始めた。二人ともマフィアとは密接なつながりがあり、彼らの助けを借りることができたのだ。不自然には見えない事故が起こり、イギリスは工作員を失いはじめたが、表沙汰《おもてざた》にはできなかった。そもそも彼ら自身が違法な活動をしていたからだ。もっともイギリスの工作員に対するこの種の攻撃は最近では少なくなっているし、コーハン自身は暴力沙汰から距離を置いていた。

コーハンは必要な折々に仲介役となり、ティム・パット・ライアンともロンドンで二度会っていた。すべて順調だったのに、突然屋根が崩れ落ちてきたのである。それでも、ブレイク・ジョンスンが何を仄《ほの》めかそうと、自分には嫌疑らしい嫌疑はかかっていない。〈マーフィーズ〉の常連だったのは確かだが、それがなんの証拠になる？　ばかなことをしたものだとは思うが、逃れられない成り行きがあったのだ。いまさらどうすることもできない。〈コネクション〉がうまく処理すると約束した。あらゆることをうまく処理してきた人物が。

ブレイディ、ケリー、キャシディ、ライアンが死んだ。コーハンは身震いをし、シャンパンのお代わりを持ってこさせて、なんとか気を鎮めようとした。あの四人は民間人、自分は合衆国上院議員。合衆国上院議員が射殺されるものか。そうだろう？

ファーガスンはふたたびダウニング街で首相に面会した。今回は一人である。首相は准将の報告を注意深く聞いた。

「もちろん、大統領がわたしとの協議で指摘したとおり、コーハン上院議員を法的にどうこうすることはできない。ダイニング・クラブの会員だったことは、われわれには充分な証拠だが、ただレストラン・バーの常連だっただけだとしらを切ることができる」

「おっしゃるとおりです、首相」ファーガスンはうなずく。「ただ、もうすぐロンドンにくる議員をどうするかという問題がありますが？」

「もちろん、なんとか生かしておくんだ。この件はすべてきみに任せる」

「秘密情報部の副長官は？」

「責任者はきみだ」首相はきっぱりと言った。「秘密情報部はこれまで期待された働きをしてこなかったようだ。それが気に入らない」笑みを浮かべる。「きみは長年この種の仕事に携わってきた人だ、准将。なぜわたしの先任者の一人がきみにいまの地位を与えたか、わかるような気がする」

「するとわたしが全権を委任されるわけですな？」

「そのとおりだ。さて、そろそろ失礼する。議会に出かけなければならないのでね」ファーガスンが立ちあがり、背後でドアが開いたとき、首相はつけ加えた。「ところで、明日の夜コーハンが出席する、ドーチェスターでの〈北アイルランド平和フォーラム〉の会合だが、わたし

書斎を出た。

は十時に出る。当然きみもくるだろうね？」

ファーガスンはうなずいた。「間違いなくまいります、首相」そう答えて補佐官のあとから

ハンナ・バーンスタインとディロンはダイムラーで待っていた。ファーガスンが乗りこみ、車が走りだす。警備門が開いたとき、准将が言った。「予想どおり、われわれの仕事になったぞ。カーターは関与しない」

「上院議員がくたばったら、おれたちは深いなんとか溜めに落ちるわけだ」

「これまでもそういう役回りだったよ、小僧」ファーガスンはバーンスタインに顔を向ける。

「上院議員はいつ到着する？」

バーンスタインは腕時計を見た。「四十分前にニューヨークを発ったところです」

「よし。議員の行動予定を確認したまえ。ホテルやリムジンについてのデータもだ。もっとも、公式の任務ではないから、できることは限られている。ホテルに警告したり、護衛の数を増やしたりはできない」

「明日の〈北アイルランド平和フォーラム〉の会合にはかなりの警備要員が配置されます」と、バーンスタイン。

「当然だ」ファーガスンは眉《まゆ》をひそめる。「だが、なぜか胸騒ぎがする」

「理由は説明してくれるんだろうね」と、ディロン。

「ライアン殺害事件と同じ銃がニューヨークで使われたと知って以来、どうも落ち着かないの

だ。どうもこれは組織的な陰謀や処刑ではない。単独の処刑人という気がする」

「アイルランド人の女ですね」

「正確には、アイルランド訛《なま》りのある女」ディロンは言う。「ロンドンでは干草の山から針を見つけるようなものだ。イギリスのアイルランド系市民は八百万人。スケールのでかい国外離散《ディアスポラ》のせいでね」

「わしはおまえさんに全幅の信頼を寄せている。まずキルバーンから始めたらどうかな？」

「コーハン上院議員はどうします？」

「いずれ準備ができたらわしから話をする。さて、この悪党は珍しくジャケットにネクタイという格好だ。〈ギャリック〉で昼食をとろう」


だが、すべてを変えてしまう出来事はすでに起こりつつあった。その日の早朝、ソーントン首席補佐官は、コーハン上院議員の訪英のことを考えれば考えるほど不吉な予感が募るのを覚えた。謎の暗殺者がきっと行動を起こすという保証はあるのか？　まったくない。だが、コーハンはいまや危険な存在であり、どうしても死んでもらう必要がある。アメリカ東部標準時で午前四時、ソーントンはバリーに電話をかけた。バリーはまだダウン州の隠れ家にいた。

「わたしだ。悪い知らせがある」ソーントンは事情を説明した。「その暗殺者は女かもしれない」

「へえ？　ぜひその女をこの手で始末したいものだ。女はゆっくりと死ぬことになる。それで、残るはコーハンだけだって？」

「そう。しかもまずいことになっている。〈エリンの息子たち〉の実体が暴かれた。大統領はブレイク・ジョンスンから、イギリス首相はファーガスンから、そのことを知らされた。コーハンはもう捨てるしかない」

「殺そうというわけか？」

「あの男は今日の午後、ロンドンに着く。明日、ドーチェスターで開かれる北アイルランド和平関係の会合に出るんだ。滞在先もドーチェスターだ。謎の暗殺者が仕事をしてくれると都合がいいと思わないか？　男か女かは知らないが、そいつの手助けをしてやるのがいいかもしれない」

「それをおれにやれというのか？」

「きみ自身のためでもある。盤上がすっきりするぞ。残るのはきみとわたしだけだ。ベルファストからロンドンまで飛行機で一時間半ぐらいだろう」

「そんな必要はない」と、バリー。「ここから四十分くらいのところにチャーター航空会社がある。もとは第二次大戦時代の補給基地だ。イングランドに急いでいくときは以前からここを使ってる。社長はドハティという元空軍のパイロットで、狐みたいに狡賢《ずるがしこ》い男だ」

「では、引き受けるんだな？」

「ああ、引き受けるよ。これでやることができた。雨ばかりで退屈でね」

バリーは心を躍らせながら受話器を置き、窓の外を見た。下っ端を呼ぶ必要はないだろう。一人でさっとすませよう。受話器をとって、ドゥーンレイ飛行場のドハティに電話をかけた。

一時間後、バリーが車を乗り入れた飛行場は、沛然《はいぜん》と降る雨のもとで暗く陰鬱《いんうつ》に沈んでいた。古い格納庫が二棟あり、どちらも扉が開いている。一つにはセスナ310、もう一つにはナヴァホ・チーフテンが収められていた。バリーは車を駐《と》めて雨の中に出た。ツイードのハンチング、茶褐色のボマー・ジャケット、ジーンズという格好で、片手に古風なグラッドストン・バッグを提げている。

古い蒲鉾《かまぼこ》型兵舎の煙突からは煙が出ていた。ドアが開いてドハティが現われた。歳は五十だが、もっと老けて見える。髪は薄く、顔の皮膚は荒れて皺《しわ》が多い。英空軍のつなぎの飛行服に飛行靴といういでたちだ。

「まあ入ってくれ」

兵舎の中は旧式のストーブで暖められていた。隅にベッド、ロッカー、テーブル、椅子、デスクがあり、デスクの上には地図が広げられている。

「まだ捕まってないわけだな、ジャック」

「捕まってたまるか。ストーブの上のやつは紅茶か？」

「それよりアイリッシュ・ウィスキーがあるぜ」

「知ってるだろう。おれは仕事中は飲まない。さてと、遅くとも午後六時までに、ロンドンに着きたいんだ」

「で、とんぼ返りか？」

「日付が変わらないうちにな。できるか？」

「なんだってできるよ、知ってるだろう。おれは余計な質問はしない。自分の仕事のことだけ考える。そして絶対に失望させない」

「そのとおりだ」

「よし、料金は五千ポンドだ」

「金は問題じゃない」と、バリー。「それは誰よりもおまえがよく知ってる」

「いいだろう。ケント州の、ロンドンから一時間ほどのところに、ここと似たような飛行場がある。ラウンドヘイといって、寂しい田舎の中だ。前にも使ったことがある。所有者の農家の主にはもう電話をしておいた。その男に千ドルやってくれ。車を用意してくれてるから、それでロンドンへいくといい。車輛《しゃりょう》登録や何かは偽物だ」

「そいつも悪党というわけだ」と、バリー。

「誰でもそうじゃないか？　あんたは違うがな、ジャック。栄光ある大義のために戦う自由の戦士、それがあんただ」

「尻を蹴飛《けっと》ばしてやろうか、ドハティ」

「そいつはできないだろう。自分で飛行機を飛ばせないものな」

「じゃ、航空管制にひっかからずに往復できるんだな？」

「おれがいつしくじった？　さあ出かけようか。ところで今回はチーフテンを使う。セスナはパーツをいくつか取り替えなくちゃいけないんだ」

ドハティはナヴァホ・チーフテンのエアステア・ドアを開き、ステップをおろして昇った。バリーもあとから続き、ドハティがドアを閉めてロックする。「追い風だから、運がよければ二時間で着くぜ、ジャック。三月は雨がよく降るが、それは心配ない。超低空飛行をするが、小便を漏らすなよ。レーダーに引っかからないためだからな。どうだ、隣に坐るか?」

「いや、うしろで新聞を読んでるよ」

ドハティはシートベルトを締めてエンジンを始動させた。まずは左、次いで右。ナヴァホは雨の中を動きだし、滑走路の端までいった。方向転換をして風上に向かう。エンジンの出力をあげると、前に飛び出し、浮きあがって、上昇しはじめた。

ドハティは触れ込みどおりの腕前で、二時間五分でラウンドヘイ飛行場に着陸した。雲が低く垂れこめ、雨が激しく降っている。近くに扉の開いた納屋があった。ドハティは納屋の中へ飛行機を入れ、エンジンを切った。

「あんたはどうする?」飛行機から降りるとバリーは訊いた。

「おれのことは気にするな。農場までいって金を払ってくる」

「千ドルを現金で払うのか?」

「機嫌をとっておいて損のない男なんだ。またいつ仕事を頼むかわからないからな」

ドハティは滑走路を横切って歩み去り、バリーはエスコートに乗りこんだ。差してあるキーをひねってエンジンをかけたが、車を出す前に、グラッドストン・バッグからブローニングの拳銃《けんじゅう》を出し、弾倉《そうてん》を装塡して、ボマー・ジャケットの内ポケットに入れる。それからようやく出発した。

ドライブはスムーズだった。夕方近くの交通の流れは、おおむねロンドンから外に向かう。車は平凡だがよく走るし、目立たなくていい。バリーは運転しながら考えた。たとえば暗殺の場所はどこか。コーハンの滞在先はドーチェスター・ホテルだから、それは明らかだ。ホテルに入るのは簡単だ。まともな服装をしていけばいい。それはちゃんと用意してある。

バリーは数年前からロンドンに隠れ家を用意していた。アパートメントではなく、ウォッピング地区のセント・ジェイムズ桟橋に近いテムズ川の岸に係留した居住用船《ハウスボート》だ。このことは誰にも教えていない。バリーは北アイルランドに住んでいた祖母の戒めを覚えている。昔、何度かアメリカに遊びにきたとき、祖母はよくこう言ったものだ。いいかいジャック、秘密というのは、誰か一人に知られたら、もう秘密じゃなくなるのよ。祖母はバリーが北アイルランドに渡ってまもなく癌で悲惨な死に方をした。入院していたベルファストのロイヤル・ヴィクトリア病院は散弾銃による傷の治療が世界一うまかった。その必要があったからだ。

当時バリーは最重要手配リストにのっていた。祖母を見舞いにいくと言うと、仲間は自殺行為だと反対したが、わが身の危険などどうでもよかった。勝手に出かけていき、裏口から病院に入り、医者の休憩室からプラスチック製の名札がついた白衣を盗んだ。

そして病室を見つけ、枕もとに坐ってしばらく祖母の手を握っていた。祖母は多くを話せなかったが、なんとかこう言った。「おまえが戻ってきてくれて嬉《うれ》しいよ、ジャック」

「おれはこの土地の人間なんだ、ばあちゃん」

祖母の手に力がこもった。「気をつけるんだよ、いいかい」それで事切れた。

涙とともに怒りがこみあげた。病院を出た彼は、こんども仲間の反対を無視して、四日後の葬儀に出席した。ポケットにブローニングを入れて雨の中に立ち、警察官か防諜部の人間が捕まえにくればいいと願っていた。

なぜ捕まえにくるのか？　偉大なるジャック・バリー。バリー卿《きょう》。ヴェトナムで銀星章《シルバー・スター》、青銅星章、南ヴェトナム政府の殊勲十字章、名誉戦傷章《パープル・ハート》を受けた男。その彼は何人ものイギリス軍兵士を殺し、王党派の活動家を爆弾で吹き飛ばした。彼自身、プロテスタントなのに。

葬儀の日、バリーの脳裏に最後に残ったのは、自分を強く愛してくれた老女の面影だった。エスコートのハンドルを握っているいまも、喉《のど》に嗚咽《おえつ》がこみあげ、目に怒りの涙が湧いてくる。

五時にロンドン市内に入り、キルバーン地区までいって車を駐め、目当ての店を探した。〈マイケル・コリンズ〉という名のパブだ。壁に描かれた絵——アイルランドの三色旗と銃を掲げたマイケル・コリンズ——が、店の性格を如実に物語っている。表の入り口はくぐらず、裏に回って厨房《ちゅうぼう》のドアを開け、中に入った。灰色の髪の小柄な男がテーブルにつき、読書眼鏡を鼻にのせて、帳簿をつけていた。名前はリーアム・モーラン。シン・フェイン党ロンドン支部の幹部の一人である。

「お、おい、ジャックか」モーランの目が大きく見開かれた。

「そのとおり」バリーはサイドボードへいってウィスキーの瓶をとり、栓を抜いてグラスに注いだ。「このごろは活動してるのか?」

「とんでもない。和平プロセスが進んでるからな。ロンドンじゃイギリス軍はおとなしくしてるし、おれたちもそうだ。それより何しにきた?」

「べつに悪さをするつもりはない。ついでに寄ったんだ。これからドイツへいくんでね」バリーは嘘をついた。「ちょっと全体の情勢を見にきただけだ」

モーランはうろたえている。「何も起こっちゃいないよ、ジャック。ほんとだ」

「和平か、リーアム」バリーはウィスキーを飲み干した。「退屈だな。じゃ、また連絡する」

そう言って出ていった。

8

ロンドンのキルバーン地区は、住民の大半がカトリックもプロテスタントも含めたアイルランド系で、時にベルファストにいるような錯覚を起こすほどだ。店内にオレンジ公ウィリアムとメアリーの壁画があるプロテスタント系のパブはシャンキル通りのパブを、カトリック系のパブはフォールズ・ロードのパブを彷彿《ほうふつ》とさせる。

ディロンは黒いボマー・ジャケット、スカーフ、ジーンズという格好で、あちこちのカトリック系パブの酔客のあいだに混じった。ジーンズの背中側にはワルサーを差している。顔を知っている者がいるかもしれないが、問題はないだろう。何しろ彼はIRAの生きた伝説、偉大なるショーン・ディロンだ。現在の立場は噂に囁《ささや》かれているにすぎない。だが、用心のため銃は持ってきた。

たいした情報は得られないまま、〈グリーン・ティンカー〉という店を出ると、入り口の近くで煙草に火をつけた。そばに新聞販売スタンドがあり、中に坐っている老人が酒を口飲みしていた。名前はトッド・アハーン。手の甲で口をぬぐい、ディロンの顔を見て、驚いた。

「なんだ、ショーン、あんたか」

「ほかの誰だと思うんだ?」

トッドはかなり酔っている。「なんかでかいことがあるのかい? さっきバリーを見かけたよ。二人でなんかでかい計画を立ててるのか?」

ディロンは穏やかに微笑んだ。「おいトッド、そういうことは話しちゃいけない。合言葉は沈黙だ」にやりと笑う。「あんたに気づかれたと知ったらジャックがえらく怒るぞ。ところで、どこで見たんだ?」

「〈マイケル・コリンズ〉の裏口へいった。リーアム・モーランに会いにいったんだろ。おれはスタンドを開いたばかりだったから、ちょっと覗《のぞ》きにいってみたんだ」

「このことは誰にも喋《しゃべ》るな、トッド」ディロンは五ポンド札を一枚渡す。「あとで一杯やるといい」

最前と同じように、リーアム・モーランがテーブルで帳簿をつけていると、すきま風に書類が動いた。顔をあげると、戸口にショーン・ディロンが、火のついていない煙草をくわえて立っていた。

「あんたに神の恵みがありますように」

モーランは直腸がゆるみそうになった。「ショーン、おまえか」

「そのとおり」ディロンは古いジッポのライターで煙草に火をつけた。「さっきジャック・バリーがきたそうだな」

モーランは引き攣《つ》るような笑いを浮かべた。「そんなヨタ話、誰から聞いた?」

ディロンはため息をつく。「穏やかな訊《き》き方も、穏やかでない訊き方もできるんだぞ、リーアム。やつはなんの用できて、いまどこにいる?」

「ショーン、悪い冗談はやめてくれ」

ディロンは背中から消音器のついたワルサーをさっと抜いて撃った。モーランの右耳の端がちぎれて血が噴き出す。モーランは耳を手で押さえた。

「次は右足の膝頭《ひざがしら》だ。一生、松葉杖《まつばづえ》をつくことになるかもしれない」

「やめてくれ、ショーン！」モーランは苦痛にうめいた。「あいつはロンドンの情勢を見にきただけだといった。これからドイツに出かけるそうだ」

「ドイツが聞いてあきれる。やつはロンドンに隠れ家を持ってるだろう。どこだ？」

「そんなこと、おれが知ってるはずないだろう、ショーン？」

「残念だな。やっぱり膝だ」

狙いをつけると、モーランは叫んだ。「セント・ジェイムズ桟橋の近くだ、ウォッピングの。そこにハウスボートが何隻かつないである。あいつのはグリゼルダ号だ」

「あんたはいいやつだ」ディロンはワルサーをしまった。「またおれにきてほしいか？」

「いや、勘弁してくれ」

「それなら口を閉じておけ。誰かに耳の手当てをしてもらうといい」

ディロンはミニ・クーパーに戻り、ファーガスンに電話をかけた。「金鉱を掘り当てたかもしれない」

「話してくれ」

ディロンは話した。それから言った。「やつがこっちにきているのは偶然とは思えない。どうする？　おれが始末するか？　スコットランド・ヤードの対テロ班に知らせる手もあるが、第三次世界大戦みたいな騒ぎになるだろうな」

「それは御免こうむる。おまえさんはいまどこだ？」ディロンが答えると、ファーガスンは言った。「セント・ジェイムズ桟橋で会おう」

「冗談だろう」

「ディロン、わしは十九の歳に朝鮮半島のザ・フックで戦い、ブローニングの拳銃で中国兵を五人殺した。国防省で椅子を暖めていると退屈でいかん」

「バーンスタインがなんというかな」

「わしはいままで性差別はせんよう気をつけてきた。しかし、雨の降るテムズの暗い川べりでIRA最悪の男を始末する仕事に、主任警部を使うのは気が進まん」

「やつの目当てはコーハンだと思うか？」

「何日か前にアルスターにいるのが確認された男が、いまこちらにいる。ほかに理由が考えられるかね？　ウォッピング・ハイ通りとチョーク・レインの角で待っておれ」ファーガスンは電話を切った。


バリーはチョーク・レインのはずれにエスコートを駐め、セント・ジェイムズ桟橋に向かった。すでに陽は落ちて暗く、川面に明かりがいくつかともり、やはり明かりをともした川べりを車が走っている。その川べりの通りに出て、廃用になった平底船が二隻つないである桟橋を通り過ぎた。

埠頭《ふとう》のはずれに船溜《ふなだ》まりがあり、その上に古いクレーンが何基かそびえ立ち、背後に廃倉庫が並んでいる。船溜まりの片側にはグリゼルダ号、反対側には四隻のハウスボートが舫《もや》ってあり、四隻のうち二隻が明かりをともして人の気配を示している。岸と船は電線と水道管でつながれていた。

バリーは三年前からこのハウスボートを使っていて、この前ここにきたのは六ヵ月前だった。きっと荒らされているだろうといつも思うのだが、そんなことは一度も起きていない。川岸から少し離れているのと、ほかのハウスボートが一種の留守番役を果たしているせいだろう。

道板を渡って乗船し、排水溝に隠した鍵《かぎ》を取り出して、鉄のドアを開き、中に入った。左手にスイッチがある。電灯がともると、下に降りる階段が目の前に現われる。同時に船首と船尾のライトもついた。

階段を降りて、キャビンの明かりをつける。意外なほど広く、左右に舷窓《げんそう》が切られている。ベンチ式の座席、テーブル、電気式レンジと流しをそなえた簡易キッチン。バリーは薬缶《やかん》に水を入れてレンジにかけ、寝室に入った。

グラッドストン・バッグをベッドに置き、洗面用具と煙草一カートンを取り出した。一箱とって封を切り、煙草をくわえて火をつける。ビニールのジッパー付き衣装バッグ、靴、〈マークス・アンド・スペンサー〉の買い物袋に入った新品のシャツ、下着、靴下など、必要な衣類は全部そろっている。薬缶が笛を吹きだした。寝室を出てレンジのスイッチを切り、テーブルについて、携帯電話でドーチェスター・ホテルにかけた。

「コーハン上院議員を頼む」交換手が出ると、抑えた声で言った。

「失礼ですが、どちらさまですか？」

「アメリカ大使館のジョージ・ハリスンだ」

しばらくしてコーハンが出た。「ミスタ・ハリスン？」

バリーは笑った。「ばか、おれだ。バリーだ」

「ジャックか？」コーハンも笑い声を返してきた。「いまどこにいる？」

「アルスターさ」バリーは嘘をついた。「〈コネクション〉と話した。例の悪い知らせを聞いたよ。葬儀屋にはいい知らせだろうがな」

コーハンはおぞましいという声音で応えた。「きみはなんでも冗談にする」

「ヴェトナムでよくいってたよ。冗談のわからないやつは兵隊になるなとね。明るい面を見ようぜ。あんたはいまドーチェスターの贅沢《ぜいたく》なスイートにいて、身の回りの世話はみんながしてくれる。ニューヨークでのごたごたから離れることもできた」

「〈コネクション〉がうまく処理してくれるそうだ。ライアンを殺したのは女かもしれないという話、信じられるか？　まったく狂ってる」

「これもいい知らせだが、おれはあと一時間でニューヨークに発つ。それを知らせようと思って電話したんだ。〈コネクション〉がごたごたの処理を手伝ってくれといってきたんだ」

「本当か？」

バリーはすらすらと嘘を並べる。「いま車でシャノンに向かってるんだ。そこからニューヨーク行きの飛行機に乗る」

「頼むからうまくやってくれ」

「また連絡するよ。おれの滞在先を知らせる。あんたは何号室だ？」コーハンが部屋番号を告げた。「そうか。今夜は外に出るのか？」

「いや、部屋でゆっくりする。明日の夜、大仕事があるから」

「そうだな。じゃ、くつろぐといい」

コーハンは少なからず安堵《あんど》を覚えながら受話器を置いた。景気づけにシャンパンをグラスに注ぐ。バリーなら、こんどのごたごたを片付けてくれるだろう。


バリーは上等な仕立ての黒いスーツと白いシャツ、それに縞柄のネクタイを出した。それらをベッドの上に置き、簡易キッチンに戻って薬缶の湯をもう一度沸騰させ、コーヒーを淹《い》れてマグに注いだ。それを持って階段を昇り、甲板の手すりぎわに立って、思案をめぐらした。どういう手順で実行するか。ウィスキーの広告から抜け出たような服装を整えれば、ドーチェスター・ホテルに入るのは簡単だ。コーハンの部屋番号もわかっている。ドアをノックして、あの男を殺し、出ていけばいい。ドアノブに〝起こさないでください〟の札をかけておけば、朝まで発見されないだろう。

不意に明るい気分になったバリーは、また階段を降りた。ボマー・ジャケットを脱ぎ、ブローニングをジーンズに差し、また薬缶をレンジにかけた。スーツを点検し、シャツをポリ袋から出して広げる。薬缶がまた笛を吹きはじめると、気が変わって、コーヒーのお代わりは飲まないことにした。レンジのスイッチを切り、棚からスコッチの瓶をとって、紙コップに注ぎ、また甲板にあがった。

雨が降りはじめ、甲板のライトが投げる黄色い光を銀色の針が貫いていた。薄汚れた天幕の下に立っていると、川と雨の匂いが鼻をくすぐり、何かとらえがたいものへの郷愁がこみあげてくる。と、そのとき、小さな呟《しわぶ》きが聞こえた。振り返りながら、ボマー・ジャケットの内ポケットに手を入れてブローニングの握把をつかんだ。

道板の端に傘をさした男が立ち、こちらに笑いかけていた。「直接会うのは初めてだが、ミスタ・バリー、わしの名はファーガスンだ」


ウォッピング・ハイ通りとチョーク・レインの角に駐めたミニ・クーパーの運転席で、ディロンはダイムラーがくるのを待っていたが、驚いたことに、やってきたのは黒塗りのタクシーだった。ファーガスンが降りて運転手に料金を払った。それから閉じたままの傘を手に歩道を歩いて、ディロンの隣に乗りこんできた。

「いやな天気だ」

「タクシーできたのか？ 信じられない。料金は経費で落とすのか？」

「ふざけるな、ディロン。どういう手でいく？」

「さあね。銃は持ってきたかい？」

「当たり前だ」ファーガスンはうんざりした声で答え、三八口径スミス・アンド・ウェッスンの自動拳銃を取り出した。「こういうものも持っておる」ポケットから手錠を出す。

「望みが大きいね、じいさん」

「さあ行動開始だ」ファーガスンは車を降りて傘を開いた。

ファーガスンが傘をさし、二人は並んでチョーク・レインを歩く。船溜まりにくると、古い倉庫の入り口で足をとめた。

「こちら側に一隻、反対側に四隻」ファーガスンが囁《ささや》く。「この一隻とあと二隻に明かりがついておる。どれだ？」

ディロンはポケットから小型の双眼鏡を出した。「暗視双眼鏡。現代科学の奇跡だ」ハウスボートの一隻に焦点を合わせ、ファーガスンに渡す。「ほら」

ファーガスンが双眼鏡を覗《のぞ》くと、船の細部が手にとるように見えた。像は緑色だが、船首に〝グリゼルダ〟の文字がはっきり読みとれる。「すばらしい。朝鮮半島の塹壕《ざんごう》でこういうものがあればよかったのだが。どういうプランでいく？」

「おれは単純な男だ。明かりがついてる、つまりバリーがいる」

「それで？」

ディロンはまたグリゼルダ号を仔細《しさい》に眺めた。「船に乗りこんで、階段口から〝両手をあげて出てこい〟と怒鳴ってもだめだろう。でも、船尾にハッチがあるな」

「しかし、あれを開けるとかなりの音がするぞ、ディロン。それに内側からロックされておるかもしれん」

「前向きに考えなきゃだめだよ、准将。ちょっといってくるからここで待っててくれ」

「なるほど、年寄りは危ない目にあわせないというわけか？」

ディロンはとりあわず、暗視双眼鏡を准将に渡して倉庫の横手の暗がりに消えた。ファーガスンが双眼鏡の焦点を合わせなおすと、ディロンが手すりを乗りこえて船尾のハッチに向かうのが見えた。ハッチは開き、ディロンが中に滑りこむ。

双眼鏡をおろしたとき、ジャック・バリーが甲板に現われた。ファーガスンは双眼鏡でバリーを観察した。片手に紙コップが握られ、ジーンズから拳銃の握把が突き出ている。ディロンが様子のわからない船内に侵入したことを考え、腹を決めた。双眼鏡をポケットに入れ、スミス・アンド・ウェッスンを左手で握り、背中に回す。それから傘を高く掲げて歩きだし、道板の手前で足をとめた。

「直接会うのは初めてだが、ミスタ・バリー、わしの名はファーガスンだ」

ファーガスンは道板に足を進めながら、左手の拳銃を前に出した。

アメリカの名高い連邦保安官ワイアット・アープは、ガンマンとして名を売ったきっかけについて、こう語ったという。夜のダッジ・シティで、若いカウボーイが五十歩離れた背後からアープを撃とうとした。反射的に振り返り、狙いもつけずに銃を撃つと、若者の拳銃にあたって拳銃が手から落ちたが、これは完全なまぐれだった。

このときのジャック・バリーもそうだった。消音器付きのブローニングを抜いて腰だめで撃つと、弾がスミス・アンド・ウェッスンにあたってファーガスンの手から銃が飛んだ。シャワー室の上のハッチから船内に入ったディロンは、ファーガスンの声を聞くと、ワルサーを抜き、テーブルのある船室を駆け抜け、甲板にあがってバリーの背中にぱっと飛びついた。ファーガスンは甲板に倒れている。

ディロンはワルサーの銃口をバリーの背中に突き立てた。「銃を捨てろ。さもないと背骨を二つに折る」

バリーは凍りついた。「ショーン、おまえか」

ファーガスンが立ちあがる。ディロンが声をかけた。「大丈夫か、准将？」

ファーガスンが押さえている手首から血が流れていた。「かすり傷だ。心配いらん」

バリーはかがんでブローニングを甲板に置く。それから背を伸ばしざま、右肘《みぎひじ》をディロンの顔に叩《たた》きつけた。同時に体《たい》をかわしたので、ディロンが反射的に撃った弾は甲板にあたる。銃を取り落としたディロンはバリーと組みあった。激しく争ううち、バリーがうしろによろめく。二人はもろとも手すりを越え、川に落ちた。

冷たい水に衝撃を受けて、脳が麻痺《まひ》しそうになる。流れの勢いはすさまじい。ディロンはバリーの身体を蹴って浮上し、船尾の錨鎖《びょうさ》を手で探り、とりつく。振り返ると、流されるバリーが見えた。

「くそったれ、ディロン！」バリーはそう叫んで姿を消した。

ディロンはしばらく休んでから、鎖をたぐり、グリゼルダ号の反対側に出て、岸壁の環付きのボルトをつかんだ。

「ディロン？」ファーガスンが呼ぶ。

「ここだ」ディロンは梯子《はしご》のところまで移動した。

身体から水を流しながら古い埠頭に坐《すわ》りこんだディロンに、ファーガスンが訊いた。「やつは死んだか？」

「いや、どこかへいっただけだ。眉間《みけん》に弾を撃ちこまないかぎり、おれは死んだと認めない」

「これからどうする？」

「船のキャビンに降りよう。ずぶ濡《ぬ》れだからやつの服を拝借するよ」

ディロンはシャワー室で服を脱ぎ、タオルで身体を拭《ふ》いた。狭い寝室で下着とジーンズをはき、ぶかぶかのセーターを着てから、ファーガスンが待っているメインの船室に出た。ディロンは黒いスーツとワイシャツとネクタイに顎《あご》をしゃくった。

「いい服だ、准将。ドーチェスターみたいな高級ホテルで上品な人たちと歓談したかったら、こういうのを着ていなくちゃいけない」

「やつはテムズの底に沈んだとは思わんのか？」

「もう向こう岸にたどり着いただろうね。しかしもうドーチェスターには現われないだろう。あいつは大義に殉じる男じゃない。現実的な人間だ。イギリスの刑務所にぶちこまれる危険は絶対に冒さない。失敗したら一旦《いったん》引きさがるよ」

「うむ。しかし妙だな、ディロン。おまえさんから電話をもらったとき、わしはバリーの目的はコーハンに違いないといった。ほかにアルスターからこちらに出てくる理由が思いつかなかったからだ。だが、なぜなのだ？　バリーは〈エリンの息子たち〉のリーダーだ。なぜニューヨーク支部の最後のメンバーを殺したがる？」

「まさにコーハンが最後のメンバーだからさ。コーハンはあんたや大統領にとって厄介な存在だが、〈コネクション〉にとってもそうなのかもしれない」

ファーガスンは急に元気を取り戻した。「おまえさんはときどきずばり核心をつく男のようだ。そろそろ引き上げよう」

「船はどうする？」

「まだ生きているとして、この地球上のどこへいく気かは知らんが、ここへは戻らんはずだ。

明かりだけ消しておけ。明日、事後処理班に隅々まで調べさせよう」

だが、ファーガスンは読み違えた。バリーはセント・ジェイムズ桟橋の梯子をあがり、船溜まりへ引き返した。ハウスボートの明かりはまだついていた。暗がりの中に濡れて冷たい身体を潜ませていると、やがて明かりが消え、ディロンとファーガスンが甲板に現われた。二人は甲板のライトも消し、道板を渡って、話しながら歩み去った。

声が聞こえなくなると、バリーは急いで船に乗り、船室に降りて、服を脱いだ。身体を拭き、乾いた服を着て、ボマー・ジャケットをはおる。ポケットの一つにはまだ携帯電話が入っていた。ベンチの下に手を入れ、板を一枚はがして、隠し場所からスミス・アンド・ウェッスンの回転式拳銃《けんじゅう》を取り出す。それをポケットにおさめ、明かりを消して船を降りた。

雨の中を歩くあいだ、気分はまったく滅入らず、むしろ大声で笑った。ディロンはいまいましいやつだが、ファーガスンの顔がやっとわかったのは収穫だった。ようするにこれはゲームなのだ。自分にはそれがわかっているし、ディロンとファーガスンにもわかっている。だが、〈コネクション〉はどうだろう？　バリーはエスコートに乗りこんで走り去った。

ディロンはキャヴェンディッシュ・スクェアの、ファーガスンのフラットの前で車をとめた。

「これでコーハンのことは心配いらないだろうな」

「なぜそういいきれる？」

「われらがジャックはサムライじゃない。自殺覚悟の行動はとらないよ。もしコーハンが目当てだったのなら、おれたちが目を光らせてるとわかった以上、引き上げるはずだ」

「いま〝もし〟といったな」

「まあいまにわかるさ」

「例の謎の暗殺者——おまえさんが見た女は？」

「それもいまにわかる」

ファーガスンはうなずいた。「では、九時にオフィスへきたまえ」准将が車から降りると、ディロンは窓から顔を出した。

「准将、その手首はちゃんと手当てしてくれよ。イギリス風ストイシズムを気取らずに」

ファーガスンはにやりと笑った。「心配するな、ショーン。わしはばかではない。もういけ」

ディロンは車を出した。


悪天候のもと、バリーは車を走らせてロンドンを出た。雨が激しく降りつづける。それでも、なぜかひどく愉快な気分だった。高速道路の途中で〈リトル・シェフ〉に立ち寄り、二十四時間注文できる英国風朝食をとり、売店でスコッチのハーフボトルを買った。

ラウンドヘイに着くまでにスコッチを四分の一飲んだ。飛行場は暗く静かだったが、納屋には明かりがついていた。中に乗り入れてチーフテンの脇に車をとめた。ドハティはスツールに坐って新聞を読んでいた。

「うまくいったか、ジャック？」ドハティが訊《き》いた。

「訊いてくれるな。帰りたいんだが、飛べるか？」

「任せとけ」

十分後、チーフテンは夜空に舞いあがった。バリーは座席にもたれてまたスコッチを飲んだ。しばらくして携帯電話を出し、〈コネクション〉にかけた。

「バリーだ」

「いまどこにいる?」

「小型飛行機でイングランドから北アイルランドに戻るところだ。危ないところだった」

「話してくれ」

バリーは話した。

〈コネクション〉が訊いた。「ハウスボートのことを知られていたのはどういうわけだ?」

「さあね。わかるのは、知られてたことと、運よく逃げ出せたことだけさ」

「コーハンはどうする?」

「おれとしては、勝手に運試しをしてくれってところだな」バリーはそう言って電話を切った。

9

翌朝十時、ディロンはファーガスンのオフィスからブレイク・ジョンスンに電話をかけた。ワシントンは午前五時で、ジョンスンはまだ寝ていた。

「なんなんだ、ディロン、何時だと思ってる!」

「まあそういうな、ブレイク。おれの話は深夜放送の映画よりおもしろいぞ。これを聞いたら危ないほど元気が出て、台所に降りてトラック・スーツに着替えて、オレンジ・ジュースを飲んで、五マイルのジョギングをしようかという気になる」

「ばかばかしい」

「まあ聞いてくれ」

ディロンが話し終えると、ジョンスンは言った。「なんてことだ、ますます事態は悪くなってきたな」

「まったくだ。また連絡する」ディロンは電話を切った。

レディ・ヘレン・ラングはハイド・パークでジョギングをしていた。時刻は午前十時半。池のほとりのベンチで休憩をする。息切れはせず、気分は爽快《そうかい》だ。今夜、ドーチェスター・ホテルで行なうのは戦闘行為だ。作戦完遂の意志は固まっている。コーハンにはほかの仲間と同じ道をたどってもらわなければならない。ヘレンは現実主義者であり、ジャック・バリーや〈コネクション〉と対決できる見込みがまずないのはわかっている。それでも、コーハンを殺せばまずまずの正義を実現できる。こんど息子の墓に花を供えにいくときには心の重荷がいくらか軽くなっているだろう。

名前を呼ばれて振り返ると、ヘドリーがこちらにやってきた。「様子を見にきました」

「どうもありがとう」立ちあがったとたん、ヘレンは息が苦しくなった。両手で胸を押さえ、またベンチに腰を落とす。ポケットからプラスチックの薬瓶を出そうとしたが、取り落とした。

ヘドリーがそれを拾いあげ、隣に腰をおろして瓶の蓋《ふた》を開けた。「だいぶ悪いですか？」

もちろん、ヘレンは嘘をついた。「いいえ、ちょっと立ちくらみがしただけ」ヘドリーが掌に出した二錠の薬をつまみあげ、呑《の》みくだした。「もう大丈夫よ」

「いまのままじゃよくないですよ、レディ・ヘレン」

ヘレンはヘドリーの膝《ひざ》をかるく叩《たた》いた。「おいしい紅茶を飲めば永遠に活動できるわ、ヘドリー。カフェに連れていって」

二人は立ちあがり、ヘドリーがヘレンの腕をとった。


国防省庁舎のオフィスで、ファーガスンはバーンスタインとディロンを相手に昨夜の出来事について話しあった。

「くだらない男性誇示主義《マチズモ》です」バーンスタインは怒りをあらわにした。「しかも准将、あなたのお歳で」

手首に伸縮性の包帯を巻いたファーガスンは応えた。「誤りは認めるよ、主任警部」

「しかし怒ったきみはとびきり美しい」ディロンは言った。「目がきらきら光って、頬が紅潮する」

「あなたは地獄に堕ちなさい」と、バーンスタイン。「やはり対テロ班を動員して大がかりな作戦を遂行すべきでした。武装警官が包囲すれば逮捕できたはずです。ＩＲＡの最悪のテロリストを」

「しかしそれでは新聞の一面にでかでかと載ることになる。それは好ましくない」ファーガスンが言った。「わしが決定したことだ」

そのとき電話が鳴った。ファーガスンの秘書が言った。「受付にアルスターから電話がかかっているそうです。ジャック・バリーと名乗っているようですが」

ファーガスンはディロンとバーンスタインにも聞こえるよう、スピーカーホンのスイッチを入れる。「ジャック・バリーか。逆探知させたまえ」

「むりです、准将。暗号機能付き携帯電話です」秘書が答える。

「いいだろう、つないでくれ」

電話の声は驚くほど明瞭《めいりょう》だった。「ファーガスンか？」

「いかにもわしだが」

「テムズ川で溺《おぼ》れないでちゃんと家に帰ったことを知らせておきたくてね。あんたは運がいい。命はいただいたと思ったんだが」

「生憎《あいにく》だったな。しかしおまえはわしの手から銃を撃ち落とした。たいしたものだ」

「ディロンはいるか？」

「もちろん」

「地獄での楽しい再会を楽しみにしていると伝えてくれ」バリーは笑って電話を切った。

バーンスタインが言った。「あの獣、わざわざ電話をかけてくるなんてどういうつもりなの。とにかくこれであの男が生きているのがわかったわね。いままでは生死不明だったけど」

「やつにはすべてがゲームなんだ」ディロンはバーンスタインに言った。「完全に狂っていると評する連中もいる。良識なんてものとはまるで無縁で、異常なことばかりする男だとね」

「とにかくロンドンでコーハン上院議員に死なれる心配がなくなったのはいいことね」

「本当にそう思うかね？」ファーガスンは首を振った。「ほかの四人を殺したのはバリーではなさそうだ。やつがコーハンを殺しにやってきたのだとすれば、それはコーハンが邪魔になってきたからだ。つまりわれわれは脅威を一つだけ、一時的に取り除いたにすぎん。もう一つの脅威である謎の暗殺者はまだそのへんにいる」受話器を取り上げた。「ドーチェスターのマイケル・コーハン上院議員を呼び出してくれ」

スピーカーホンはまだ切られていない。コーハンの声が流れ出した。「マイケル・コーハンだ。どなたかな？」

「チャールズ・ファーガスンです。たぶんご存じだと思いますが」

「ああ知っている。だが、話したくない」

「上院議員、わたしは心からあなたのためを思っているのです」

「わたしは大統領の意を受けてやってきた合衆国上院議員だ」コーハンは嘘をついた。「嫌がらせのようなことを続けるなら、首相官邸に苦情を持ちこむぞ」受話器を叩きつける音が響いた。

「怒ってるね」ディロンは言った。「で、どうする？」

「もちろん昼食をとりにいく」

ドーチェスター・ホテルの〈ピアノ・バー〉では、支配人のジュリアーノが愛想たっぷりに三人を迎えた。ファーガスンは二十年以上の馴染《なじ》みであり、ディロンは比較的最近の客だがよく顔を出す。バーンスタインはもちろん大歓迎だ。イタリア男であるジュリアーノは美貌《びぼう》と知性の組み合わせをこよなく愛するが、バーンスタインはまさに知的な美人である。スコットランド・ヤード特別保安部の主任警部でもあるという事実はボーナスであり、さらに職務遂行中に人を殺したことがあるという事実はぞくぞくするほどの魅力を加える。ジュリアーノは新聞の報道を覚えていた。二年前、バーンスタインはグロヴナー・スウェアに向かう途中、ある店から女性が強盗だと叫んで飛び出してくるのを見た。その日、アメリカ大使館で警護の任務にあたることになっていたバーンスタインは銃を携行しており、銃身を詰めた散弾銃を持った犯人の一人を射殺して、ほかの犯人たちの戦意をそいでしまったのだった。

ジュリアーノはバーンスタインの両頬に優雅なキスをしてから、お薦めの料理を紹介した。ハムとモッツァレッラ・チーズを包んだカンネローニ、またはニョッキ・ディ・パターテ・アル・ペスト、すなわち、大蒜《にんにく》風味のソースで味つけしたジャガイモの団子。三人は料理を選び、ディロンはクリュッグのノン・ヴィンテージ物を注文した。

「ところで」ファーガスンはジュリアーノに言った。「マイケル・コーハン上院議員が一時に予約を入れているはずだが？」

「そのとおりですが」ジュリアーノは驚いた顔をする。

「議員をわれわれの隣のテーブルに案内してくれるかな」

ジュリアーノは微笑んだ。「また何かあるのですね、准将。わたしは一つ本を書くとしますか。冷戦、密《ひそ》かに共産主義を信奉していたパブリック・スクール出身者たち、そしてアイルランド」ディロンに笑いかける。「これは申し訳ありません……」

「わかってるよ、おれは極悪人だ」と、ディロン。

ジュリアーノは言った。「では議員はお隣のテーブルに。どうぞごゆっくり」

ジュリアーノが立ち去り、クリュッグが運ばれ、ディロンが注ぎ役を引き受ける。「どうしてコーハンがくるのを知ってたんだ？」

ファーガスンは唸《うな》るように言った。「電話だよ、ディロン。あれはすばらしい機械だ。こんど使ってみるといい」

「どうアプローチします？」バーンスタインが訊く。

「正面からぶちあたる」ファーガスンはグラスを掲げた。「人生と愛と幸福に」

「北アイルランドの平和もつけ加えてくれれば、おれも乾杯するよ」ディロンがそう言ったとき、コーハンが階段口に姿を現わした。

ジュリアーノが迎え、隣のテーブルに案内し、ドライ・マーティニの注文を受けて立ち去った。

ファーガスンが声をかけた。「マイケル・コーハン上院議員ではないかな？　チャールズ・ファーガスン准将です」

コーハンは気色《けしき》ばんだ。「嫌がらせにもほどがある。首相官邸に苦情を持ちこむといったはずだぞ。いますぐそうしてやる」

コーハンが立ちかけると同時に、ドライ・マーティニがやってきた。ディロンがファーガスンのあとを続けた。

「あんたが政治家だからっておれは気にしないよ、上院議員。アイルランドにもいるからね。ただ、こういうことをいった政治家がいたようだ。〝わたしが国会議員だなんて母にいわないでくれ。売春宿でピアノを弾いていると思われるからな〟」

「無礼なことを！」

「うるさいねこの男は。少しは頭を働かせたほうがいい。あんたはまぬけもいいところだからな。命が惜しかったら准将の話を聞くんだね」

ファーガスンが言った。「いいかな、上院議員。これから〈エリンの息子たち〉のことをお話しする。その話とあなた自身の経験のつながりについて」——〝つながり《コネクション》〟という言葉を強調する——「考えてみようではないか」

准将が話し終えたとき、コーハンの顔は青ざめていた。「そんなことはわたしには関係ない」

「いいか、この下司野郎」ディロンが言う。「ジャック・バリーがゆうべロンドンにきてたんだ。なぜだと思う？　あんたの骨から肉を削ぎ落とすためだ」

コーハンは不安の塊になっていたが、なおも強がりを言った。「わたしは何も知らない」

「〈エリンの息子たち〉の会員はあんたを除いて全員死んだ」と、ディロン。「ひょっとしたらダイニング・クラブってものが嫌いな人間の仕業かもしれない。だが、おれたちの考えでは、きのうジャック・バリーが現われたのは厄介事にけりをつけるためだ。つまりあんたを殺しにきたんだよ」

バーンスタインが割りこんだ。「ただしあなたの仲間を殺したのは別のある人間だと思われます」

「ばかげている」コーハンはバーンスタインに言った。「でたらめだ。もう構わないでくれ！」

マーティニを飲み干す。

ファーガスンが言った。「では協力を拒むわけですな。よろしい、どうぞご勝手に。首相と大統領にはそう報告しておこう。しかしわしは、ロンドン滞在中のあんたの命をできるだけ守るようにと命令されている。だから今夜の〈平和フォーラム〉の会場でも警戒にあたるつもりだ。あんたが協力しようとしまいとね」

「もうたくさんだ」コーハンは席を蹴《け》って歩み去った。

パスタが運ばれてきたところで、バーンスタインが言った。「次はどうします？」

「とりあえずこのうまい料理を楽しむ。それから夕方、あの愚か者を生かしておく努力をする」

「面倒なことになるとお考えですか？」

「絶対になると自信をもっていえる」ファーガスンはフォークを取り上げ、ディロンに顔を向けた。「ブラック・タイだぞ、小僧。文明人らしくな」


ほかに頼るあてもなく、コーハンは暗号機能付き携帯電話で〈コネクション〉に連絡をとり、不安と恐れをすべてぶちまけた。

話を聞き終えると、〈コネクション〉は言った。「敵の魂胆がわからないか？　バリーとわたしは打ち合わせをしていたんだ。彼はロンドンに飛んできみを守る予定だった。だがきみの話からすると、ファーガスンたちに見つかって、危ういところで逃げたようだな」

「ロンドンでは安全だときみはいったはずだ」

「安全だ。バリーを送りこんだのは万全を期すためだ。何も問題はない」

「仲間を殺した人間をバリーが始末するといっただろう」

「きみの知らない事情がいろいろあるんだ。わたしを信用したまえ」

「何かあった場合、危ないのはわたしの命なんだからな」

「いいかね、上院議員——すべてうまくいくんだ。わかったかね？　だから落ち着いて、パーティを楽しむといい。また連絡する」

〈コネクション〉は電話を切ると、すぐバリーにかけた。

「コーハンが怯《おび》えきっている。ファーガスンとディロンにつきまとわれているそうだ。まずいことになっていると、なぜいわなかった？」

「ついゆうべのことだからだよ。おれは逃げるのに忙しかったんだ」

「きみの説明を聞かせてもらおうか」

バリーはおおむね事実どおりに説明した。それが終わるとこうつけ加えた。「よくあることだよ。ディロンがどうしておれを見つけたか、それはわからないがね」

「じつに厄介な男だな」

「イギリス陸軍はこの二十年間そういいつづけてきたし、IRAもしばらく前からそういってる。それはともかく、コーハンはどうする？」

「放っておくしかないだろう。アメリカに戻ってきたら何か考えるよ。また連絡する」〈コネクション〉は受話器を置いた。

サウス・オードリー通りの家で、レディ・ヘレン・ラングは衣装簞笥《だんす》を物色し、高級な黒いクレープ地のイブニング・スーツを選んだ。上着を身体にあてて姿見の前に立つ。ノックがあり、ヘドリーが紅茶を運んできた。

「どう思う？」ヘレンは訊いた。

「いいですね」

ヘレンはスーツを衣装簞笥に戻し、「じゃあ決まりね」と言って紅茶を一口飲んだ。「四十五分後に、〈ダニエル・ギャルヴィンズ〉で髪を整えてもらうわ」

「いまのままでも充分すばらしいですよ、レディ・ヘレン」

「世界中から偉い人が夫人同伴でくるのよ、ヘドリー」

「コーハンもですね」

ヘレンは微笑んだ。「最高のお洒落《しゃれ》をしなくちゃ。さあ、出かける用意をして。十五分したらいくから」


ドーチェスター・ホテルの舞踏室で開かれる〈北アイルランド平和フォーラム〉は正装が義務づけられた豪華な催しである。首相はまだだが、何人かの閣僚はすでにきていた。招待客は錚々《そうそう》たる顔ぶれだ。ディロンは例によってこの種の催しに集まる人々に目をみはりながら、通りかかったウェイターの盆からシャンパンのグラスをとった。今夜はローシルクの襟のイブニング・スーツを着こんでいる。

ヴェルサーチの、深紅のシルクのスーツを着たバーンスタインが言った。「飲みすぎないで、ディロン。今夜はまだこれからよ」

「これはまたきれいだな、お嬢さん」と、ディロン。「《ヴォーグ》の折り込み写真から抜け出たようだ」

「お世辞をいっても無意味よ」

「わかってる。残念でしかたがない」

ファーガスンが近づいてきた。「異常はないか？」

「おっと准将」ディロンは言った。「ベルファストで過ごした幼少のみぎり、祖母《ばあ》ちゃんがときどきグランド・セントラル・ホテルのラウンジに午後のお茶を飲みに連れていってくれた。祖母ちゃんはあの豪華な雰囲気が好きだったんだ。あそこの給仕頭が、ちょうどそんなディナー・スーツを着てたっけ」

「相変わらず口の悪い男だ」ファーガスンが言う。「例によってわしの堪忍袋の緒は切れかかっておるぞ」そこで眉《まゆ》をひそめた。「おや、レディ・ヘレン・ラングだ」彼女が近づいてくると、ファーガスンはディロンから離れた。

レディ・ヘレンはファーガスンと抱擁を交わした。「こんばんは、チャールズ」ディロンのほうを向く。「あら、ミスタ・ディロンね？」

ディロンはレディ・ヘレンの手を握った。「またお会いできて光栄です、レディ・ヘレン」

「どうしてもききたくなって。家はすぐそこのサウス・オードリー通りなの。とても便利。カクテルが飲みたくなると、いつも歩いて〈ピアノ・バー〉にくるのよ」

そのとき、メインの入り口付近でざわめきが起こった。バーンスタインがやってきて言った。

「首相がお見えです、准将」

ファーガスンは言った。「では失礼しますよ、ヘレン」ディロンにうなずきかける。「レディ・ヘレンにもう一杯シャンパンを差しあげてくれ。きみはわしと一緒にきたまえ、主任警部」

二人が歩み去ると、レディ・ヘレンが言った。「あなたはときどき、何か危険な雰囲気を漂わせるのね、ミスタ・ディロン」

「鋭いですね」ディロンはそばを通過する盆からシャンパンのグラスを二つとり、「どうぞ」と差し出して、あたりを見回す。「錚々たる面々だ」

「あなたが軽蔑《けいべつ》している人たちばかりでしょ」

ディロンはグラスを掲げた。「あなたとわたしに乾杯。狂った世界でただ二人、正気のわれわれに」

レディ・ヘレンが乾杯の仕草を返してきたとき、なぜかディロンはうそ寒い、不穏な気分になった。どうしてだろう？

「〈北アイルランド平和フォーラム〉」ディロンは首を振った。「七百年も戦争を続けて、何をいまさらという気がしますよ」深く息をつく。「いや、不謹慎ですね。すみません」

「わたしの息子のことを思い出してくださったのね」レディ・ヘレンは動揺のかけらも見せず微笑んだ。「チャールズの下で働いていらっしゃるのなら、わたしのことはご存じでしょう。でも、ある偉大な作家がいったとおり、過去というのは外国と同じよ、ミスタ・ディロン。過去に生きることはできない。いまあるものでなんとか生きていくしかないの」

「それも一つの考え方ですが、あまり慰めにはなりませんね」

そのとき初老の婦人が近づいてきた。「こんばんは、ヘレン」

レディ・ヘレンはその女性と頬と頬を触れあわせてから言った。「お二人はお知り合いじゃないわね。この方はスティーヴリー公爵夫人、こちらはショーン・ディロン」

「お目にかかれて光栄です」ディロンは手の甲にキスをした。

「アイルランド人は大好きよ」公爵夫人は言う。「悪党ばかりで。あなたも悪党なの、ミスタ・ディロン？」

「チャールズ・ファーガスンの部下でいらっしゃるの」と、レディ・ヘレン。

「それならやっぱり悪党ね」

「それじゃ、わたしは失礼します」ディロンは二人から離れた。

ファーガスンは閣僚の一人と話し、バーンスタインはそばで慎ましく控えている。バーンスタインが近づいてきた。

「いまコーハンがきたわ。向こうの隅でアメリカ大使と話しているところ。こう人が多いと、監視は難しいわね」

「ま、こんなところでドラマチックに何かやらかすやつはいないだろう」

「本当に無事にすむと思う？」バーンスタインは首を振る。「准将は自信があるようだけど」

「歳を食ってるだけ判断も確かさ。准将が間違っていたことがいままで何回あった？」

「何か起こるにしても、わたしたちの縄張りでは起こらないでほしいものね」

そのとき、入り口付近で動きがあり、首相と少人数の取り巻きが現われた。

「いきましょ」バーンスタインがファーガスンのほうへ歩きだし、ディロンもあとを追う。

三人は並んで立ち、首相が誰かれと握手をし、短い言葉を交わすのを見守った。やがてアメリカ大使のところへきたが、コーハンもまだ大使のそばにいた。どの顔も笑っている。ディロンはコーハン上院議員の笑顔を初めて見た。

「いまは嬉《うれ》しそうだな」ファーガスンが囁《ささや》く。

「とりあえずいまは」と、バーンスタイン。

深紅のスーツに身を包んだ司会者が声をあげた。「紳士淑女のみなさま、首相がお話しになります」

ざわめきがすっと静まり、首相がマイクの前に進み出た。「今宵お集まりのみなさま。いまは心躍る希望の時代です。北アイルランドの平和が、文字どおり手の届くところまできているのです。そこでみなさんに申し上げたいのは……」

スピーチを終えて盛大な拍手を受けると、首相はすぐに供の者を従えて、熱い握手を繰り返しながら会場をあとにした。

「さて、どうします？」バーンスタインが訊く。

「ビュッフェがなかなか充実しているようだ。となると食事の時間だな」と、ファーガスン。

「いこう」

「コーハンは？」

「きみたちが交替であとをつけまわす」

「何か起こるとしても、ここでは起こらないと」と、ディロン。「それがあんたの考えだよな？」

「そのとおり」

バーンスタインが言う。「わたしはお腹がすいていません。一番手を引き受けます」

「いいようにしたまえ。上院議員どのはまだアメリカ大使にくっついておるようだな」

バーンスタインは人ごみを縫ってそちらに向かっていった。


コーハンは会場の一隅にいる大使ほか数名の人の輪に混じっていたが、この一団は人波をさえぎる一種の防波堤となっていた。コーハンが酒を飲みすぎ、汗をかいているのは、もちろん極度の緊張のせいである。もっとはっきり言えば、恐怖のあまり胸が悪くなっていた。

大使にはこの一件について何も話していない。どうして話せるだろう？　さっきファーガスン、ディロン、バーンスタインを見かけたが、ある意味で彼らの存在はいっそう事態を悪くする。ウェイターが通りかかったので、またシャンパンのグラスに手を伸ばしたとき、近くにいた品のいい婦人に手がぶつかってしまった。

「これは失礼」

「いいえ、よろしいんですのよ」ヘレン・ラングは応《こた》えた。

コーハンは、バーンスタインが人をかき分けるようにやってくるのに気づき、ひどく苛立《いらだ》った。なぜ放っといてくれないんだ？

大使が肩に手をかけてきた。「大丈夫か、マイケル？　汗びっしょりだが」

「ああ、どうも飛行機の中で風邪をひいたようでね」コーハンは不意に、ほんの一時《いっとき》でいいから会場を出たくなった。「ちょっと部屋に戻って薬を呑《の》んでくるよ」

そばでその言葉を聞いたヘレンは、すぐに人群れのあいだを歩きだした。出口で足をとめ、バッグの中に万能鍵《かぎ》があるのを確かめる。それから舞踏室を出た。

コーハンはシャンパンを飲み干した。ふと見ると、近くのカウンターのそばにグラスを手にしたバーンスタインがいる。たちまち苛立ちが怒りに変わった。人を押しのけるようにして出口までいき、ちらりと背後を見ると、主任警部がこちらに向かってきた。コーハンは紳士用洗面所に入った。洗面台の前は混んでいてしばらく待たなければならない。汗がだらだら流れる。鏡を見て周囲の顔を一つずつ点検する。洗面台で顔を洗い、係員から小さなタオルを受け取って拭いた。

かなり賑《にぎ》やかな数人の男たちが出ていこうとするのを見て、うしろにぴたりとつく。廊下ではバーンスタインが反対側の舞踏室のほうを見ていた。ここぞとばかり、ラウンジのほうへ走った。苛立ちはこの勝利のおかげでおさまった。小さな勝利だが、勝利には違いない。ロビーに出て、エレベーターに乗りこみ、ボタンを押した。

バーンスタインはすでに十分ほど、廊下の壁にもたれて立っていた。ディロンがやってきた。

「捜したぞ。われらが友人はどこだ?」

「あそこよ」バーンスタインは洗面所の入り口に顎《あご》をしゃくる。「入っていくのを見たけど、まだ出てこないの」

ディロンはにやりと笑った。「性差別をすまいと心がけている警察官にも限界はあるわけだ。おれに任せろ」

バーンスタインは遅参の招待客で膨れあがりつつある人群れに目を配りながら待った。ディロンが出てきて煙草に火をつけた。「影も形もない」
「おかしいわ、たしかに入ったのよ」バーンスタインは不意に不安を覚えた。「舞踏室を捜しましょう」そう言って先に歩きだした。

万能鍵は完璧《かんぺき》に用を果たした。ヘレン・ラングはすばやくコーハンのスイート・ルームに入り、ドアを閉めた。贅沢《ぜいたく》な部屋だ。ゆったりとして優雅な寝室、シャワー室付きのバスルーム、上質の羽目板を張った居間。カーテンは開かれている。ヘレンはフランス窓からそっとテラスに出た。通りの向かいはハイド・パークで、その向こうは街の灯。真下のパーク・レインは、人と車の往来が激しい。ヘレンは奇妙な郷愁に襲われた。天幕の下で小雨を避け、煙草に火をつけて、待った。

エレベーターを降りたコーハンは、急ぎ足で廊下を歩いた。心臓が割れるように打つ。くそっ、なんてざまだ。酒が飲みたい。部屋の前にたどり着くと、鍵を開けて中に入った。漆塗りのホーム・バーの戸棚を開き、震える手でグラスにスコッチをたっぷり注ぐ。それを一気に飲み干して、もう一杯注いだ。さあ、どうすればいい？　こんな気分になったのは初めてだ。何もかもが崩れていく感覚。ふと、バリーなら助言をしてくれるかもしれないと思いつく。寝室に入り、旅行鞄《かばん》から携帯電話を出し、居間に戻ってボタンを押した。
ダウン州の隠れ家にいるバリーが電話に出た。「誰だ？」

「コーハンだ。いったいどうなってるんだ？」

「どういう意味だい？」

「〈コネクション〉と話したんだ。あんたがゆうべロンドンでやった無茶な行動のことは聞いた。おかげでチャールズ・ファーガスン准将とディロンとやらにつきまとわれてるんだ」

「ファーガスンはなんといってる？」

コーハンは覚えているかぎりのことを話した。「〈コネクション〉は、あんたはわたしを守るためにきたといった」

「そのとおりさ」

「ディロンは、わたしを殺しにきたといってるんだ」

「で、どっちを信じる？」バリーが訊《き》く。「友だちか、カトリックの屑《くず》野郎か？　あんたとおれは仲間だ。一緒に問題を解決しよう。ニューヨークへはいつ戻る？」

「明日だ」

「よし」バリーは例によって滑らかに嘘をついた。「あんたの知らないことがいろいろ起こってるんだが、疑惑は一気に晴れるよ。約束する」

「わかった。わかった」コーハンはうなずく。「また連絡する」

「そうしてくれ」

バリーはしばらく考えてから〈コネクション〉に電話をかけた。「いまロンドンのコーハンから電話があった」

「それで？」

「精神的に参りかけてる。手を打たなくちゃいけない」

「たとえばどういう？」

「ニューヨークに戻ったとき、トラックに撥《は》ねられるよう手配できないか？」

「考えてみよう」〈コネクション〉はそう答えて電話を切った。

10

コーハンは携帯電話を置いてふたたびグラスを取り上げた。「いったいどうしてこんなことに関わりあってしまったんだ？」そうつぶやいた。

グラスを唇につけたとき、カーテンが割れて、レディ・ヘレン・ラングが部屋に入ってきた。右手には消音器を装着したコルト二五口径が握られていた。

「いったいなんなんだ？」コーハンは〃お祖母ちゃん〃といった感じの女が銃を手に現われて、衝撃を受けた。しかもどこかで見たような顔だ。

「天罰がくだるのよ、上院議員」

「いいかね、きみ」コーハンははったりをきかせようとした。「もしお金が欲しいのなら……」

ヘレンは笑った。「目的はお金じゃない。昔の映画でよく街道の追いはぎが、金を出せ、さもないと命をもらうというわね？　この場合は、命がもらいたいの。お金なら持ってるから」

コーハンは恐怖に駆られた。「あんたは誰だ？」

「坐《すわ》りなさい。話してあげる」

コーハンはソファの一つに身体を落として、ぶるぶる震えた。「どういうことなんだ？」

「古いギャング映画の言い回しを借りれば、〝落とし前をつけてもらう〟ということになるわね」

「わたしが何をしたというんだ？」

「あなた自身は何もしていない。あなたみたいな政治屋は自分の手を汚さない。でも黙認したのよ。〈エリンの息子たち〉のほかのメンバーと一緒に」

コーハンはかつてない恐怖にとらわれた。「それじゃ、あんたが！　でも、なぜだ、なぜなんだ？」

ヘレンは空いたほうの手で銀のシガレット・ケースを出し、煙草をくわえ、火をつけた。

「わたしには息子がいた。男らしい勇敢な若者だった。その息子が、あなたがたのくだらない絵空事のゲームのせいでどういう最期を迎えたか、いま話してあげる」

話が終わったとき、コーハンは顔を真っ青にして、ソファの隅で身をすくめていた。ヘレンはウィスキーをグラスに注いでコーハンに渡した。

「信じられない」コーハンは言った。

「でも本当のことなの。これはあなたの最悪の悪夢よ。わたしはロンドンでティム・パット・ライアンを殺した。ニューヨークであなたの友だちのブレイディとケリーとキャシディを殺した」

コーハンは酒を喉《のど》に流しこんだ。「何が望みなんだ？」

「いくつか質問に答えてもらうわ。まずは〈コネクション〉のこと。何者なの？」

ことは教えないからだ！」

「でも何か手がかりはあるでしょ」

「ない！　あの男はいろんなことを知っているが、なぜ知っているのかはわからない。そんなことは教えないからだ！」

「ジャック・バリーはどう？　あの男はどこにいるの？」

「北アイルランドのどこかだ。それしか知らない」

「でもさっき話してたでしょ。聞いたわよ」

「あいつは暗号化された特別の電話を使ってるんだ。番号はわかるが、逆探知はできない」

「そう」ヘレンはコーハンの携帯電話を取り上げる。「番号は何番？」コーハンがためらうと、コルトを持ちあげた。

コーハンは番号を教えた。

バリーが夕食をとっていると、携帯電話が鳴った。「誰だ？」

ヘレン・ラングは言った。「名乗るほどの者じゃないの、ミスタ・バリー。でもそのうち会いにいくわ」

携帯電話をバッグにしまい、デスクのところへいって番号を書きとめ、そのメモ用紙もバッグに入れた。メモをするため、コルトは左手に持ちかえていた。コーハンはその隙をとらえ、グラスを彼女に投げつけて、カーテンの向こうのテラスに飛び出した。

だが、愚かな行動だった。逃げ道がない。小さな噴水で魚の彫刻が水を吹いており、その向こうは手すり。コーハンは手すりに寄った。眼下のパーク・レインを光のリボンが流れていた。手すりの裾《すそ》の張り出しの下に鉄の梯子《はしご》が見えた。作業用の梯子だろう。コーハンは急いで手すりにまたがり、片足を張り出しにおろそうとした。そのとき、カーテンの向こうから、ヘレンがコルトを構えて出てきた。

「やめろ、やめてくれ！」コーハンは叫ぶと同時に足を滑らせ、落ちていった。

ヘレンは通りを見おろした。不意に車の流れがとまり、クラクションの音が上まで響いてきた。ヘレンは身をひるがえし、スイート・ルームを駆け抜けてドアを開け、廊下に出た。数分後、ロビーに降りて舞踏室に入り、入り口の近くに立つウェイターの盆からシャンパンのグラスをとって、人々のあいだに混じった。

〝天罰〟という言葉はぴったりだった。今回は手をくだす必要がなかった。コーハンは逃れられない代償を支払ったのだ。すべては収まるところに収まるのが世のならいだ。この手で殺さなくても、同じ結果になった。それで充分だ。ロビーの玄関付近が騒然としていた。ファーガスンとディロンの姿もちらりと見えた。ヘレンは胸に痛みを覚えた。薬瓶を出し、二錠呑んで、シャンパンで流しこむ。それから舞踏室を出ていった。

「部屋にあがったのかもしれない」舞踏室を隈《くま》なく捜したあとで、ディロンは言った。そのとき、クラクションのけたたましい音が届いてきて、ロビーが騒がしくなった。

バーンスタインがファーガスンに言った。「ちょっと見てきます」

ホテルの前の交通は停滞していた。バーンスタインにはすぐその理由がわかった。歩道の人《ひと》垣《がき》の真ん中に人が倒れていた。バイクの警官が無線で連絡を入れている。バーンスタインは警官にＩＤを見せた。

「特別保安部のバーンスタイン主任警部よ。どうしたの？」

「ここを通りかかったとき、上から人が落ちてきたんです。もう少しで通行人に当たるところでしたよ。上で女の人がびっくりした顔で見おろしてました。いま救急車と警察の応援を頼んだところです」

バーンスタインがかがんで死体の顔を見ると、すぐにコーハンだとわかった。背を起こして言った。「この人は知ってるわ。ホテルの宿泊客よ。何も喋《しゃべ》らないでちょうだい。マスコミその他の質問には一切答えないこと。これは非常事態《レッド・アラート》なの。意味はわかる？」

「ええ、もちろん」

「ちょっと中に入るけど、すぐ戻るわ」

三人は衝撃を受けている当直の支配人に案内させて、コーハンのスイート・ルームを調べた。バーンスタインが言った。「闘争の形跡はまったくありませんね」

「そのようだ」と、ファーガスン。「しかし過って落ちたのか、突き落とされたのか？」ディロンに顔を向ける。「おまえさんはどう思う？」

「よしてくれ、准将。この業界で、偶然の一致なんて誰が信じる？」

「賛成だ」ファーガスンはうなずく。「問題の女はかなりの凄腕《すごうで》らしい」

「そうらしいね」ディロンもうなずいた。

ファーガスンは支配人に言った。「部屋には鍵をかけて誰も入れんように。まもなく警察が鑑識捜査を始めるはずだ」

「承知しました、准将」

ファーガスンはディロンのほうを向く。「ブレイクに悪い知らせを伝えてくれ。大統領には彼が報告するだろう。首相への報告はわしがする」

「あんたがこんな形でナイト爵位をふいにするなんて残念だね」と、ディロン。

ファーガスンはにやりとした。「おまえさんがわしの出世のことを気にかけてくれてるのは知ってたよ、ディロン」


サウス・オードリー通りの自宅はすぐ近くだが、ヘレンはヘドリーを、パーク・レインに駐《と》めたメルセデスで待たせていた。野次馬をかき分け、マイケル・コーハンの死体のそばを通り抜ける。彼女の姿を見て、ヘドリーは車から飛び出し、後部座席のドアを開けた。そしてヘレンが乗りこむと、運転席について、車を出した。

「しばらくその辺をドライブして。大変な夜だったわ」ヘレンは煙草に火をつけた。

「どうなりました？」

ヘレンは一部始終を話した。「コーハンが死んで、手もとに残ったのはバリーの電話番号だけ」携帯電話を持ちあげた。「もう一ぺんかけてみるわね」

バリーはすぐに出た。「誰だ？」

「天罰の女神《ネメシス》」ヘレンは答えた。「まずはホット・ニュースを伝えるわ。マイケル・コーハン上院議員がドーチェスター・ホテルの七階からパーク・レインに転落した。わたしは彼の携帯電話を使っているの」

ジャック・バリーはかつて経験したことのない衝撃に身をこわばらせた。「なんだって？」

「マイケル・コーハン上院議員がパーク・レインのドーチェスター・ホテル前で死んでるの。現場はいまベルファストの荒れる土曜日の夜みたいだわ。警察、救急車、野次馬。でもそれはあなたのよく知ってることね」

奇妙なことに、バリーは怒りを覚えなかった。ある種の恐怖が身内に湧いてきた。「あんたは誰なんだ？」

「ニューヨークでブレイディ、ケリー、キャシディを殺し、ロンドンでティム・パット・ライアンを殺した人間。そしていまマイケル・コーハンもつけ加えた。それがわたしよ」ヘレンは笑った。「残るはあなたと〈コネクション〉だけね」

バリーは深く息をついた。「それはいいが、何者なんだ？　王党派の自由の戦士か？　〈アルスターの赤い手〉あたりの、プロテスタントの屑か？」

「あなたは驚くかもしれないけど、わたしはローマ・カトリックの信者よ、ミスタ・バリー。宗教は関係ないの。でもあなたが〝プロテスタントの屑〟なんていうのは意外ね。あなた自身、プロテスタントなのに。でも、それをいうなら、アイルランド共和主義の提唱者ウルフ・トーンも、アイルランド統一を成し遂げかけたパーネルも、プロテスタントだったわね」ヘレンは長広舌が楽しくなってきた。「オスカー・ワイルドも、ジョージ・バーナード・ショーも、ショーン・オケイシーも、プロテスタントのアイルランド人だった」

バリーは苛立《いらだ》ってさえぎった。「何を言ってるんだ？　歴史の講義なんか聞きたくない。何が目的だ？　おまえは何者なんだ？」

「ほかの五人と同じようにあなたを殺そうとしている女よ、ミスタ・バリー。目的は、正義。近ごろは希少な品だけど、手に入れようと思っているの」

柔らかな整った口調が、話している内容にまるでそぐわない。バリーは怒りを募らせた。

「あんたは狂ってるな」

「そうでもないわ。あなたは三年前、アルスターでわたしの息子を惨殺した。女性も含めた四人の同僚も。どうせ覚えていないでしょうね。あなたの手は何人も何人も殺して血まみれで、殺した相手なんか覚えているはずがない」少し情報を与えすぎたようだが、構わない。ヘレンの頭の中で計画が形をなしはじめた。

バリーは身が保《も》たないほど焦れてくる。「いいか、コーハンの携帯なんかなんの役にも立たないぞ。暗号化されてるんだ。逆探知はできない」

「ええ、でもあなたと話すことはできる」

「いいだろう。何が望みだ？」

「単純なことよ。さっきもいったとおり、あなたは三年前にわたしの息子を惨殺した。だからあなたを惨殺してやるの」

バリーはまた一抹の恐怖を覚えた。「冗談じゃない。あんたは狂ってるよ、おばさん！」

「この便利な電話を使えばあなたと話だけはできる。そのうちどこかで会う約束をしましょ。

また連絡するから」

「いつでも会ってやる。時間と場所を指定しろ」だが、すでに電話は切れていた。

ヘレンは言った。「フラスクをちょうだい、ヘドリー」差し出されたフラスクをとり、一口飲んで返す。「おいしい。いい気分」銀のシガレット・ケースを出して、煙草に火をつけ、深く煙を吸いこむ。「すばらしいわ。もうしばらく走って。宮殿、ペル・メル街」

雨脚がさらに強まり、ワイパーが小さな音でリズムを刻む。ヘドリーは慎重に運転した。

「雨の中をドライブするのは好き」ヘレンは言った。「安全なところへ閉じこもっているみたいな気がするから。まるで外の世界なんてなくなってしまったみたいな感じ。あなたは雨が好き、ヘドリー？」

「雨ですか？」ヘドリーは大きく笑う。「ヴェトナムでは嫌というほど降られましたよ。メコン・デルタの沼地をパトロールしていると、蛭《ひる》があちこちに吸いつきましてね。東南アジアの雨季には参りました」

「話を聞いただけでぞっとするわね。パブを見つけてちょうだい。一杯やりたくなったわ」

ヘドリーはいわれたとおりにした。セント・ジェイムズ・プレイスの近くにある〈グレナディア〉という立派な店だった。前にもレディ・ヘレンときたことがある。店主のサム・ハーディカーはもと近衛第一連隊《グレナディア・ガーズ》の軍曹で、ヘドリーはアメリカ大使館勤務のころから知っていた。

「これはようこそ、レディ・ヘレン」

「こんばんは、サム。シャンパンなんていうものは置いてないわね？」

「冷蔵庫に一本あります。ノン・ヴィンテージですが、ボランジェです。宮殿で勤務している近衛連隊の将校に頼まれたんですが、そちらには諦めてもらいます」

ヘレンとヘドリーは隅のボックス席に坐《すわ》った。サムがアイス・バケットに差したボランジェとグラス二つを運んできて、栓を抜き、注ぐ。ヘレンが味見をした。

「最高」そう言って微笑むと、サムが二つのグラスを満たした。「シャンパンに飽きた人間は人生に飽きたのだというわね」

「わたしにはよくわかりません」サムが言う。「ビール党ですから」

サムがさがると、ヘレンはまた煙草に火をつけた。「気分はどう、ヘドリー？」

ヘドリーはうなずいた。「いいですよ、レディ・ヘレン」

ヘレンはグラスを持ちあげた。「じゃ、わたしたちに乾杯。愛と、人生と、幸福を追求してやまない心に」ヘドリーもグラスを掲げ、触れあわせた。「それから、ジャック・バリーと〈コネクション〉には呪いを」とヘレンは続ける。

ヘドリーは一口飲んでグラスを置いた。「ほんとにあのならず者と会う気じゃないでしょうね？」

ヘレンはまた煙草に火をつけて、眉《まゆ》をひそめて考えた。「あの男に会うためには、なんらかの方法でおびき寄せるしかないわね」

ヘドリーはうなずいた。「とりあえず、ほかの連中と同じようにうまくあの男を倒せたとします。でもそのあとは？　残るは〈コネクション〉ですが、正体がわからない——例の五人も知らなかったし、バリーも知らない」

「シャンパンを注いでちょうだい。問題を大本《おおもと》のところから考えてみましょう」ヘレンは座席にもたれた。「世の中のさまざまな矛盾は、政治が原因であることが多いわ。今回のこの問題もそう。〈エリンの息子たち〉や〈コネクション〉のことはとりあえず措《お》いといて、そもそもの始まりは政府間の対話だったのよ。イギリス政府とアメリカ政府の対話、つまり首相と大統領の電話での和気藹々《あいあい》とした御喋《しゃべ》りがなければ、一連の事件は起きなかった」

「それで?」と、ヘドリー。

「彼らが情報交換の合意をしなかったら、イギリスの秘密情報部から機密情報が流れて、〈コネクション〉に利用されることもなかった」ヘレンはシャンパンの瓶をとってヘドリーのグラスにお代わりを注いだ。「となると、最終的な責任はどこにある?」

「どうも話がよく見えません」

「この場合、最終的な責任は最高権力者にあるのよ、ヘドリー。ホワイトハウスが関与しているなら、その最高権力者は大統領」腕時計を見る。「もうこんな時間。帰りましょう」

ヘドリーはヘレンを後部座席に乗せ、回りこんで運転席に乗りこんだ。そして車を発進させると、途切れた会話をつないだ。「いったい何をいってるんです?」

「来週、チャド・ルーサーがロング・アイランドの別荘で開くパーティに招待されるよう手を打ったの。主賓は合衆国大統領だそうよ」

ヘドリーはハンドル操作を誤りかけた。「だめです、そんなことは!」

ヘレンは眉をひそめ、それから笑った。「何をいってるの、ヘドリー、大統領を暗殺すると思った? まあまあ、わたしをどんな人間だと思ってるのかしら」首を振る。「わたしは狂ってはいないわよ、ヘドリー。そうじゃなくて、わたしは大統領と話すつもりなの」

「話す？　いままでしてきたことを全部話すんですか？　五人も殺したことを？　大統領は警察を呼ぶに決まってますよ」

「わかってないのね」ヘレンは煙草に火をつけた。「ホワイトハウスの不祥事は大統領の不祥事。大統領もわたしと同じで事が公になるのを望まない。〝ホワイトハウス・コネクション〟は一大スキャンダルよ。大統領の地位が危うくなるのよ。大統領が尽力してきた北アイルランド和平も危うくなる。だから大統領自身が〈コネクション〉の仮面をはがさなければならないの」ヘドリーに目を据える。「さもないと、誰がマスコミにリークするかわからないわ」

ヘドリーは愕然《がくぜん》とした。「じゃ、大統領を脅迫するんですか？　そこまでやるつもりですか？」首を振る。「あなたは悪いやつらを処罰した。だから、もうやめましょう。ここでやめましょう」

「それはできない」ヘレンは答える。「わたしは余分の人生を生きているだけなの、ヘドリー。あなたが思っている以上にそうなの。これは大事なことなのよ。だから次はロング・アイランド。不満なら、あなたはこなくていいわ」

「そんなことをいうなんてひどいですよ」

「わかってる。あなたの誠意は岩のように堅固よ。あなたはわたしのただ一人の本当の友だちだわ」

「そんなお世辞なんか聞きたいんじゃないんです」

「じゃ、一緒にきてくれるのね？」

へドリーはため息をつく。「しかたがないでしょう」そこで話の角度を変えた。「でも、またコルトをバッグに入れていく気じゃないでしょうね？」

「もちろん入れていくわ。だって」ヘレンは微笑む。「〈コネクション〉と出会うかもしれないもの」

ジョンスンはディロンの話を聞いた。話が終わると、言った。「ＦＢＩ時代に追った最重要手配犯を思い出すな。妄念に取り憑《つ》かれたような殺人者たちを」

「じゃ、四人を殺したのと同じ犯人がコーハンを殺したという説だな？」

「もちろんだ。偶然の一致というやつはきみと同じように信じない」

「つまり、例の女だ」と、ディロン。

「そういうことになる」

「しかし、ＦＢＩやＣＩＡの統計とは合わないんじゃないか？　たしかにテロ活動に関わった女性は過去にもいた――ドイツのバーダー・マインホフ・グループや、ＩＲＡや、パレスチナの過激派組織に――だが、あくまで少数の例だ」

「だから？」

「さっきの説をとれば、一人の女が〈エリンの息子たち〉全員を殺したことになる。五人の男をね」

「ジョーン」と、ジョンスン。「それならもっといい仮説はあるのか？」

「それはないんだが、あんたの警察の友だちにもう少し調べてもらうのがいいかもしれない。

例のパーカー警部のことだが」

「たとえば、どういうことを？」

「まったくわからないが、警官という人種はたいしたもので、普通の人間にはない嗅覚《きゅうかく》がある。死んだ上院議員の身辺を嗅《か》ぎまわってもらったら、何か役に立つ情報が出てくるかもしれない」

「わかった、その件は任せてくれ」

ジョンスンは受話器を置いたあとしばらく考えていたが、やがて大統領に電話をかけた。

「コーハン上院議員のことはお聞きになりましたか？」

「嫌でも耳に入ってくるよ」キャザレット大統領は答えた。「ＣＮＮで延々とやっている」

「これからお会いできますか？」

「すぐきたまえ」

大統領執務室《オーヴァル・オフィス》ではワイシャツ姿のジェイク・キャザレットが、首席補佐官から渡される書類に次々と署名をしていた。やはりシャツ姿のソーントンが顔をあげ、ゆがんだ笑みを浮かべた。

「元気がないようだが、ブレイク、まあむりもないか」

大統領は椅子にもたれた。「書類仕事はあとにしよう。さて、ブレイク、どういうことなんだ？」

「さっぱりわかりません」

「突き落とされたんだと思うか？」と、ソーントン。

「もちろんそうです。あるいは、パニックになって飛び降りたか」ジョンスンは苛立ちを見せた。「悠長に構えている場合じゃありません。上院議員の死の背後に特殊な事情があるのはご存じのはずです。本当にテラスから身を乗り出しすぎて、過って落ちたかもしれないなんて考えてらっしゃるんですか？」

大統領は言った。「よし、単純にまとめよう。ようするに誰かが〈エリンの息子たち〉の五人のアメリカ人メンバーを殺したわけだ」

「壊滅させた、ということでしょうね」ソーントンが口をはさむ。

「すると残る問題は？」

「アルスターにいるバリーと、ここワシントンにいる〈コネクション〉です」

ソーントンが言う。「しかし、五件の殺人事件のことを考える上で、それは重要なことかな」

「こう考えてみてください」と、ジョンスン。「〈コネクション〉はただ極秘情報を入手できるだけじゃない。それを仲間に流して悪用させることができる。それがこの人物の力です」

「しかし仲間は全員死んだわけだ」と、大統領。

「バリーがまだ生きています。あの男が一番危険なんです。〈コネクション〉が健在で、実行役のバリーが野放しである以上、まだ大きな問題が残っているわけです」

「何か提案はあるかね？」大統領が訊《き》く。

「わたしはコーハンのニューヨークでの活動や人間関係を洗うつもりです。わたしの友人のパーカー警部が何か見つけてくれるかもしれません」ジョンスンは大統領を見た。「同じように、このホワイトハウスでも徹底的な調査をすべきだと思います」

「うむ、賛成だ。きみはコーハンの調査をしてくれたまえ」次いで大統領はソーントンに顔を向ける。「ホワイトハウスのほうはきみに任せるぞ、ヘンリー。ここから機密情報が漏れているのなら、まさに首席補佐官の仕事だ」

「すぐとりかかります、大統領」ソーントンは応え、ジョンスンと一緒に退出した。

廊下を歩きながら、ジョンスンは訊いた。「どういうふうに調べます？」

「どうするかな。とにかく秘密裏にやる必要がある。政治的にはダイナマイト級の破壊力を持つ問題だからな。さみのほうの調査は頼むぞ、ブレイク。わたしはスタッフ全員の身辺調査を始める。シークレット・サービスに任せるのがいいだろうな」

「理由は話しますか？」

「とんでもない、いまはまだだめだ。念のためのチェックという名目でやる。何も出なかったら、またそのとき考えよう。小まめに連絡をくれ」

歩み去るジョンスンの背中を、ソーントンは薄く笑いながら見送った。不安はまるでなく、不思議なほど気分が高揚していた。

ジョンスンは面会の模様をファーガスンに知らせ、ファーガスンは首相に電話で手短な報告をした。

「なんだか手に負えない状況になってきたね、准将」

「昨夜のことにつきましては、完全にわたしの責任です」ファーガスンは言った。

「謝罪などしなくていいぞ、准将。きみのせいでも、わたしのせいでもない。だが、ともかく解決しよう」首相はそう言って電話を切った。

デスクについているファーガスンは、バーンスタインとディロンに言った。「首相は少なくとも犠牲の山羊《やぎ》を要求してはおられんようだ」

「次はどうします？」と、バーンスタイン。

代わりにディロンが答えた。「ブレイクの働きしだいだな」

「うむ、そういうことになるだろう」ファーガスンは言った。

ソーントンはバリーに電話をした。「キャザレットとソーントンとブレイク・ジョンスンが、たったいま大統領執務室で話し合いをした」

「それを聞いて興奮すればいいのかい？」と、バリー。「早く話してくれ」

ソーントンは話した。終わると、バリーが言った。「どうってことない話だな。コーハンの身辺を洗って何が出てくるっていうんだ？　女遊びが激しかったとか、男便所に入り浸ってたとか、そんなことか？　くだらない！」

「同感だ。無意味な調査だよ。われわれは何も心配しなくてよさそうだ」

「われわれだって？　おれは居所を知られている。でも、あんたは何一つ知られてない」

「わたしとしてはその状態を維持したい。だからおかしなことは考えないほうがいいぞ、バリー。きみが捕まっても、わたしにはなんの影響もないんだからな」

「くそったれ」バリーが罵《ののし》ると同時に電話が切れた。

バリーは煙草に火をつけて窓際へいった。雨が窓ガラスを叩《たた》いている。一つだけ〈コネクション〉に話さなかったのは、もちろん、コーハンの携帯電話によって謎の女との連絡の回路が通じたことだ。それは一種奇妙な、心理的なへその緒だった。バリーは首をめぐらして自分の携帯電話を見た。すると不思議なことに、早く鳴れ、という気持ちが頭をもたげた。あの女の声を聞きたい、という気持ちが。

そのときヘレンは、ノーフォーク州に向かうメルセデスの後部座席に坐っていた。光はダッシュボードの淡い明るみと闇を切り裂くヘッドライトの光芒《こうぼう》だけ。静かな心地よさに包まれ、ふたたび安全な場所に閉じこもる感覚を味わっていた。

音楽が、かろうじて聞こえる音量で柔らかく流れている。ヘドリーにかけてもらったのは、夫が好きだったアル・バウリーのテープだ。一九三〇年代のイギリスではビング・クロスビーより人気のあったクルーナーだが、第二次大戦中のロンドン大空襲で死んでしまった。

「この曲、大好き」ヘレンは言う。「『ムーンライト・オン・ザ・ハイウェイ』。夜のドライブにぴったりだけど、あなたの好みは違うわね」

「わたしの好みはご存じのとおりです、レディ・ヘレン。なんといっても、エラ・フィッツジェラルドとカウント・ベイシー」

「不思議な人だわ、アル・バウリーって」ヘレンは煙草に火をつける。「南アフリカ生まれといわれているけど、中東で生まれたという説もある。イギリスでは十歳さばを読んでいたのよ。ビッグ・バンドの歌手になって、女たちに愛されて。サヴォイ・ホテルで貴族たちと食事をする一方で、ロンドンの有名なギャングたちとも付き合った」

「たいした男ですね」

「彼は宿命を信じていたの。とくに一九四〇年に、ナチがイギリスに戦争から手を引かせようとロンドンを空襲したとき。ある夜、ロンドンの街を歩いていたら、爆弾が落ちてきた。でも爆風は彼のほうへこなくて無事だった」

「そういうことはヴェトナムで何度も経験しましたよ」

「バウリーはそれを天からのお告げだと考えたの。自分は無敵なんだって」

「それでどうなったんです?」

「何週間かたって、空襲警報が鳴って、その地区の人はみんな防空壕《ごう》に避難したの。でも彼はベッドで寝ていた。心配いらないと思っていたから」

「それで?」

「ベッドで死んでいるのを発見されたわ。落ちた爆弾の爆風がドアを突き破ってきたの」

「それにやられたんですか?」

「そう」

ヘドリーはしばらく黙って運転していたが、やがてこう訊いた。「その話のポイントはなんなんです?」

「宿命、ということだと思うわ。それは避けられないものなのよ。ある場所で死から逃れたと思っても、べつの場所で出会うことになる」

「それはわかりますが、あなた自身とは関係ないんじゃないですか」

「関係あるのよ、ヘドリー」ヘレンは座席にもたれた。「これは避けられないことについての話だから」

「たとえば、アメリカ大統領はきっと協力するということですか？　それはどうですかね、レディ・ヘレン」

「何代か前の大統領が、札に書いてデスクに置いていたモットーを覚えてるでしょ？　〝最終責任はわたしが負う〟。それが正しいのよ」ヘレンは外の闇を見た。「ああ、ちょうどいい。紅茶とサンドイッチの軽食をとりたいわ。とめてちょうだい」

そこは道路脇にある昔風のトラック用のドライブインで、以前にも立ち寄ったことがあった。軽食販売スタンドの前には雨除けのシートが張ってある。時刻は午前二時近く。近くに長距離トラックが二台駐《と》めてあり、運転手が車の中で食事をしていた。ヘドリーは白い食パンのステーキ・サンドイッチと濃い熱い紅茶を注文した。ヘレンも車を降りてきて、スタンドの女性がステーキを焼くのを眺めた。

「いい匂いね、ヘドリー」

「ステーキはいい匂いと決まっていますよ、レディ・ヘレン」

ヘレンはサンドイッチを齧《かじ》った。肉汁が顎《あご》をつたい落ちるのを見て、スタンドの女性が身を乗り出して紙ナプキンを差し出してきた。「はい、これ」

雨除けのシートの縁から雨が流れ落ちていた。ヘレンはサンドイッチを食べ終え、苦いほど濃い紅茶を飲んだ。そして飲み終えると、「いきましょう」と言った。

ヘレンは助手席に乗りこんだ。「あなたはわたしが狂ってると思っているわね、ヘドリー」

それは問いではなかった。

「やりすぎてると思ってるんです、レディ・ヘレン」

ヘレンはまた煙草に火をつけた。「ほとんどの人はやりすぎないようにするわね。面倒は避けて、常識と礼儀を守って生きていく。それで思い出すんだけど、あるとき会計士と一緒にレストランに入ったことがあるの。隣のテーブルには四人連れの女の客がいて、みんな煙草を吸っていた。一人は車椅子に坐っていたわ。会計士は煙草の煙は我慢できない、店を出ると囁《ささや》いたの。すると車椅子の女の人が、大きな声で、世の中には心の狭い人がいていやね、といったのよ」

「それで？」

「わたしは会計士をタクシーに乗せてからまた店に戻って、車椅子の女の人に、あなたは身体が不自由でも命には別状ないでしょう、でもわたしの友だちは肺癌でもう長くないんです、とそういってやった」眉《まゆ》をひそめた。「なぜこんな話をするかというと、わたしはそのとき初めて、公の場で、知らない人に、自分の考えをはっきりいったからなの。黙って見過ごせなかったのよ」

「同じように〈エリンの息子たち〉のことも見過ごせなかったと。ええ、それはわかります。でも、大統領のことは？」ヘドリーは首を振った。

「あなたには何も見えていないのね、ヘドリー。あなたはとてもいい人だけど、たいていの人と同じで、なんでも見えているつもりになっているだけなのよ。あなたはわたしを以前と同じ人間だと思っている。でもそうじゃない。わたしは生き急いでいる人間なのよ、ヘドリー。もう時間がないから」

「そういうことはいわないでください」

「でも本当のことなのよ。わたしはもうすぐ死ぬの。今日明日の話じゃないけど、もうすぐなの。じきにそのときがくるのよ。だからロング・アイランドへいって大統領と対決するつもり。バリーのほうは例の携帯電話でいつでも呼び出せる。あとは手繰り寄せるだけでいい」ヘレンは薬瓶を出して掌に二錠落とした。「フラスクをとって。それからスピードを出してちょうだい。スピードを出せば三時までには家に着くわ」

ところが天候はますます荒れ、雨は滝のように降った。村を見おろす丘を降りはじめると、混沌《こんとん》たる光景が広がっていた。通りに水が一フィートほども溜《た》まり、男たちが必死に閘門《こうもん》を開こうとしていた。

ヘドリーはパブの前で車をとめた。トム・アームズビーが入り口の前に土嚢《どのう》を積み、ヘティがそれを手伝っていた。メルセデスがとまるとヘティが顔をあげた。ヘレンは車のドアを開けた。

「ひどいことになったわね」

「ええ、それもみんな教区会のせい。この前の、ヘドリーが助けてくれた出水のあとも、お金がないからって水門の修理をしなかったの。これ以上水が増えたら村中の家が浸水するわ」ヘレンはヘドリーに顔を向けた。「村の人たちはお金持ちじゃない。ほとんどが年金生活者なの。このままじゃみんな破産よ」

「わかってます」ヘドリーも車を降りた。制服の上着を脱ぎ、シャツの袖《そで》をまくりあげて、水の中に入った。「前にもこんな場面を見たことがあるって気がするのを、なんていいましたっけ？」

「デジャヴュ。フランス語よ」

「ああ、そんな響きですね」

ヘドリーは閘門のほうへ向かい、ヘレンもあとに続いた。若い男が一人、水の逆巻く水路に入っていた。もうふらふらだが、それでも水に潜っては水流に弾き返され、むせて空嘔吐《からえずき》をしている。

「あげてやれ！」ヘドリーは怒鳴った。男たちは若者を水路から出し、堤防に引きあげた。

「金梃《かなてこ》はあるか？」

誰かが差し出した。ヘドリーはそれをつかむと、ためらいもせず水に飛びこんだ。水面から顔を出し、深く息を吸いこんでから潜る。手で探ると、この前の出水のときに仮に修理した閘門の留め金が触れた。金梃をこじ入れて力をこめる。いったん水から顔を出して、あえぎながら息をついた。

それから二度、三度と潜り、そのたびに作業は難しくなった。だがようやく留め金がはずれ、門が開きはじめ、やがて水の圧力でさらに大きく開いた。ヘドリーが水の上に出ると、わっと歓声があがった。すでに水位がさがりはじめていたのだ。

手がいくつも伸びてきて彼を水から引きあげた。雨の中、立ちあがると、ヘティ・アームズビーが駆け寄ってきて毛布でヘドリーの身体を包んだ。

「ああ、あなたはほんとにすごい。さあ、店に入って。みんなも入ってちょうだい。営業時間じゃないけど、今夜は法律なんかどうでもいいわ」

村人たちがパブに向かいはじめ、ヘレンはヘドリーと並んで歩いた。「図に乗らないでね。あなたがイエスのように奇跡を起こしたなんて冒瀆《ぼうとく》的なことをいうつもりはないから。でも、この村の教会の名前はぜひ聖ヘドリー教会に変えるべきよ」


コンプトン・プレイスでは、翌朝になっても天候は回復せず、東風が雨を吹きつけ、ホースシュー湾の長い平らな砂浜に荒波が打ち寄せた。

ヘレンはフード付きの防水性コートを着て馬を走らせ、嵐で荒れた松林を抜けて、礼拝堂の廃墟《はいきょ》で雨宿りをした。煙草をくわえ、手で囲って風をよけ、なんとか火をつけた。

立ち騒ぐ海を眺めながら、ヘレンは数年前にロング・アイランドの友人たちを訪ねたときのことを思い出した。輝きに満ちた夏ではなく、ちょうどいまと同じ、冬の終わりだった。そのときチャド・ルーサーの別荘に招待されたのだった。邸宅は宮殿のようで、芝生の庭がロング・アイランド湾の砂浜まで続いていたが、ふだん誰も住んでいない地所は、ヘレンには面白みがなかった。チャドはその後何度も遊びにくるよう誘ってきたが、それは金持ちが好きだからにすぎなかった。ヘレンが招待に応じなかったのは、ようするにチャドが好きではなかったからである。粗野で、見栄っ張りで、うぬぼれの強い男なのだ。

ヘレンは気を取りなおしてつぶやいた。「ああ、よしましょ、そんなふうに人を批判する資格なんてわたしにはない。あの男を愛している人だってきっといるのよ。どんな人だか想像もつかないけど」

そう割り切っても、ロング・アイランドのことは念頭から去らない。ヘレンは手綱を揺すって馬を駆けさせた。

ヘドリーは車で村の様子を見にいった。雨はまだ激しく降り、水路の水かさは高かったが、氾濫《はんらん》の恐れはなかった。店で食料を買って屋敷に戻ると、レディ・ヘレンの姿が見えない。荷物を台所に置いて、庭に出てみると、納屋から拳銃《けんじゅう》の発射音が届いてきた。中に入ると、レディ・ヘレンがコルト二五口径で標的を撃っていた。

ヘドリーは声をかけた。「やっぱりロング・アイランドにいくんですね？　バッグにコルトを入れて？」

「出発はあさってよ」ヘレンは弾倉に弾をこめながら言った。「会社のガルフストリームを手配するわ。行き先はロング・アイランドのウェストハンプトン空港。チャドの別荘のすぐ近くよ」

「銃を持っていくのはやめてほしいんですが」

「いったでしょ。とにかく準備しておきたいの。どんなチャンスがあるかわからないから。いやならこなくてもいいのよ」

「いや、いきますよ」ヘドリーはテーブルに並べた銃の中からブローニングの拳銃を取り上げ、すばやく連射して四つの標的の頭を撃ち抜いた。

「また腕前を見せびらかしたいわけ、ヘドリー？」

「いや。調子を確かめてるんです。あなたの安全を確保するために。本当に〈コネクション〉

に出くわすかもしれないから」

「じゃ、くるのね？　一緒にきてくれるのね？」

「もちろんいきます。誰かがあなたを見守っていなくちゃいけない」ヘドリーはヘレンの手からコルトをとり、点検して返した。「さあそれじゃ、前に教えた理想の距離を思い出してください」

ニューヨーク　ワシントン

11

翌朝、ブレイク・ジョンスンはパーカー警部のオフィスでコーヒーを飲み、ハム・サンドイッチを食べていた。部屋には彼一人。外は三月下旬に特有の悪天候で、べた雪が窓ガラスを濡《ぬ》らしていた。ドアが開いて、シャツ姿のパーカーが入ってきた。

「おまえがきてると聞いたよ。なんだ、おれのを食ってるのか」

「ワシントンから飛んできたばかりでね。天気が悪くてひどく揺れたから、機内食が出なかった」

「ジェット族になった報いさ」パーカーは腰をおろし、受話器をとってサンドイッチとコーヒーを注文しなおす。それから、首を振った。「おまえ、えらいことになったな」

「何が？」

「何がって――コーハンだよ。どの新聞も不幸な事故と書いてるが、おまえもおれも違うことを知ってる」

そのとき、パーカーの助手をつとめる中年女性の巡査部長がノックなしで入室して、サンドイッチとコーヒーをデスクに置いた。

「わたしのを食べてください。またべつに注文しましたから。そこにいるミスタ・ホワイトハウスが警部の分を全部たいらげると思ったんです」

巡査部長が出ていくと、ジョンスンは言った。「いい部下だな――しかし、すごい食欲だ。おまえには多すぎる。その体重を考えるとな」

また一つサンドイッチをとるジョンスンに、パーカーは、「いいかげんにしろ」と言い、自分も一つつまむ。「で、いまはどういう状況だ？」

「状況は単純だ。〈エリンの息子たち〉はみんな天上のダイニング・クラブの会員になった。コーハン、ライアン、ケリー、ブレイディ、キャシディ。つごう五人だ」ジョンスンはプラスチック容器入りのコーヒーを一つとって蓋《ふた》を開けた。「さあ、考えを聞かせてくれ。おまえは現場の経験が豊富だ。殺人事件は何件くらい扱った？」

「百四十七件。数えてるんだ」

「で、どうだ。まさか分派同士の抗争なんて説はとらないだろう？」

「それはない」パーカーはサンドイッチを食べ終えた。「パターンからいって明らかだよ。動機は復讐《ふくしゅう》だ」

「〈エリンの息子たち〉がしたことに対しての復讐か」

「そうだろうな」

ジョンスンはしばらく考えた。「おれもそう思う。だが、それだけじゃ話にならない。コーハンのことだが、なぜ彼はほかの仲間と同じように、ニューヨークで殺されなかったのかな。

上院議員の自宅に強盗が侵入したとか、その種の記録はないのか？」

「見てみよう」

パーカーは最後のサンドイッチを左手に持ったままパソコンの前に坐《すわ》り、キーを叩《たた》いた。

「そういう記録はないな」間があく。「ちょっと待て。こいつはおもしろいぞ」

「なんだ？」

「先々週、コーハンの自宅脇の路地で二人殺されてるんだ。被害者は典型的な街のチンピラで、射殺されてた。遺体からはかなりのアルコールとコカインが検出された。二人とも何度も警察に逮捕されてる。どちらも麻薬の売人で、一人は売春婦のヒモでもある」

スクリーンの画面が次々と変わる。ジョンスンは沸きあがる興奮を抑えながら訊《き》いた。「使用された銃は？」

パーカーはキーを叩き、椅子にもたれた。「なんと、コルト二五口径だ」ジョンスンを見る。

「ちょっと確認してみる」猛烈にキーを打った。「そういうことだ、ブレイク。〈エリンの息子たち〉の四人が同じ拳銃で殺されたが、さらにあと二人追加だ」

ジョンスンは驚いた。「なぜそんな男たちが？」

パーカーは思案する。「コーハンの家が関係してるようだな。この辺は高級住宅街だ。チンピラ二人組はたまたま通りかかっただけだろう」

「悪いときに悪い場所に居合わせたというやつか？」

「そんなことわかるわけないだろ。何しろ手がかりが少なすぎる。ひょっとしたら犯人がコーハンを待ち伏せてたところへ、二人組が現われたのかもしれない」

ジョンスンはうなずいた。「うん。なるほど！」

「で、どうする？」

「犯行現場を見てみるよ」ジョンスンは立ちあがった。「ありがとう、ハリー。またくる」そう言って部屋を出た。


レディ・ヘレンはゴルフの傘をさして散歩に出た。松林の中でたたずみ、荒れる海を眺めながら、携帯電話を出してバリーにかけた。

「ちゃんと出たわね」

「なんの用だ？」

「とくに用はないけど、接触を保っておこうと思ったの。こちらはひどい天気よ。ずっと雨」

バリーは自分でも意外なほど平静だった。またあの回路が通じている。「あんたはどこにいるんだ？」

「ああ、これは進歩ね。初めてそちらから質問があった。でもじらすことにする。イングランドの東岸よ」

「ヨークシャーか——ノーフォークか？」

「それはいえない」

バリーは女が理性的なのに驚いた。「なあ、あんたの目的はなんなんだ？」

「あなたよ、ミスタ・バリー、目的はあなた。もちろん、あなたの死」ヘレンは電話を切った。

バリーは戸棚へいってアイリッシュ・ウィスキー、パディの瓶をとり、グラスに注いだ。喉《のど》の奥が焼ける。また煙草に火をつけたとき、手が震えていた。謎の女は引きさがりそうにない。そこで〈コネクション〉に電話をかけた。

「じつはコーハンのことで話してなかったことがあるんだ」バリーは話した。終わると、〈コネクション〉は言った。「いま話してもらうか」バリーは話した。終わると、〈コネクション〉は言った。「その息子のことで女が何をいったか、もう一度話してくれ」

バリーはちょっと考えた。「三年前におれがアルスターで殺したそうだ。女一人を含む四人の同僚も」

「思い当たるふしはあるのか?」

「おれは何十年も戦争をやってるんだぞ。何人殺したか教えようか?」

「わかった、わかった。その件は任せてくれ。こちらに手がかりがあるかもしれない。調べてみる」


ジョンスンは警察車輌《しゃりょう》でパーク街にいき、コーハンの家の向かいの歩道際で停止させた。車の中で警察の現場報告書を読む。報告書は簡潔だ。犯行の時刻は午前零時過ぎ、天候は大雨。通りはおおむね無人だったと思われる。

コーハンの住居を眺めながら、犯行の場面を思い描いてみる。真っ暗で、雨が降っている。格闘はほとんどなかった。病理学者の検死報告書には両被害者とも即死だったとあるからだ。そこでジョンスンは眉《まゆ》をひそめた。何かおかしい。検死報告書を出してすばやく読んだ。被害者その一、血液型O。被害者その二、A型。だが、被害者その二のシャツには、B型の血痕《けっこん》が付着していたとある。

つまり第三の人間とのあいだで一種の格闘が行なわれたわけだ。その第三の人間とは加害者か？　ジョンスンは眉根を寄せた。それは違う気がする。即死をねらった容赦ない銃撃だったのだ。格闘などあったはずがない。また眉をひそめた。それならもう一人いたのかもしれない。第四の人間が。

ジョンスンは通りの反対側の歩道へいって、違う視点から現場を見ることにした。「本部に戻って待機していてくれないか」そう運転手に告げた。「わたしはタクシーを拾う。傘を貸してくれ」

運転手が傘を渡して走り去ると、ジョンスンはそれをさした。さて、謎の女は深夜、コーハンが帰宅するのを待っていた。どこで待っていただろう？　通りのこちら側でだ。そのほうがコーハンの家がよく見えるし、銃撃もまずまず可能だ。

うしろを振り返ると、建物の玄関が並んでいる。夜だと影になって身を潜めるのに都合がいい。さて何が起きた？　なぜ待ち伏せは失敗した？　わからない。ジョンスンは自棄《やけ》ぎみにマルボロの箱を出し、一本くわえて火をつけた。こういうときは禁煙に向かない。傘から滴り落ちる雨に向かって煙を吐く。

チンピラの二人組は路地で雨宿りをしていたのだろう。ふつう真夜中の高級住宅地にはいない男たちだ。おれは殺人者で、いまコーハンを待ち伏せしている、とジョンスンは考える。どんなまずいことが起きたのだろう？　コーハンの家を見る。と、そのとき、若い男女が相合傘で角を曲がってきた。二人は路地の前を通り過ぎ、次の角を曲がって姿を消した。

か？

「これだ」ジョンスンはつぶやいた。「やっぱりそういうことだ。誰かがやってきてトラブルに遭遇した。悪いときに、悪い場所で」

だが、B型の血液を持つ人間は現場を去った。どのていどの怪我をして、どこへいったのか？

ジョンスンは通りを渡って路地の入り口に立った。B型の人間はどっちへ走って逃げただろう？ 右か、左か？ わかるはずがない。まず左へいってみよう。なんの関係もないが、さっきのカップルも左へいったのだから。

また煙草に火をつけて、雨の中、歩道を進んで角を曲がり、その通りを一ブロック歩いた。オフィスが並ぶ中にブティックもちらほらある。真夜中だとどこも閉まっていただろう。

「しかし、あそこは開いてたはずだな」ジョンスンは交差点の対角線上を見てつぶやいた。「あそこは二十四時間開いてる」

そこには〝セント・メアリーズ病院〟の看板が出ていた。私立の病院で、玄関前の案内板には〝救急治療室〟の文字も記されている。

「なるほど」と、ジョンスン。「雨の降る真夜中に血を流している人間はどこへいくか」

玄関先までいって携帯電話を出し、ハリー・パーカーを呼び出した。「ハリー、ちょっときてほしい」

「何かつかんだのか？」

「鼻がむずむずするんだ。もしおれの考えどおりなら、警察の立ち会いが必要になる」

「いまどこだ？ よし、すぐいく」

セント・メアリーズ病院の救急治療室に入ったジョンスンとパーカーは、内装の豪華さに驚いた。カーペットを敷きつめ、坐り心地のよさそうな椅子を置き、静かなBGMを流していた。受付の看護師の制服はアルマーニのデザインかというようなお洒落《しゃれ》なものだが、実際にそうなのかもしれない。

「何かご用でしょうか？」看護師はかるく警戒心を覗《のぞ》かせて尋ねた。

パーカーが金バッジを見せた。「ニューヨーク市警のパーカー警部です。ちょっとお話を聞かせてほしいのですが。殺人事件に関係することです」

「では、事務長のショーフィールドをお呼びいたしましょうか？」

「そうしてください」と、パーカー。

ショーフィールドは青地にチョークストライプのスーツを着た男で、健康そうに日灼《ひや》けしていた。かなり贅沢《ぜいたく》なオフィスに通されて腰をおろすと、ジョンスンが用向きを切り出した。ここからそう遠くない場所で二人の人間が射殺され、三人めの人間が怪我をした可能性がある。

「重大な事件のようですね」ショーフィールドは言った。

「そうなんです。連れはFBIの捜査官ですから、どれくらい重大かはおわかりいただけると思います」パーカーが口を添えた。

「それで、わたくしどもへのご用件というのは？」

ジョンスンはテーブルの上のメモ帳を引き寄せ、日付を書いた。「この日の午前零時から早朝にかけて、怪我をして出血している人が救急治療室にこなかったでしょうか？」

「わたくしどもには患者の秘密を守る義務があるのですが」

「こちらには大統領の命令を守る義務があるのです」ジョンスンは令状を出して事務長に見せた。

ショーフィールドは言った。「これはまた。承知しました、調べてみます」

デスクで外来診療記録を調べて、うなずく。「一人、来院者がいますね。名前はジーン・ワイリー。時刻は午前一時十五分。顔の切り傷を、当直研修医のブライアントが治療しました」

受付の看護師が言った。「ブライアント先生は今日は出勤日です、ミスタ・ショーフィールド。さっきカフェテリアにいかれるのを見ました」

「じゃ、案内していただけますか、ミスタ・ショーフィールド」パーカーが言った。

ブライアントは三十前後、やや太りぎみで、眼鏡をかけ、黒い縮れ毛の髪に顎鬚《あごひげ》という風貌《ふうぼう》だった。隅のテーブルでフランスパンとスープで食事をとっていた。

顔をあげて、「やあ、事務長。こんどは何をいいつけようってんだ？」

「こちらのお二人がお話ししたいそうです」ショーフィールドはジョンスンとパーカーに顔を向けた。「ブライアント先生はハーヴァード医科大学院を優等で卒業した秀才で、うちにきてもらえて喜んでいるのです。その辺をどうかよろしく」

「お世辞はいいよ、クラレンス」と、ブライアント。「で、どういうご用件ですか？」

パーカーが自分とジョンスンの身分を告げ、事務長を追い払ってから、用向きを説明した。

「その患者はあなたが担当されたと聞きましたので、お話をうかがおうと思いまして」

「いいですよ、ちょっと思い出してみます」

ジョンスンが言う。「コーヒーを持ってきましょう」

「いや、ぼくは紅茶がいいな。ロンドンのガイズ病院で三年勤務して、紅茶党になったんです。英国式朝食としゃれこみますよ」

ジョンスンが紅茶を運んでくると、ブライアントはくしゃくしゃにした煙草の箱をいじっていた。ジョンスンは自分のマルボロを出して勧めた。「お医者さんは喫煙に反対だと思いましたが？」

「ぼくの権利を否定するつもりですか？」

「まあそれはいいとして、夜中にこちらに来院したジーン・ワイリーという女性ですが、どういう怪我でした？」

「顔を切られたんですよ。そう深い傷じゃなかったが、間違いなく刃物で切られてましたね」

「詳しい事情はお訊《き》きになりましたか？」

「もちろんです。台所で転んでぶつけたといってました」

「でも、嘘っぱち《ボールズ》だと？」

「いや、ロンドンでは出鱈目《ボロックス》というんです。あれは刃物の傷でした。手際よく縫い物をしてあげたら、保険の番号やら何やらを教えて帰っていきましたよ」

「そうですか」と、パーカー。「保険の番号がわかればコンピューターで調べられますね。それで血液型もわかる」

「それならぼくが覚えてます」ブライアントが言う。パーカーとジョンスンが彼を見ると、薄く顔を赤らめた。「いつも昼食をとるコーヒー・ショップで何度か見かけたことがあるんです。

すぐ近くの〈ニックス・プレイス〉って店です。まあその……かわいい娘《こ》でね」肩をすくめて笑みを浮かべた。「とにかく、彼女はB型です」

パーカーは腕時計を見た。「もうすぐランチ・タイムか」

ブライアントはためらってから、ショーフィールドと同じことを言った。「ただ、医者には患者の秘密を守る義務があるんですよね」

「その女性がここへくる前に二人の人間が殺されてるんです。重大な事件なんですよ、先生。ニューヨーク市警はチンケな事件に警部を派遣しません。FBI捜査官が出てくることもないんです」

「でもあの娘《こ》はまだ子供ですよ。まさかあの娘《こ》が殺したというんじゃないでしょうね？」

「そうじゃありません」と、ジョンスン。「ただ、この世界の言い回しを使うと、捜査線上に浮かんだ人物のリストから一人ずつ消していく必要があるんです」

「そうですか」ブライアントは力なく言った。「じゃ、一緒にいきますが、きつく責めないであげてくださいよ」

「いまの警察は意識改革が進んでいます」と、パーカー。「充分な配慮をするよう訓練を受けていますよ。さあ、いきましょうか」

〈ニックス・プレイス〉は広い通りから一本入ったところにある小さな店だった。カウンターの中に三人の男が入り、ギリシャ語で喋《しゃべ》りながら注文をさばいていた。一人はいまサンドイッチを作っているところだ。湿気の多い暖かい日で、雨が降っているので、窓ガラスの一部が湯気で曇っている。ブライアントが店内を覗いた。

「いまはいないですね」

「ここでしばらく待ちますか」と、パーカー。

「患者が待ってるんだがなあ」言いながら、近くの商店の入り口の前まできたとき、ブライアントがはっとした様子を見せた。「ああ、きました。いま通りを渡ってきます」髪の黒い小柄な娘。青いレインコート《こ》を着て黒い傘をさしてます」

ジーン・ワイリーは傘を閉じて〈ニックス・プレイス〉に入った。「脚がきれいなんだよな」

ブライアントが言う。

「患者の秘密を守る義務を忘れちゃいけませんよ、先生」パーカーは言った。「どうもありがとうございました。もういいですよ」

「また何かあったらいつでもどうぞ」研修医は上着の襟を立てて歩み去った。

ジョンスンとパーカーは〈ニックス・プレイス〉の窓に寄って中を覗いた。若い女は盆にコーヒーとサンドイッチをのせて奥のボックス席についていた。昼にはまだ少し間があり、客は少ない。

「どういうふうにいく?」パーカーが訊く。

「〝責め役となだめ役〟の芝居は必要ないだろう。おまえは叔父《おじ》さんのように優しい刑事で、職務上やむをえず質問をするという雰囲気。おれは感じのいい連邦捜査官だ。ただし、これだけは忘れないでくれ。責任者はおれだ。あの女性をどうするかはおれが決める」

「こんどのことが詳しくわかってくるほど、おれが責任者でなくてよかったと思うよ」パーカーは答えた。「じゃ、いくか」

ジーン・ワイリーはサラダ付きのチキン・サンドイッチを食べながらペーパーバック本を読んでいた。ジェイン・オースティンの『エマ』、とジョンスンは観察眼を走らせる。ジーンが顔をあげ、かるく眉《まゆ》をひそめた。

「ここ、いいかな?」パーカーが訊く。

「席はたくさん空いてると思うけど」

「ちょっとお話ししたいんです」ジョンスンが穏やかに言う。

パーカーが金バッジを見せる。「ニューヨーク市警のハリー・パーカー警部。こっちは友だちのミスタ・ジョンスン。FBIだ」

「ご協力いただけないかと思いましてね」と、ジョンスン。「先々週、二人の男が射殺された事件について」

ジーンの顔は正直だった。くしゃっとゆがみ、真っ青になった。「あの」急に十歳ほど老けた。「ちょっとトイレにいっていいですか?」

「もちろん」パーカーが言う。「でも裏口からこっそりなんてだめだよ。きみが誰だかはわかってるから、パトカーで職場へ迎えにいく。上司に睨《にら》まれるぞ」

ジーンは小さく嗚咽《おえつ》を漏らして立ちあがり、コーヒー・カップを引っくり返した。店の奥へ走っていく。カウンターの中の男が一人、手を拭《ふ》きながら出てきた。すでに喧嘩腰《けんかごし》だ。

「あんたらなんなんだ? あの娘《こ》はいい子なんだ。うちのお客さんにちょっかい出すのはやめろよ」

「なんなら営業停止にしてもいいぞ」パーカーがまた金バッジをちらつかせた。「警察の仕事だ」

「あのお嬢さんは犯罪の目撃者なんだ」と、ジョンスン。「いくつか質問するだけだよ」

男の態度が一変した。「あ、そうなんだ。おれはニック、ここのオーナー。えっと、コーヒーでも飲みます？」

「いいね」と、パーカー。「いまのはいいね。協力的態度」

ジーンは数分後に戻ってきた。顔はまだ青いが、落ち着いていて、芯《しん》の強さがうかがえた。可愛いだけが取り柄の娘ではなさそうだ、とジョンスンは確信した。腰をおろすと、最前ニックが運んできたコーヒーを一口飲んだ。

「それで、どういう質問なんですか？」

「細かい点をいくつかね」と、パーカー。「名前はジーン・ワイリー、そうだね？　歳は二十四歳？」

「そうですけど」

「左のほっぺにかっこいい傷痕《きずあと》ができちまったね。そのうち目立たなくなるだろうけど、ちょっとした個性になりそうだ」

むっとして暗い目になったジーンに、ジョンスンが訊いた。「仕事は何をしていますか？」

「この近くにあるワインガーテン・アンド・ムーア法律事務所の弁護士補助職です。法律の勉強もしました。だから被疑者の権利のことは知ってます」

「いや、こっちは穏やかに応対してるつもりなんだ」パーカーはジョンスンをちらりと見てから、ジーンに目を戻す。「殺された男のシャツにどうしてきみの血がついていたのか、教えてもらえないかな」

ジーンは深い動揺の色を見せた。驚愕《きょうがく》の面持ちで、問いかけるようにジョンスンを見る。ジョンスンは言った。「なぜ素直に答えてくれないんです？　先々週、何ブロックか先の路地で、ごろつきが二人射殺された。真夜中過ぎのことです」

「一人の血液型はA型で、もう一人はO型なんだ」と、パーカー。

「ところが一人のシャツにはB型の血がついていた」

「もちろん、きみの頬を切ったときについたんだろう。きみは押さえつけられてもがいた。そうだろう？　その二人は通りかかったきみを捕まえたんだ」

ジーンはすさまじい形相で低くつぶやいた。「あの汚らわしいやつら」深く息をついて、震える手でコーヒー・カップを口に運んだ。「いまのはおもしろい話だけど、警部、わたしには黙秘する権利があるわ」

「DNA鑑定をすればちゃんとわかるんだよ」

不意にジョンスンは真相を悟った。それは頭の中でいっぺんにひらめいた。ウォッピング地区のテムズ川でティム・パット・ライアンを見あげ、死を覚悟したディロン。そこへ突然現われて彼を救った謎の女。その女は〈エリンの息子たち〉を一人ずつ処刑した。

「二人組はあなたをレイプしようとした。ひょっとしたら殺すつもりだったかもしれない」ジョンスンは低い声で言った。「あなたは抵抗したが、ナイフで脅され、顔を切られた。そこへ暗がりの中から女の人が現われて、二人を射殺した」

パーカーがジョンスンを見て眉をひそめた。「なんだそれは？」

だが、驚愕の色を表わしたのはジーンだった。「どうして知ってるの？」

三人はじっと動かない。ジョンスンが言った。「ジグソー・パズルでもときどきこういうことがありますよ。どうやってもだめなのに、あるとき次々と断片がはまって、絵ができあがる」

いまはパーカーまで声音が優しくなった。「その女性のことを話してくれないかな」

「話せません」ジーンは言った。「あの人がどうかなるのなら、わたし、死んだほうがましです」

ジーンは震えていた。ジョンスンは首をめぐらしてニックに訊《き》いた。「ブランデーはあるかな？　置いてある？　じゃ、それを頼む。あとターキッシュ・コーヒーか何か、味の濃いコーヒーもだ」

ジーンはバッグから煙草の箱を出したが、また中に落とした。「もう！　禁煙してるのに」

「きみ、わたし、わたしの知っている喫煙者――みんなそうだ」ジョンスンは自分のマルボロを一本くわえて火をつけ、ジーンに渡した。

「まるで『情熱の航路』ね」ジーンは苦笑いした。

「ああ、あの主役の男はえらくロマンチックなやつだったな」パーカーはニックからブランデーを受け取ってジーンに渡した。「さあ、一気にぐっと」ジーンはそのとおりにし、一つ咳《せき》をして、コーヒー・カップに手を伸ばした。「いまの組み合わせは世界一よく効く薬だ」パーカーはつけ加える。「合法的だしね」

「ここにもう一つ合法的なものがある」ジョンスンが言った。「法律家のあいだでは噂で囁《ささや》かれているだけだろうが」ジョンスンは大統領の令状を渡した。

ジーンはさっと目を走らせ、畏怖《いふ》の色を浮かべて顔をあげた。「すごい」

「つまり、かりにきみがパーカー警部にあの男たちを殺したと告白しても、警部には何もできないということです」

ジーンはパーカーの顔を見た。「そのとおりだよ、ハニー」パーカーが言う。

ジーンはうなずき、過去を振り返るような目になった。「女がああいうひどい状況に直面したときの気持ちがどんなものか、男の人にはわからない。この世で最悪の出来事なの」身体を震わせた。「あんな汚らわしい、恐ろしいこと。もう何もかも終わりだって絶望してしまうのよ」

「そこへ守護天使が降りてきたと」ジョンスンが促す。「そのことを話してください」

「その夜はデートが台無しになったの。結婚しているのを黙ってたのがわかったから。ショーを観たあと、ここから何ブロックか先のイタリア料理店で遅い夕食をとっていたとき、その男が酔っ払って、奥さんと二人の子供がいることをうっかり漏らしてしまって。だからわたし、一人で歩いて店を出たわ」

「タクシーは拾えなかったの？」パーカーが訊く。

「もう夜中の十二時すぎだったし、土砂降りの雨だったたから。夜中で雨が降ってたらマンハッタンでタクシーを拾うなんてむりでしょ？」

「だから歩いて帰ろうとした？」と、ジョンスン。

「お洒落をしてたのにね。傘は持ってたけど、それでもぐしょ濡《ぬ》れになったわ。でも、ものすごく腹が立ってたから、どんどん歩いていったの。そしたら男の声がして、手をつかまれて、路地に引っ張りこまれた。一人がわたしを捕まえて、もう一人が飛び出しナイフで頬を切ったの」ジーンは激しく身震いをした。「あいつらはこうしてやる、ああしてやるって、汚い言葉でいいつづけた」

「そこへ女の人が現われた？」と、ジョンスン。

ジーンは独り言をいうようにあとを続けた。「ほんとに信じられなかった。とても静かな声で、その娘《こ》を放しなさいって。その人は路地の入り口のところに立ってたの。男の一人はわたしを羽交い締めにして、もう一人がその女の人に大声で脅し文句をいった。何をいったかは覚えてないけど。で、たしか男が飛びかかろうとしたの。そしたら女の人が帽子を持ってる手をさっとあげて、帽子越しに銃を撃った」

「大きな銃声がしたかい？」パーカーが訊く。

「いや、なんかこう、こもった音がしただけ」

「消音器だ」パーカーはうなずく。「もう一人の男は？」

「あの男はわたしを盾にしようとした。ナイフをわたしに突きつけて。でも女の人はわたしの肩の上の男の頭に弾を命中させたわ」

パーカーはジョンスンに顔を向けた。「するとその女はこの人を撃つ危険を冒したわけだ。それに消音器を使ってる。これはある種のプロだな」

　ジョンスンは言った。「その女の人のことを詳しく話してください」

「それが変なの。すごく品のいい人なのよ。歳は六十代の後半かな。トレンチコートにレイン・ハットで、傘をさしてた。髪の毛は白かったと思う」

「顔は？」

「写真を何枚見せても時間のむだよ。顔はよく見えなかったから、はっきりこの人とはいえないから」

「いいんです、それはお願いしません」ジョンスンは言った。「この事件にはいろいろ背景がありましてね。国家の安全にかかわることですが、今後もあなたが知ることはないでしょう。これは法廷で裁かれる事件じゃありません。二人の男の殺害は、ニューヨークでは珍しくない未解決事件のまま終わります」

「じゃ、警察や裁判所に呼び出されることはないのね？」

「絶対にありません」ジョンスンはパーカーのほうを向いた。「きみからも保証してあげてくれ」

　パーカーは言った。「主役はこの男でね。おれは手伝ってるだけなんだ。きみと同じように大統領の令状を見せられてね」

「あなたの身元は誰にもわからないようにします」ジョンスンは保証した。「大統領への報告も事件の経緯だけにとどめます。あなたの名前は絶対に出さないと厳粛に誓いますよ」

「この人はどうなの？」ジーンはパーカーを顎《あご》で示す。

「きみから約束してくれ」と、ジョンスン。

「なんのことかさっぱりわからないな、ハニー」パーカーはジーンに言った。「きみには一度も会ったことがない」

二人の男は腰をあげた。「うまくいけば、もうあなたから話を聞かなくてすむはずです、ミス・ワイリー」身体の向きを変えかけて、ふととめる。「もう一つだけ。その女の話し方はどうでした？」

「品のいい、レディのような話し方だった。そういう人、知らない？　ほとんどイギリス人みたいというか」

「イギリス人かもしれないわけか？」パーカーが訊く。

「そうじゃなくて、アメリカの上流階級風のアクセント」

「〈バーグドーフ・グッドマン〉の高級ブランド店で買い物をするような連中の？」

「ロンドンの〈ハロッズ〉かもしれないけど」ジーンは肩をすくめる。「とにかく上流階級の話し方だった、ぐらいしかわからない」

「わかった」パーカーはうなずいた。「じゃ、これからはタクシーを呼んでくれるレストランで食事をするんだぞ」そう言って先に立って店を出た。

雨の中に出ると、ジョンスンが言った。「どう思う？」

「あんな変な話は聞いたことがないぜ、ブレイク。大統領のお袋さんって感じの上品で優しいばあさんが、ダーティ・ハリーみたいに強姦魔《ごうかんま》二人を撃ち殺すなんてな」

「ロンドンでティム・パット・ライアンを殺したときと似ている」

「ニューヨークではブレイディ、ケリー、キャシディも殺し、ロンドンではたぶんコーハンを殺した。いったろう、ブレイク。刑事としての経験からいって、犯人の動機は個人的なものだって」

「賛成だ」

「〈エリンの息子たち〉との関係をもっと洗い出す必要がありそうだが、それはおれの問題じゃなくて、おまえの問題だ。大統領の令状に従えば、いまのジーン・ワイリーとの昼食会はなかったものとみなされる」パーカーは腕時計を見た。「もう帰らなくちゃ。本部長と会う約束があるんだ。この事件でおれがでかい手柄を立てたことを話せないのが残念だよ」

パーカーはタクシーをとめ、つむじ風のように去っていった。ジョンスンは車を見送ったあと、身体の向きを変えて歩きだした。


ワシントンに戻る飛行機の機内で、ジョンスンはあれこれ考えた。それからアリス・クォーンビーに電話をかけ、大統領との面会の約束をとりつけるよう頼んだ。

「何かわかりました？」アリスは例によって用心深く尋ねた。

「これはかなり異色の事件だ、アリス」ジョンスンは答えた。「帰ったら話すよ」

たまたま隣の席は空席だった。ジョンスンは座席を倒して目を閉じ、一連の事件を最初から順番にたどって全体の意味をつかもうとした。だが、ゆったりくつろいだせいで眠りこんでしまい、誰かに肩を揺さぶられたときにはワシントンに到着していた。

アリスは濃い熱いコーヒーを用意して待っていた。ジョンスンはデスクについてコーヒーを一口飲み、未決書類入れを見た。「ずいぶん多いな、アリス」

「ほとんどはわたしが処理できます。署名だけしてください。それで、どうでした？」
ジョンスンは話した。ワシントンで起きたこと。ジーン・ワイリーから聞いたこと。ただし
ジーンの名前は出さなかったが。
「パーカー警部のいうとおりみたいですね」話が終わると、アリスは言った。「個人的な動機
がありそうです。くそいまいましい〈エリンの息子たち〉に関係する動機が」
「いい歳をして乱暴な言葉遣いをするね、アリス」
「からかわないでください」アリスは腕時計を見た。「興味がおありかどうか知りませんが、
あと六分で大統領との面会時間です。まずプールにいってみてください」
「どうもありがとう」ジョンスンは椅子をうしろに押しやりぱっと立ちあがった。「そのうち
慰労のために何かさせてもらうよ、アリス」そう言って急いで部屋を出ていった。

12

ジェイク・キャザレット大統領はホワイトハウスのプールで何往復も泳いでいた。白い清潔
なトラック・スーツを着た海兵隊員が二人、救助員として目を光らせている。大統領はプール
サイドに泳ぎついてジョンスンを見あげた。
「何か成果はあったかね？」
「そういっていいと思います、大統領」
「よし、ここでは話せない。シャワーを浴びて着替えたらオフィスへいく。時間はかからない。
仕事がうんとあるからね」

ジョンスンが大統領執務室に入ると、ヘンリー・ソーントン首席補佐官が机上の書類の山を整理していた。

「どうだった？」

「いろいろわかりましたが、まだ充分じゃないですね」

ソーントンは片手をあげて制した。「まだ話さなくていい。大統領を待とう。悪い知らせは何人かで聞くのがいい。自分にも責任があるような気分を味わわなくていいからね」

「あなたのほうの調査では何か成果はありましたか？」ジョンスンが訊く。

「いまのところはまだ何もない」

大統領が入ってきた。髪はまだ濡れて乱れている。「よし、ブレイク。悪い知らせを聞こう」

報告が終わると、大統領も首席補佐官も深刻な顔になった。ソーントンが言った。「とにかく一つわかりましたね、大統領。ディロンのいう謎の女が実在することが」

「それだけじゃない。問題の殺人事件はすべてその女の犯行だとわかったわけだ。まったく信じられない」と、大統領。「しかし、なぜだ？」

「なんらかの理由での復讐《ふくしゅう》でしょう」ジョンスンは答えた。「それしか考えられません」

「きみが名前を伏せた若い女性だが」と、ソーントン。「何か手がかりになるようなことを話さなかったのか？」

「さっきもいったとおり、いちおう、謎の女の特徴を話してくれましたが」

「特徴といってもね。六十代の、白髪の老婦人で、上品なアクセントで話す。上流階級の人間かもしれない。なあ、ブレイク、その娘からもっと何か引き出せなかったのか？」

大統領が片手をあげた。「いや、ブレイクがつかんだことが、いまのわれわれの手持ちの材料だ。わたしはそう考える。その若い女性にもパーカー警部にもきちんと秘密厳守を約束して、最大限の情報を引き出してくれたと思う」

「わかりました、大統領」と、ソーントン。「しかし、このあとどうします？　進みようがないようですが」

「きみのほうの調査では何かわかったかね？」

「いえ、残念ながら」

大統領は眉根《まゆね》を寄せてうなずいた。「とりあえずファーガスン准将と話してみてくれ、ブレイク。彼に最新情報を伝えるんだ。ほかに何かできることはあるかな」

「二人のチンピラが射殺された路地の近くに、防犯監視カメラを設置している家がないか調べてみようと思います。問題の時刻の録画映像が残っているかもしれません」

「謎の女が映っているかもしれないと」

「ええ。見込みは薄いですが」

「よし、やってみてくれ。それとさっきいった、ファーガスンへの報告」大統領はうなずく。

「ディロンにきてもらうのもいいかもしれないな」

「それがどう役に立ちます、大統領？」ソーントンが疑義をはさむ。

「彼はティム・パット・ライアンが殺害されたとき、謎の女を目撃している」

「ちらりと見ただけですが」と、ジョンスン。

「それでも、女が映っている監視ビデオが出てきたら、同一人物と確認できるかもしれない。

ほかに何かあるかね？」

「あまりありませんね」

「ではべつの話題だ。あさってチャド・ルーサーがクォーグの別荘で開くパーティだが」大統領はソーントンに顔を向けた。「何か特別な問題はあるかな？」

「ありません、大統領」ソーントンはジョンスンのほうを向く。「チャドは最大の資金調達者でね。奥さんと二人で世界中の名士をもてなすんだ」

「大統領専用機でいかれるのですか？」ジョンスンは訊《き》いた。

「いや、ガルフストリームだ」大統領はうなずく。「さっきの調査もあるが、このパーティ出席の警備の打ち合わせにも出て、ロング・アイランドに同行してもらいたい。きみはヘリコプターでくるといい」

「しかし、大統領、あさってにはショーン・ディロンがきていると思いますが」

「それなら一緒に連れてきたまえ。わたしも彼に会いたい」大統領は微笑んだ。「さて、そろそろ失礼するよ。ヘンリーが怒りだして、いまにも火と煙を吐きそうだ」

ソーントンが愉快そうに笑うのをしおに、ジョンスンは退室した。

オフィスに戻り、パーカー警部に防犯ビデオの件を話した。パーカーが言った。「いいアイデアだ。おまえと別れたあとで、おれも同じことを考えた。調べてみるよ」

「頼んだぞ。いま大統領に会って、ジーンから聞いた話を伝えた。きみの働きに感謝しておられたよ」

「おいからかうなよ」

「本当の話だ。また連絡する」

パーカーはしばらくデスクでジョンスンが言ったことについて考えていた。すると電話が鳴り、受話器をとると、女性の声が「パーカー警部ですか？」と訊いた。

「どちらさまですか？」

「いま大統領がお話しになります」

パーカーは仰天して受話器を握りしめた。やがて声が届いてきた。「ハリー・パーカーかね？　ジェイク・キャザレットだ」

パーカーはなんとか返事をした。「はい、大統領」

「とにかくお礼をいいたくてね。話はブレイク・ジョンスンから聞いた。大統領の令状には戸惑ったことと思う。これまでの警察官としての経験にはないことだろうからね。にもかかわらず、今回の極秘の重大事件に関してきみが惜しみなく協力してくれたことに、深く感謝しているよ」

「大統領、今後もなんなりとご命令ください」

「ブレイクはわたしの下で特別な組織を運営しているが、正直なところ、仕事は年々増える一方だ。ニューヨーク市警の勤続年数の長い警部には訊きづらいことなのだが、この組織に興味はないだろうか？」

パーカーはどうにか平静を保った。「先ほどなんなりとご命令くださいと申しあげましたが、大統領、あれは本心です」

「それはすばらしい。いますぐというわけではないが、いずれブレイクから連絡させるよ」

電話は切れた。パーカーはしばらく手にした受話器を見つめていたが、やがて受け台に戻した。立って窓辺へいき、雨の降るニューヨークの街を眺めた。同年輩の同僚が引退生活を考えはじめているいま、まったく新しい世界が手招きをしてきた。

デスクに戻り、二番めの引き出しを開けて、禁制品のキューバの葉巻、ロメオ・イ・フリエータを取り出した。吸い口を嚙《か》みちぎり、火をつけて、腰をおろす。

「なんと」笑みが顔中に広がった。「なんとなんと」

ジョンスンからファーガスンに電話がかかったとき、ロンドンは夜だった。ジョンスンは若い女の証言や大統領の考えなどについて報告した。

ファーガスンは話を聞いてから言った。「するとわれらが謎の女の手がかりが得られるかどうかは、パーク街のどこかの防犯カメラに映っているかもしれないという僅《わず》かな可能性にかかっているわけだな?」

「その件はいま連絡待ちですが、大統領はディロンにきてもらえないかといっています。ほかに女を目撃したのは彼だけですからね。ビデオ映像が見つかったら、確認してもらいたいんです」

「うまくいくかどうか疑わしいが、ともかく一番早い飛行機でそちらへやることにするよ」

「どうもありがとうございます」

「なに、また連絡をくれ」

受話器を置いたファーガスンは、しばらく考えてから、国防省の運輸課を呼び出した。「ファーガスン准将だ。ワシントンに一番早く着く便は何かね？」

「明朝出発のコンコルドです」

「女王陛下の政府機関でも早く席を確保したほうがいいだろうな。ディロンの席を予約してくれ。満席なら誰かを放り出すのだ」

次はステイブル・ミューズにかけたが、応答がない。ディロンの携帯電話にかけると、人の声と音楽を背景にアイルランド人の声がはっきり響いてきた。

「楽しい夜を邪魔するのは誰だい？」ディロンが訊いた。

「わしだ、ばか者。いまどこにいる？」

「〈マリガンズ〉」

ファーガスンは一瞬ためらったあと、誘惑に負けた。「おまえさんの顔は見たくもないが、牡蠣《かき》というのはうまいものだ。二十分後にいく」

コーク通りの、リッツ・ホテルからさほど遠くないアイルランド料理店〈マリガンズ〉の二階のバーで、ディロンは一ダースの牡蠣を、ルイ・ロデレール社のクリスタル・シャンパンを飲みながら味わっていた。ファーガスンが階段を昇り、人をかき分けるようにしてやってきた。

「やっておるな」ファーガスンはクリスタルの瓶を持ちあげた。「今日はクリュッグではないのか？」

若いアイルランド系の娘がやってきた。「何か問題でも？」とアイルランド語でディロンに訊く。

「この娘《こ》はおれの気持ちがよくわかるコーク州出身者なんだ」ディロンはファーガスンにそう言って、ウェイトレスに微笑みかけ、アイルランド語で答えた。「気にしなくていいよ。このじいさんは、いまにもきみを足蹴《あしげ》にしそうなイングランドのお殿様という感じだが、じつは母上がコーク州出身なんだ。だから牡蠣一ダースとギネスを出してやってくれ」

ウェイトレスはにっこり笑って厨房《ちゅうぼう》に消えた。ファーガスンが言った。「一言もわからなかったが、食事はさせてもらえるのか？」

「もちろんさ。それで用はなんだい？」

「明朝、おまえさんはヒースローからコンコルドでワシントンに飛ぶ」

ディロンはまだ微笑んでいたが、目はもう笑っていなかった。「話してくれ」

四十分後、ファーガスンは最後の牡蠣を呑《の》みくだして、恍惚《こうこつ》の表情を浮かべた。「すばらしい！　牡蠣はアイリッシュ・バーにかぎる。それでディロン、おまえさんはどう思う？」

「ブレイクの話といまの状況のことか？　さあね。犯人がおれの見た女であることはわかってた。いまはチンピラに襲われた娘の話からして、前々から考えていたとおり、どこかの組織が〈エリンの息子たち〉を狙ったんじゃなくて、個人的な復讐だということもわかった。しかし、何に対する復讐なんだ？」

「アメリカで何かつかめるかもしれん」ファーガスンは言った。

「まあ旅は希望を胸に出かけるのがいいな」ディロンは准将のグラスにクリスタルを注ぐ。

「ところで、一つ気になってることがある」

「なんだ？」

「おれたちは〈エリンの息子たち〉についてかなりの事実をつかんだわけだが、秘密情報部は何も知らない。バリーについての情報は持ってるが、それだけだ。この大きな空白はなんなのか。どうもサイモン・カーターとその一統が何かを揉《も》み消したような臭いがぷんぷんするんだな」

「おまえさんの考えは正しいかもしれん」

「おれの考えはいつも正しいんだ」


ブレイク・ジョンスンは〈ベイスメント〉のオフィスで考え事をしていたが、やがてブザーを押してアリスを呼んだ。アリスが入ってきて椅子に坐《すわ》った。

「何か悩んでらっしゃるお顔ですね」

「機密漏洩《ろうえい》の件だ。ホワイトハウスからの。何かもっと打てる手があると思う」

「首席補佐官の努力が充分でないとお考えですか？」

「そういうことじゃないが、何か見落としている気がするんだ。かりにきみが〈コネクション〉だとしよう。〈エリンの息子たち〉のメンバーは全員死んだ。残った仲間は一人だけ――ジャック・バリーだ」

「それで？」

「二年前に国防総省のスパイを摘発したときのことを覚えているだろう？　パターソンの事件を」

アリスに察した表情が現われた。「〈シノッド〉ですね？」

「そう。〈シノッド・コンピューター〉で電話の通信記録を検索してみたらどうだろう。ジャック・バリーの名前を打ちこんで、何が出てくるか見てみる」

「対象は北アイルランドの電話ですか？」

「いや、バリーは暗号をかけた携帯電話を使ってるようだからだめだ。まずはホワイトハウス、その次はワシントンに範囲を広げて、バリーの名前を捜してくれ」

「通信の数は厖大《ぼうだい》ですよ。〈シノッド〉がカバーする電話は厖大な数ですから」

「だが、バリーという名の人物にかけている電話の発信源はわかるはずだ。やってみてくれ、アリス。だめでもともとだからね」

ワシントンでは、ソーントンがバリーに電話をかけた。「また情報が入った。ブレイク・ジョンスンがニューヨークである若い女からおもしろい話を聞いてきたんだ」

「話してくれ」

ソーントンが話し終えると、バリーは言った。「いまいましいばばあめ、この手で片付けてやりたいぜ」

「そう興奮するな。きみは女の正体を知らないだろう」

「あんただって知らないじゃないか」

「ジョンスンも大統領もディロンも知らない。ところで、ディロンがもうすぐこちらにくるそうだ。謎の女が映っている防犯ビデオが見つかったら確認するために」

「なんであんたにはその手のことがわかるのかね」

「前にもいっただろう、情報源があるんだ。こちらのことはわたしが引き受ける。きみは自分のことを心配していたまえ」

「わかったよ。で、謎の女のことはどうするんだ？」

「それは任せてくれ。何か思いつくかもしれない」


その夜、ソーントンはコンピューターによる情報の渉猟を始めた。彼にはたいていのシステムに侵入できる技能がある。時間さえかければ入れないところはないだろう。まずはＣＩＡのコンピューターにアクセスして、北アイルランドのプロテスタント準軍事組織の記録を見る。ジャック・バリーの名前を検索し、次いでジェリー・アダムズやマーティン・マッギネスらシン・フェイン党の指導者やＩＲＡの活動家の名前も打ちこんでみた。

ジャック・バリーは中東での活動歴が長いが、その間《かん》、偽名を使って三度アメリカに渡航したことが知られている。だが、その種の情報ではティム・パット・ライアンからコーハン上院議員までの五人が殺された理由はわからない。周到な計画のもとに彼らを皆殺しにする理由は。

その理由とはなんなのか？　ソーントンはうなずく。復讐だ。だが、何に対する復讐？　あの五人はなんの責任をとらされたのか？　ソーントンは考える。思い当たるのは、謎の女がバリーに言った言葉だけだ。〝あなたは三年前、アルスターでわたしの息子を惨殺した。女性も含めた四人の同僚も〟。

ソーントンは三年前に的をしぼって、ホワイトハウスとイギリス秘密情報部のデータをあさった。そしてふと、思い出した。最初の大きな成果のことを。アルスターで活動していたイギリス軍の秘密工作班。和平の機運が高まっていたあのころ、イギリスの秘密情報部は政府の方針でホワイトハウスに多くの情報を提供した。そして流れこんできたおびただしい情報の中から、まず一つだけ、バリーに回したのだ。ソーントンはまたコンピューターに向かい、キーを叩《たた》いてデータを呼び出した。

イギリス海兵隊特殊奇襲部隊のジェイスン中尉、デリーで銃撃により死亡。陸軍憲兵隊のアーチャー中尉、オーマで自動車爆弾により死亡。同じく陸軍憲兵隊の女性の中尉、ベルファストの路上で銃撃を受け死亡。陸軍歩兵連隊の若い大尉代理は、母親がアルスター出身なので、工作班の一員に加えられたらしい。

あと一人。ソーントンはしばらく思案をめぐらしてから、工作班のリーダーである五人めのメンバーの記録を検索した。ピーター・ラング少佐。近衛歩兵第三連隊から特殊空挺部隊《SAS》。アーマー州南部で自動車爆弾により死亡。爆発の威力はきわめて強力で遺体は残らなかった。ソーントンは考え、これは重要な手がかりだと判断して、バリーの暗号機能付き携帯電話にかけた。

眠っていたバリーは不機嫌に応答した。「誰だ?」

「三年前にきみが全滅させたイギリス陸軍秘密工作班のことを話してくれ」

「なんのことだ?」

「謎の女がきみに息子を惨殺されたといっただろう。女を含む四人の同僚も殺されたと。わたしもたったいま思い出したんだ。イギリス秘密情報部がアメリカを信用していた時代に、きみに流した情報のことを」

バリーは身体を起こした。「ああ、思い出したよ」

「工作班のリーダーはピーター・ラング少佐。記録を見ると、自動車爆弾で殺されたが、爆弾の威力が強力で遺体は残らなかったとある」

バリーは煙草に手を伸ばした。「その男は自動車爆弾で殺したんじゃない。大量の爆薬で車を爆破して敵の目を欺いたけどな」

「どうやって殺したんだ？」

「そんなことを訊いてどうする？　あのときは細かいことを訊かなかったじゃないか」

「大事なことだ。話してくれ」

「いかにもイギリス上流階級の男って感じで、冷酷なやつだった。パブから出てきたところを拉致《らち》したんだ。歩兵第三連隊にいた若いやつが顔を知ってた」

「その男をどうしたんだ？」

「痛めつけてやった。だんだん思い出してきたよ。アーマー州南部の方言をやたらうまく喋《しゃべ》る男で、まったく胡散臭《うさんくさ》かった」

「それで拷問したのか？」

「そんなとこだ」バリーはぶっきらぼうに言った。「その男がどうしたってんだ？」

「自動車爆弾で死んだように見せかけたのはなぜだ？」

バリーは笑った。「下の連中がやつをズタボロにしちまったんだ。近くのバイパス道路の工事現場にでかいミキサー車があったから、放りこんでやった」

さすがのソーントンも、考えただけで吐き気を覚え、息が苦しくなった。

「なんでその男にこだわるんだ?」バリーが訊く。

「いまのが手がかりになるかもしれない。また電話する」ソーントンは電話を切った。

またピーター・ラングの記録に戻る。歩兵第三連隊、SAS、理由が明らかにされていない戦功十字章受勲。父親のサー・ロジャー・ラングは歩兵第三連隊を中佐で退役。次に現われた情報に、ソーントンは息を呑んだ。母親のレディ・ヘレン・ラングはボストン生まれのアメリカ市民。画面をスクロールしてレディ・ヘレンについての詳細を表示する。複数の会社、巨万の富。ロンドンとノーフォークの住所。お抱え運転手はヴェトナム戦争の従軍経験者、というデータもある。

ソーントンはしばらく画面を見つめていた。それから戸棚へいってサザン・カンフォートの瓶をとり、グラスにたっぷり注いだ。窓辺に立ってリキュールを味わいながら、霙《みぞれ》混じりの雨が降る夜の闇を眺める。一つ確かなこと。それは謎の女を見つけたということだ。


ダウン州の隠れ家で、バリーはベッドを出て、ローブをまとい、台所で紅茶を淹《い》れた。前日の《ベルファスト・テレグラフ》紙を読んでいると、電話が鳴った。

「口をはさまずに聞いてくれ」〈コネクション〉は言った。「きみは歩兵第三連隊からSASに転属したピーター・ラング少佐を殺した。父親のサー・ロジャー・ラングも元歩兵第三連隊の軍人、母親は――ここが肝心な点だ――レディ・ヘレン・ラングという。きみに電話をかけてきて息子を惨殺されたといったのは、たぶんこの女だ。すべて辻褄《つじつま》が合う。三年前という点も、息子に四人の同僚がいたという点も」

バリーは怒りを爆発させた。「くそ、あの女。もう死んだも同然だ。息子のやられたことが遊びに思えるような目にあわせてやる」

「そういきり立つな。どうするつもりだ？」

「あの女はどこにいる？」

「ロンドンとノーフォークだ」〈コネクション〉は住所を告げた。

「よし、動向を探らせよう。ロンドンにいる仲間に頼めばわかる」

「それから？」

「いつもの空の足で現地入りする。何人か連れて乗りこんで女を始末してやるよ」

「それはいい。障害物を取り除くのは大変けっこうだ」

「当てにしていいよ。任せてくれ」

ソーントンは電話を切ってしばらく考えた。なぜか落ち着かない。いったいどういうわけだろう？


翌朝、ヒースロー空港からコンコルドがワシントンに向けて飛び立った。ディロンはシャンパンを受け取ると、考え事にふけった。不思議なことに、謎の女と自分のあいだには何かつながりがあるような気がするのだ。状況は依然として好奇心をかき立てる。なぜ何人も殺すのか？　動機はなんなのか？　調査はいっこうに進捗《しんちょく》しない。チンピラに襲われた若い女の話は謎の女が実在し、人を殺す能力を持っていることを裏づけただけだ。

なぜだ？　なぜだ？　なぜだ？　その疑問にディロンは魅了された。だが、答えは出ない。

その朝、ディロンの搭乗機がワシントンに到着するころ、ソーントンはヘレン・ラングの現在の居所を調べていた。そして翌日の午後、彼女の乗った会社のガルフストリームがロング・アイランドのウェストハンプトン空港に着陸すると知って、愕然《がくぜん》とした。ソーントンは考えた。問題はロング・アイランドにくる目的だが、明らかに答えはチャド・ルーサーのパーティだ。合法的なアクセスで招待客のリストを調べると、案の定、レディ・ヘレンの名前があった。ソーントンはまた思案をし、バリーに電話をかけた。

「レディ・ヘレン・ラングは明日の夜、ロング・アイランドで大金持ちが開くパーティに出る。だから自宅へいってもむだだ」

「戻るのを待つよ」バリーは応《こた》えた。「心配するな。あの女はもう終わりだ」

サウス・オードリー通りの家で、ヘレンは台所に入って薬缶《やかん》を火にかけた。ヘドリーは二階で荷物を詰めている。やがて湯がわいて紅茶を淹れていると、ヘドリーが入ってきた。

「あと何かご用はありませんか？」

「とくにないわ。明日の朝、ギャトウィック空港を発って、午後にはロング・アイランドに着く。そこからチャド・ルーサーの別荘へ直行する」

「その夜は泊まりですか？」

「たぶん急いで帰らなければならなくなるんじゃないかしら」

ヘドリーはその話題に乗ろうとしなかった。「わかりました、レディ・ヘレン」そう言って台所を出ていった。

ファーガスンは机上のボタンを押してハンナ・バーンスタインを呼び出し、オフィスにくるよう命じた。「コンピューターでの調査はどうなっておる?」

「まだ模索中です。理解できないのは、〈エリンの息子たち〉の性格はかなりわかったのに、具体的に何をしたせいで例の女性に個人的な復讐《ふくしゅう》をされたのかが、まるでつかめない点なのです」

「個人的復讐という点は、ジョンスンやパーカーと同じ意見なのだな?」

「ええ。警察官として長年現場に出て、おぞましい犯罪を次から次へと捜査していると……」

「警察官特有の嗅覚《きゅうかく》が働くようになると」

「そのとおりです。アガサ・クリスティの推理小説とは違って、犯行現場を検分して、関係者に会えば、たいていの場合犯人はすぐにわかります」

ファーガスンはにやりとした。「その点は賛成だ、主任警部。さて、いまの状況を見て何がいえる? ケンブリッジで教育を受けた頭脳はどう考えるかな?」

「一連の事件の中心にいるのはジャック・バリーですが、コンピューターからはあの男が犯した犯罪についての記録しか出てきません。〈エリンの息子たち〉とのつながりどころか、〈エリンの息子たち〉そのものについての言及がないのです。これは不可解です」

「きみの結論は?」

「記録がないのは、あってはならないと誰かが判断したせいではないかと」

「秘密情報部かね？」

「残念ながら」

　ファーガスンは笑みを浮かべた。「きみはじつに優秀だ。特別保安部はそろそろ警視に昇進させるべきだろう。スコットランド・ヤードの長官に話しておかねばな」

「昇進のことはどうでもいいのです、准将。それよりブラック・ホールを埋めなければなりません。どうしますか？」

「何か提案は？」

「秘密情報部の副長官と話されてはいかがでしょう。アメリカ人がいうところの、〝ケツを蹴《キック・》飛ば《アス》す〟ということをするのです」

「なるほど、サイモン・カーターは嫌がるだろうが、きみのいうとおりだ。すぐ電話をして、一時間後にセント・ジェイムズ通りの〈銀狐亭〉でわれわれに会うようにいってくれたまえ」

「われわれに、ですか？」

「マノロ・ブラニクのハイヒールであの男を踏みつける喜びをきみから奪いたくないからな、主任警部」

　バーンスタインはにやりと笑った。「楽しそうですね」

〈銀狐亭〉はセント・ジェイムズ宮殿の近くに何軒かある上流階級向けのパブの一つである。時刻は午後二時三十分、昼食客の波はひいて、店はがらんとしていた。ファーガスンとバーンスタインは隅のボックス席に陣取った。

「わしはジン・トニック、きみは？」

「ミネラル・ウォーターを」

「やれやれ。本当はウィスキーをダブルでやりたいところだが」

女性のバーテンダーが飲み物を運んできた。そのほとんど直後にサイモン・カーターが現われ、玄関先で傘を振って水を切った。レインコートが濡《ぬ》れている。見るからに機嫌が悪そうだ。

「いったいなんの用だ、ファーガスン？　そこにいる主任警部はわたしを脅したんだぞ。秘密情報部副長官のわたしを」

「忙しくてこられないとおっしゃるからです」バーンスタインが言う。

カーターはコートを脱ぎ、スコッチ・アンド・ソーダを注文して、腰をおろした。「首相から与えられた特権を振りかざして脅した。けしからんぞ、准将」

「カーター、きみはわしが好きではない。考えてみると、わしもきみが好きではないようだ。だが、これは重大な問題だ。主任警部の話を聞きたまえ」

ファーガスンはジン・トニックを飲み干し、お代わりを注文して、座席にもたれた。

バーンスタインはすべてを話した。ティム・パット・ライアンの射殺、〈エリンの息子たち〉の壊滅、ジャック・バリー、ニューヨークで二人組のチンピラに襲われた若い女の証言。カーターは愕然とした。

「そんなばかげた話は聞いたことがない」弱々しい声音で言った。

ファーガスンは肩をすくめた。「そうか、それならいい」バーンスタインのほうを向く。

「首相との面会は何時からだ？」

バーンスタインは快活な口調で嘘をついた。「五時からです。ただ時間はあまりないとか。夜は議会で審議があるそうです」

腰を浮かせるファーガスンに、カーターが言った。「ちょっと待ってくれ」

ファーガスンはまた腰を落とす。

バーンスタインが警察官の口調で訊《き》く。「何かね？」

「刑事の事情聴取のような言い方はやめてくれ」カーターは二杯めのスコッチ・アンド・ソーダを注文してから、ファーガスンに顔を向けた。「これから話すことはオフレコだ。あとですべて否定する」

「もちろん、それでいい」

「きみの部下の主任警部にも、よそへ漏らさないと約束してもらいたい。約束できないなら、席をはずしてもらう」

ファーガスンの一瞥《いちべつ》に、バーンスタインはうなずいた。「約束します、准将」

「よし、話を聞かせてもらおう」ファーガスンは言った。

「われわれの組織ときみの組織は折り合いが悪い。きみたちはいまいましいほど独立独歩だからだ」カーターは首を振る。「〝首相の私的軍隊〟。気に入らない。どんな組織も説明義務を負うべきだが、きみたちは完全な秘密主義だ」

「あなた方はそうではないのですか？」バーンスタインが穏やかに訊く。

カーターは酒を一口飲んだ。「きみに伝えなかったことはいろいろある。それはきみを信用していないからだ、ファーガスン。きみもわれわれに隠し事をするからな」

ファーガスンがうなずきかけると、バーンスタインは言った。「諸々の事実はもうご存じのはずです。わたしは刑事ですから、真相を解明するよう訓練されています。現在考えられることは次のとおりです。ある人物が数名を殺害した。それにはきっと理由がある。過去に何か非常に悪いことが起きたに違いない。それがなんなのか、あなたは知っている。あなたはコンピューターからその件に関する記録を抹消した」

「何をいうか！」カーターが憤激する。

「背後にあるのはバリーをめぐる事柄に違いない」と、ファーガスン。「話してくれ」

カーターは深く息をついた。「わかった。和平交渉が始まったとき、われわれはアメリカの情報組織に協力するようにいわれて、北アイルランド問題に関する有益な情報を提供した」

「それは知っている」と、ファーガスン。

「ところが、ホワイトハウスに提供した情報がIRAに流れているのがわかった。その結果起きたのが、ジャック・バリーとその一味による残忍な犯罪だった。イギリス軍の精鋭を集めた秘密工作班の一つが皆殺しになったんだ」

「その工作班というのは？」

「メンバーは五人、リーダーはピーター・ラング少佐、歩兵第三連隊からSASに転属した人物だった。ほかに男性三人、女性一人のメンバーがいた」

「ピーター・ラングが死んだ事件はわしも覚えている」ファーガスンは言った。「ご両親とは親しかったからな。少佐は大量の爆薬で車ごと吹き飛ばされて遺体が残らなかった」

「じつはそうじゃない。あとで情報提供者から得た情報によれば、ピーター・ラングは拷問され、殺されて、バイパス道路の建設現場にあったコンクリート・ミキサーに投げこまれたんだ」

「なんてことなの！」と、バーンスタイン。

「われわれはその同じ情報提供者から、〈エリンの息子たち〉とジャック・バリーと〈コネクション〉のことも訊き出した」

「どう対処したのかね？」

「和平交渉は微妙な段階に差しかかっていたから、波風を立てたくなかった」

「首相には報告しなかったと？」

「報告すればきみたちの耳に入り、〈ベイスメント〉のブレイク・ジョンスンを通じてアメリカ大統領の耳にも入る。ほかにも誰が知ることになるかわからない。だからべつの方法で対処することにした」

「当ててみましょう」バーンスタインが言う。「それ以後、アメリカ側には、偽情報や新聞にのっているような陳腐な情報を送ることにした」

「そういうようなことだ」カーターは力なく応えた。

「よし、わかった」ファーガスンは立ちあがった。「協力ありがとう」

「協力などしていない」カーターは大儀そうに腰をあげてレインコートと傘を手にとった。

「もういいんだな？」

「うむ」

カーターが出ていくと、バーンスタインが言った。「どう思われます？」

ファーガスンは答えた。「逆に質問しよう、主任警部。きみならどんな気持ちになる？　最愛の息子がアルスターで吹き飛ばされ、まるで初めからいなかったかのように消えてしまい、夫はショックのあまり死んでしまった。しかもあとで、息子は拷問され、殺されて、コンクリート・ミキサーに放りこまれたという真相を知った」

「それをどうやって知ったのでしょう？」

「見当もつかん。いまのは推測だ。しかし、何人もの人間を殺すほどの衝動と精神的エネルギーが生じるにはよほどの理由があるはずだ。殺された秘密工作員の中で、ピーター・ラングの身に起きた出来事が、一番恐ろしいものだろう」

「しかし私的制裁だと断定するには、犯人が真相を知ったいきさつを明らかにしなければなりません」

「そのとおり。ただ一つ気になるのは、三年の遅れがあることだ。どういういきさつでかは知らんが、犯人は最近になって真相を知ったのだろう」

「とりあえずいま、どういう推論をなさっているのですか、准将？」

「単純だよ。ティム・パット・ライアンを殺し、ブレイディ、ケリー、キャシディ、そして三流政治家コーハン上院議員を殺した女性は、わしの古くからの親しい友人、レディ・ヘレン・ラングだという推論だ」

ロング・アイランド ノーフォーク

13

〈ベイスメント〉のブレイク・ジョンスンのオフィスで、ディロンはアリス・クォーンビーが出してくれた紅茶とチーズ・サンドイッチで朝食をとった。

「旅の疲れはまったくなさそうだな」ジョンスンが言った。

「コンコルドは楽だよ。たまには金持ちの真似も悪くない」

「実際きみは金持ちじゃないか、ショーン」

「わかってないね」と、ディロン。「自腹を切らずに乗るところが金持ちの真似なんだ。ところで、おれにどういう用があるんだい？」

「いまハリー・パーカーが、コーハンの家と二人組が殺された路地の向かいに設置された防犯ビデオを調べている。ビデオには謎の女性が映っているかもしれない。もし映っていたら、きみが見た女と同一人物かどうか確かめてほしいんだ」

「その確認はできるかもしれないが、それで正体がわかるわけじゃないぜ」

「それはそうだが、ほかに調査の進めようがないだろう？」

アリス・クォーンビーが顔を覗《のぞ》かせた。「ハリー・パーカーからお電話です。お話しになりますか？」

「もちろんだ」

ジョンスンは受話器を取り上げた。「どうだった、ハリー？」

「だめだ。問題の一画をカバーしているカメラは三台あって、全部調べてみたが、どれももう重ね録りされてた。収穫なしだよ」

「そうか」と、ジョンスン。「ご苦労だったな、ハリー。何か思いついたら知らせてくれ。またこっちからも連絡する」

ジョンスンは受話器を置く。ディロンが訊いた。「また行き止まりか？」

「残念ながら」

「コンコルドの無料の旅もむだになったわけだ」

「そうらしい。悪かったな、ショーン。だが、おもてなしはするよ。チャド・ルーサーという大統領の大事な支持者が、今夜、ロング・アイランドで盛大なパーティを開くんだ。フィッツジェラルドの『偉大なるギャツビー』は知ってるだろう？　ルーサーはあの小説のファンで、ギャツビーの向こうを張る大邸宅を持っている。庭の芝生が浜辺まで続いているような豪邸だ。名のある人間はみんな招待客のリストにのっている」

「その先を当ててみようか」と、ディロン。「名のない人間もおおぜいリストにのっている。小鼻に輪っかを通して下手なギターをかき鳴らすような連中も含めて」

「相変わらず不愉快なほどぴたりと真実をいいあてるやつだな。ご想像のとおり、シークレット・サービスは頭を抱えているよ」ジョンスンは書類ファイルを取り上げた。「リストにはわたしも目を通したがね」

「何が気になるんだ？　白い衣装を着たアラブ人か？」

「そうからかうな。大統領はガルフストリームで現地入りして、われわれ保安要員はヘリでいく。その保安要員にはきみとわたしも含まれている」

「光栄だね」

ノックがあり、アリスが入ってきた。「コーヒーのお代わりはいかがです？　それとも紅茶がよろしいですか？」

「いや、けっこうだ。それで……なんの話だったかな？」と、ディロン。

「いまはまだ底引き網で漁をしているという話だよ」

アリスがドアを閉めると、ディロンは訊き返した。「底引き網？」

ジョンスンはためらったあと、言った。「まあ、どうせハンナは知ってるから話してもいいだろう。じつは〈シノッド〉という特別のコンピューター・プログラムがあって、無数の電話通信がそこを通過する。そしてある名前を打ちこむと、虱潰《しらみつぶ》しに探さなくても、コンピューターがその名前の含まれた通信記録を見つけ出してくれるんだ。しかもその電話での会話の録音を呼び出して聞くことができる」

「へえ。実際に役に立つのかい？」

「パタースンの事件を覚えているか？　あれはこの方法で摘発したんだ」

「で、どういう名前で記録をあさってるんだ？」

「ジャック・バリーだ」

「科学技術の驚異だね。おれやあんたのような人間はどんどん時代後れになる」

電話が鳴り、ジョンスンが受話器をとった。「やあ准将、お元気ですか？」眉《まゆ》をひそめる。

「ええ、きていますよ」受話器を差し出した。「准将が話したいそうだ」

「もしもし」ディロンが言う。

「驚くべき発見があった。よく聞いてくれ」

数分後、ディロンはゆっくりと受話器を置いた。ジョンスンが訊く。「悪い知らせか？」

「謎の女の正体がわかったそうだ」

ジョンスンは椅子から背を起こした。「詳しく話してくれ」ディロンが話し終えると、首を振った。「その人なら会ったことがある。立派な貴婦人だ。しかし事実ははっきりしているわけだな。アルスターでその恐ろしい事件があったことは」

「そのようだ」ディロンは握りしめた拳《こぶし》をデスクに打ちつけた。「ジャック・バリーのやつ——地獄に堕《お》ちるがいい」

「レディ・ヘレン・ラング」ジョンスンは眉をひそめる。「ちょっと待て」パーティの招待客リストを繰った。「やっぱりここにのっている。レディ・ヘレンは今夜、チャド・ルーサーのパーティに出るんだ」

「だから？」

「まあ、今夜われわれもいくわけだが」

「大統領に話すのか？」

ジョンスンは妙に不本意げな様子を見せる。「どうするかな。准将のいうとおりなら、彼女は何人も殺している」

「それで思い出したよ」と、ディロン。「コーハンがテラスから落ちて死んだ夜、ドーチェスターで〈北アイルランド平和フォーラム〉が開かれていただろう？」

「それがどうした？」

「あれにヘレン・ラングが出ていたんだ。おれも話をした。すばらしい女性だよ、ブレイク。息子さんがアルスターで死んだのは知っていたが、ああいう殺され方をしたのは知らなかった」

「だがレディ・ヘレン自身は知っていたようだな」

「それでいろんなことの説明がつく」ディロンは立って煙草に火をつけ、室内を行きつ戻りつした。「葬儀の日に初めて会ったときから、何かあるような感じがしてたんだ。誤解しないでくれ。あの人には好感を持った。ただ、何か落ち着きの悪い感じがした」

ジョンスンはうなずいた。「大統領に報告したほうがよさそうだ」受話器をとって、階上の大統領執務室にかけた。「ブレイク・ジョンスンだ。大統領と話したい」うなずく。「わかった」受話器を置いた。「もうロング・アイランドに出かけたそうだ」しばらく考えた。「まあ時間はある。向こうで話そう。直接知らせたほうがいい」

ドアが開いて、アリスが入ってきた。ひどく興奮している。「〈シノッド〉が通信記録を見つけました。きのうジャック・バリーにかけた電話です。オーディオ・ルームにきてください」

三人は密閉された小部屋で、回転する巨大なテープから再生される音声を聞いた。〈コネクション〉とバリーの会話の最後の部分はこうだった。「レディ・ヘレン・ラングは明日の夜、ロング・アイランドで大金持ちが開くパーティに出る。だから自宅へいってもむだだ」

「戻るのを待つよ」と、バリーの声。「心配するな。あの女はもう終わりだ」

コンピューターはかすかな音を立てて音声を切った。アリスが言った。「ほんとに信じられないわ」

ディロンは訊いた。「誰の声かわかるのかい？」

「ああ、わかる」と、ジョンスン。「ほとんど毎日聞いてる声だ」ディロンの顔を見た。「大統領首席補佐官のヘンリー・ソーントンだよ」

ディロンはしばらく考えてから言った。「そいつがしてきたことを知ったら、大統領はひどいショックを受けるだろうな」

「まったくだ」ジョンスンはアリスに顔を向けた。「ソーントンの個人データを調べて、動機の手がかりを探してくれ」腕時計を覗く。「わたしはいくつかのことを調べてから、二時間後にヘリでロング・アイランドに向かう」

「わかりました」

アリスが出ていくと、ディロンは言った。「ひどい話だな、ブレイク」

「はらわたが煮えくり返る。裏切り行為は絶対に赦《ゆる》せない」

「ファーガスンに知らせていいか？」

ジョンスンはちょっと考えてうなずいた。「きみやファーガスンのことは信用している。ただ准将から首相には報告しないでほしい。知らせるかどうかは大統領の判断に任せたい」

国防省庁舎のオフィスで、ファーガスンは深刻な面持ちで話を聞いた。

「その問題はブレイクと大統領に任せるしかないが、おまえさんがそこにいるのはありがたい。もちろん裏切り者の正体を知ってわしもぞっとしている。この手でそいつを表に引きずり出して射殺してやりたいくらいだ。が、それはそれとして、ショーン、一つ腹を割って話したいことがある。おまえさんとわしも昨日今日の付き合いじゃないからな」ファーガスンは間を置く。「というのは、レディ・ヘレン・ラングはわしの大事な友人なのだ」

「それ以上いわなくていいよ、准将。できるだけのことをする」

「すまんな、ショーン」

ガルフストリームはウェストハンプトン空港に着陸し、レディ・ヘレンとヘドリーは面倒な手続き抜きでラウンジに案内された。ヘレンは機内で着替えをすませ、身体にぴったり合った黒のドレスとジャケットという夜会用の服装になっていた。ヘドリーは灰色の運転手の制服である。時刻は午後五時すぎ。

「カクテルが出るのは六時よ」ヘレンは言った。「リムジンはきている?」

「ええ」

「機長のフランクに、十時までにここを出発すると念を押しておいて」

「本当にそれでいいんですか？」

「いいの。お願いね」

　ヘドリーは歩み去る。自家用飛行機の到着ラウンジに一人残ったヘレンは、携帯電話を出してバリーにかけた。

　応答したバリーに、ヘレンは言った。「こんにちは、ミスタ・バリー。わたしよ」

「あんたの正体はもうわかったぜ。いまどこにいるかも知ってる。ロング・アイランドだ」

「まあ、事情通なのね」

「あんたもそろそろ追い詰められてきたよ、レディ・ヘレン・ラング。ロンドンの住所もノーフォークの住所も知ってる。あんたの息子がやられたことなんざ、あんたがこれからやられることに比べたら遊びみたいなもんだぞ」

「ねえミスタ・バリー、そんなに興奮すると心臓によくないわ」ヘレンは電話を切った。


　チャド・ルーサーはテキサス州チャールズヴィルで生まれた。六人きょうだいの三番めで、父親は一生のあいだ挫折《ざせつ》続きの農夫だった。五人の兄弟姉妹は早くに死に、父親は酒びたりの無気力な生活を送った。チャドは徴兵されて二年間ヴェトナムで戦い、自分に生き延びる才能があることを知った。祖国に帰還してみると、父親はすでに死に、母親もまもなく世を去って、四百二十八エーカーの農地を相続したが、もともとほとんど無価値な土地だった。ところが、ある日、隣の土地で石油が出た。チャドは自分の農地を一千万ドルで売り、それが帝国建設の第一歩となった。一千万ドルの元手はいまや石油会社、建設会社、レジャー・パークなどからなる総資産八億ドルの企業グループとなり、現大統領もその一員である最富裕層の仲間入りを果たしたのである。

ロング・アイランドのクォーグに建てた家は自慢の豪邸だった。庭の芝生は入り江になった浜辺まで続き、桟橋には彼が所有するヨットとクルーザーがつながれている。ビロードの闇が降りるころ、豪邸はすでに活気に満ちあふれていた。灯火が燦然《さんぜん》と輝く窓からは音楽が流れ出す。名のある人間が数多くつどい──ディロンが茶化したように──名もなき有象無象までもが集まっていた。

ルーサーは青いビロードのイブニング・スーツに襞飾《ひだかざ》りのついたシャツを華麗に着こなして、大統領とヘンリー・ソーントンを出迎えた。「ようこそ、大統領」

「お招きありがとう、チャド」

「一階に控え室を用意してありますよ」ルーサーのあとに大統領とソーントンが続き、クランシー・スミスがしんがりをつとめた。控え室にあてられた書斎は壁が羽目板張り、暖炉で薪が燃え、フランス窓が海に向かって開かれた居心地のいい部屋である。大統領がテラスに出ると、近くから潮騒《しおさい》が響いてきた。

「すばらしいね」

「ではのちほど晩餐会《ばんさんかい》で」

「楽しみにしているよ」ルーサーが出ていくと、ジェイク・キャザレットは首席補佐官に言った。「やれやれ、アメリカのために何をさせられることやら」

ジョンスンとディロンがヘリコプターでウェストハンプトン空港に降り立つと、リムジンが待っていた。同じとき、レディ・ヘレンはヘドリーの運転するリンカーンでチャド・ルーサーの豪邸に到着した。ヘレンは車を降りてスカートの皺《しわ》を伸ばし、片手にバッグを持った立ち姿をヘドリーに検分させた。

「どう?」

「いつものようにおきれいです」ヘドリーは郵便で受け取っていた身分証明用のプラスチックのバッジをつけている。

「じゃ、あとで」

ヘレンは階段をあがり、玄関前で二人の大統領警護官と向きあった。「招待状を見せていただけますか?」

バッグを開いて招待状を出すとき、指が拳銃《けんじゅう》に触れて、身体中の血がさっと冷たくなった。わたしはなんてばかなのだろう! 警備担当者の目をごまかせるはずがない。この二人はバッグの中を検《あらた》めようとするだろう。どうしたらいい? バッグに手を入れたまま、凍りついたように動けなくなる。ほんの数秒が永遠の長さに思えた。と、そのとき、チャド・ルーサーが人ごみの中から飛び出してきた。「きみたち困るな。この方は招待状なんかいいんだ。ようこそいらっしゃいました」ルーサーはヘレンの両頬にキスをした。「今夜もすばらしくお美しい。食事の席ではわたしや大統領のそばに坐《すわ》っていただきますよ」

「あなたはいつも優しいのね、チャド」

「あなたのような方に優しくするのは簡単です。さあ、どうぞ、どうぞ。会っていただきたい人がいるんです」警護官二人が異議を唱えようとしたが、何も言えないうちに、ルーサーがヘレンを邸内に連れ去った。

ヘレンは微笑み、ウェイターからシャンパンのグラスを受け取って、人々のあいだに入っていった。

それからしばらくして、ディロンとジョンスンがルーサー邸に到着し、人に囲まれている大統領を見つけた。

「いまは近づけないようだな」ディロンが言った。

「まだ時間はある」

ディロンは食堂の入り口に掲示されている着席表を見た。「なんだ、おれたちは食事なしか」

「それが人生さ」ジョンスンは言った。「じゃ、打ち合わせをしてくる。おもなプレーヤーに目を配っていてくれ」そう言って歩み去った。

ディロンは煙草に火をつけ、シャンパンのグラスをとり、人のあいだを歩いてテラスに出た。外は寒くてやや湿気があるが、庭をそぞろ歩く人も何人かいた。欄干のそばに立っていると、レディ・ヘレンが階段をあがってきた。

レディ・ヘレンはにっこり笑った。「まあ、ミスタ・ディロン」

「よくお会いしますね。何か飲み物を持ってきましょうか?」

「それより煙草をいただけると嬉《うれ》しいわ」

ディロンは銀のシガレット・ケースを差し出した。「どうぞ」

「あなたはどうしてきたの？」

ディロンは踏みこんだ返事をした。「あなたと同じかもしれませんよ、レディ・ヘレン。われわれには共通点があるようだ。ホワイトハウスとのつながり《コネクション》というのかな」

ディロンは古いジッポでレディ・ヘレンの煙草に火をつけた。レディ・ヘレンは表情一つ変えずに言った。「おもしろいわね」

「もう終わったんです」ディロンは切迫した口調で言った。「何をする気か知らないが、もう終わった――」

言い終わらないうちに、レディ・ヘレンが微笑み、ディロンは心臓が引っくり返りそうになった。「ばかげているわ。わたしが終わりと決めるまでは終わらないのよ」また笑みを浮かべた。「ミスタ・ディロン、あなたは簡単に人を殺す人なのに、とてもいい人なのね」それからくるりと背中を向けて歩み去った。

チャド・ルーサーはキャザレット大統領を取り巻き連中からなんとか引き離した。「大統領には晩餐会の前に一息入れていただきます。どうかみなさん、悪しからず」

「助かったよ、チャド」大統領は歩きながらルーサーに言った。クランシー・スミスがあとに従う。

ルーサーは大統領を書斎に連れ戻した。「あれがバスルームのドアです、大統領。飲み物はここになんでもありますから」壁のパネルを開くと、うしろに鏡を張った豪華なホーム・バーが現われた。

「チャド、いつもながらきみは完璧《かんぺき》なホストだ」

「では、ごゆっくり」

ルーサーが出ていくと、クランシー・スミスが入ってきて室内をすばやく点検した。バスルームの中を調べ、フランス窓を開けてテラスを見る。スミスはまた窓を閉めた。

「きみはまるで猟犬だな、クランシー。一時《いっとき》も嗅《か》ぎまわるのをやめない」大統領が言う。

「それで給料をいただいてますから、大統領。庭にはシークレット・サービスがいます。わたしは部屋の外で見張っています」クランシーは廊下に出てドアを閉めた。

キャザレットはホーム・バーの前で一杯やるかどうか迷った。棚からスコッチの瓶をとったが、気を変えてもとに戻す。やめておいたほうがいい。今夜は遅くまでパーティが続く。かわりにマルボロを出して、一本くわえた。かまうものか、一つぐらい悪癖が許されてもいい。火をつけ、フランス窓までいって、扉を開いた。

雨はやみ、半月が出ていた。邸宅のこの部分は海のすぐそばだ。芝生が広がり、松林があり、二つの岬《みさき》にはさまれた入り江が見える。海辺にはボート格納庫があり、木の桟橋の脇には高級な高速クルーザーが浮かんでいた。何組かの二人連れが浜辺を歩いている。

とても気持ちのいい夜だ。大統領は深呼吸を一つした。と、そのとき、穏やかな明るい声がした。「火を貸していただけません?」

そちらを向くと、老婦人が一人、階段の下の灌木《かんぼく》の茂みの陰から出てきた。

ヘレンは庭を歩きながら、何かが終わりに近づいているような、奇妙に悲しい気分に満たされていた。また息切れの発作が起きて、近くのベンチに腰をおろした。薬を二錠呑《の》み、気分がよくなるまでじっと坐っていた。

ヘレンはキャザレット大統領のことを考えた。あまり遅くならないうちに接触する必要がある。思いがけず、胸中にためらいが起こった。キャザレットは立派な人物だ。裕福な名門一族の生まれで、兵役を免れることもできたのに、ヴェトナム戦争で戦い、いくつもの勲章を授与された英雄だった。大統領としては堅実でしかも革新的、権力者の驕《おご》りに汚されてはいない。家庭人としては白血病の妻を長年にわたって支えつづけた。間違いなく立派な人物だ。だが、ピーターも立派な青年だったのだ。それに残された時間はほとんどない。

腰をあげ、邸宅に通じる小道をたどっていくと、フランス窓が開いていた。見ると、キャザレットがテラスに出ている。ヘレンはためらったあとバッグを開いた。コルトに指が触れる。その指が銀のシガレット・ケースを取り出した。

「火を貸していただけません？」

「ええ、いいですよ」大統領は階段を降りてきて炎をひらめかせた。

ヘレンはその手首をつかんだ。「変わったライターですのね。リー・エンフィールド銃のカートリッジ」

「ヴェトナムで買った記念品です。しかしリー・エンフィールド銃なんてよくご存じですね」

「主人がイギリス陸軍の中佐で、似たようなライターを持っていましたから。わたしのことはたぶん覚えていらっしゃらないでしょうけど、以前ボストンで開かれたある催しで、握手をしていただいたことがありますのよ。わたしはレディ・ヘレン・ラングといいます」

大統領は温かく微笑んだ。「もちろん存じあげています。父とあなたのお父様は昔ボストンで一緒に仕事をしていました。あなたはたしか、イギリスの准男爵と結婚されたのでしたね」

「サー・ロジャー・ラングです」

「今夜はご主人もいらっしゃってますか？」

「いえ、主人は二年前に亡くなりました。もう高齢でかなり身体が弱っていましたけど、わたしたちの一人息子が北アイルランドで殺されて、そのショックが大きすぎたのです」

「それはお気の毒に」

「ありがとうございます」

大統領はわれ知らずヘレンの手をとっていた。ヘレンが口を開こうとしたとき、書斎のドアにノックがあった。「ちょっと失礼」大統領は階段を昇り、テラスの上で足をとめた。振り返ると、レディ・ヘレンは初めからいなかったかのように姿を消していた。

ディロンとジョンスンが込みあった舞踏室の一隅に立っていると、ジョンスンの携帯電話が鳴った。アリス・クォーンビーからだった。

「ソーントンの個人データを調べましたが、大変なものが見つかりましたよ。聞いてください」

アリスが数分間話すあいだ、ジョンスンはずっと無表情だった。やがて言った。「ありがとう、アリス。きみは天使だ」

「大事な知らせか？」ディロンが訊《き》いた。

「そういっていい。問題の人物はやはりソーントンだが、これで動機もわかった。あとで説明する。まず大統領を見つけよう」

「ここにはいないようだ」

「あそこにルーサーがいる。彼なら知ってるだろう」

ルーサーはヘンリー・ソーントンと一緒だった。それぞれシャンパンのグラスを手に談笑している。ディロンとジョンスンは近づいた。「おい、きみたちは飲んでいないね」ルーサーが声をかけてきた。

「仕事中ですから」ジョンスンはかるく言う。「これはロンドンからきたわたしの仕事仲間で、ミスタ・ディロン。こっちに着いたら会いたいと大統領がおっしゃってたんですが」

「いま休憩しておられるよ」

ソーントンが手を差し出した。「会えて嬉《うれ》しいよ、ミスタ・ディロン。かねがね評判は聞いている」

「それはどうも恐縮です」

ソーントンはグラスをテーブルに置いてルーサーに言った。「控え室はどこか知ってるから、わたしが案内するよ。さあ、こっちだ」

人ごみの中を進んで奥の廊下に出た。書斎のドア脇に置いた椅子にクランシー・スミスが坐《すわ》っていた。

「異常はないか、クランシー？」

「完璧です、ミスタ・ソーントン」

首席補佐官はノックをし、ドアを開けて先に入室した。

大統領がテラスにいるので、一同は開かれたフランス窓のところへいった。

「どうかしましたか、大統領？」ソーントンが訊く。

「いや、さっきまであるご婦人と話していたんだが、ふいといなくなってしまった」そこで大統領は微笑んだ。「やあ、ミスタ・ディロン」そう言って温かい握手をした。「会えて嬉しいよ」

「いや、大統領、たぶん使者を打ち首にしたくなるはずですよ。ブレイクとわたしの話を聞いたあとは」

「そんなに悪い知らせなのかね？」キャザレットは手すりにもたれた。「それなら一服つけなければ」マルボロを出して一本くわえ、ディロンからジッポの火を受ける。「よし、諸君。聞かせてくれたまえ」

テラスの下の茂みの陰で、ヘレンが聞いていた。

ジョンスンが口を切った。「〈エリンの息子たち〉のことはご存じのとおりです、大統領。一連の殺人事件は一人の人間の犯行であり、犯行には充分な動機があると、われわれは考えてきました」

大統領はうなずいた。「なんらかのおぞましい行為に対する復讐《ふくしゅう》だ」

「そうです。それがどれくらいおぞましい行為かがわかったのです」ジョンスンはディロンを見た。「話してくれ、ショーン」

「何年か前から、イギリス秘密情報部がホワイトハウスに提供していた情報が、〈エリンの息子たち〉とジャック・バリーに流されていました。そういう情報を使って、三年前、ジャック・バリーとその一味はイギリス軍のある秘密工作班を壊滅させたんです。工作班のリーダーはピーター・ラング少佐。彼は拷問され、殺されて、コンクリート・ミキサーに放りこまれました」

「じつに残忍な事件です」と、ジョンスン。

「待ってくれ。いまピーター・ラング少佐といったのか？」大統領が問いただす。

「そうです」

「しかし、わたしはいまここでレディ・ヘレン・ラングと話したばかりだ。息子さんが北アイルランドで殺されたといっていたが」

「そうです」ディロンは言った。「レディ・ヘレンがピーター・ラング少佐の母親です」

「彼女が〈エリンの息子たち〉のメンバー全員を殺したのです」ジョンスンが口を添える。

大統領は愕然《がくぜん》とした。ソーントンが割りこんだ。「そんなことは信じられない。一人の女性、それも年配の女性がそんなことを？　信じられない」

「しかしほぼ間違いありません」と、ジョンスン。

「彼女はなかなかうまくやりましたよ」ディロンは言った。「ただし、まだジャック・バリーと〈コネクション〉が残っていますがね」

ソーントンは言った。「それでどうする？　もしいまの話が本当なら、その女性を逮捕しなくちゃいけないが」

大統領が訊いた。「ブレイク？」

「いまほぼ間違いないとはいいましたが、確かな証拠が何もないのです、大統領。ですから穏やかな処理をするほうがいいかと思われます。それともう一つ、べつの事情もあります」

「何かね？」

「こんどの一件には〈コネクション〉、すなわちホワイトハウスの裏切り者が密接に関係しているのです」

ソーントンが口をはさんだ。「だがその正体はまだわからない」

「いや、わかっている」ディロンは言った。「あなたのほうの調査はうまくいかないようだから、ブレイクが自分で調べたんだ」

ジョンスンはポケットから小型のテープレコーダーを出した。「〈シノッド〉でジャック・バリー宛ての電話通信を検索したのです。まずはホワイトハウスが発信元の電話を探し、次に範囲をワシントンに広げました。コンピューターが名前を見つけさえすれば、会話の音声が聞けるのです」

「それでうまくいったのか？」大統領が訊く。

「何本かの電話が引っかかりましたが、一つ聞けば充分だと思います」

ジョンスンが手すりの上にレコーダーを置き、スイッチを入れると、声が明瞭《めいりよう》に響いた。

「レディ・ヘレン・ラングは明日の夜、ロング・アイランドで大金持ちが開くパーティに出る。だから自宅へいってもむだだ」

「戻るのを待つよ」バリーの声が応えた。「心配するな。あの女はもう終わりだ」

ジョンスンがスイッチを切る。大統領は顔色を変えて首席補佐官を見た。「これは、ヘンリー、きみの声じゃないか」

ソーントンは力が抜けたように手すりにもたれ、頭を垂れた。しばらくそのままで深い吐息をついていたが、やがて顔をあげたときには、目がぎらついていた。

「なぜだ、ヘンリー、なぜなんだ？」大統領は詰問した。

「わたしが答えてみよう。間違っていたら訂正してもらいたい」ジョンスンがソーントンに言った。「ダブリン生まれのあなたの母親には母親の違う兄がいた。あなたには伯父《おじ》にあたるその人は、一九一六年のイースター蜂起でマイケル・コリンズと一緒に戦い、イギリス軍に処刑された」

「無慈悲に射殺されたんだ」ソーントンは言った。「犬のように狩り立てられて。七発の弾が撃ちこまれた。母はそれを一生忘れなかったし、わたしも忘れない」

「それからハーヴァードの大学院時代には、ロザリーン・フィッツジェラルドという北アイルランド出身の女性がベルファストで銃撃戦に巻きこまれて死んだが」と、ジョンスン。「あなたはその女性を愛していた」

「彼女は殺されたんだ」と、ソーントン。「イギリス軍の兵士に。あのくそ野郎ども！」

ディロンが割りこんだ。「その後あんたは大統領首席補佐官になったが、あるときからイギリス秘密情報部からおいしい情報が入るようになった。それを機会に報復に乗り出したというわけだ。反逆者たちよ、いまこそ起《た》て、アイルランドを解放するのだ、とばかり」

「〈エリンの息子たち〉やジャック・バリーとの関係はどうやってできたのかな」ジョンスン

が訊いた。

「コーハンと出会ったのがきっかけだよ。あるときシン・フェイン党のニューヨークでの資金集めパーティに招かれたんだ。ただのゲストとしてね。コーハンは酔っ払っていた。仲間内でダイニング・クラブを作って、栄光ある大義を支援しているといった」

「バリーとの関係は？」

「あの男はIRAの武器を調達するためにニューヨークにきていた。輸送労組のブレイディが彼と知り合いで、ダイニング・クラブのメンバーに紹介したんだ。そのときから彼らは〈エリンの息子たち〉のニューヨーク支部と自称しはじめた。コーハンは自慢していたよ。本物のガンマンに会ったといって」

「あなたはどういういきさつでバリーとつながった？」

「和平交渉が始まったころ、彼は本名で堂々とニューヨークにきて、メイフェア・ホテルに滞在していた。そのことは《ニューヨーク・タイムズ》にのったんだ。単純な話だよ。わたしは匿名で情報を提供した。電話で話しただけだったがね」

「ところが復讐を企てる者が現われたと」

ソーントンはにやりと笑った。「まったく狂った話だ。そんなばあさんが何人も殺すなんて、誰が信じる？」

大統領はジョンスンに顔を向けた。「これは重大な事態だ。どうするのがいい？」

そのとき、ソーントンが片手をついて、手すりを飛び越えた。

ソーントンは四つん這《ば》いで庭に着地し、ぱっと駆けだした。ヘレン・ラングが茂みの陰ですべて聞いていたことは知らなかった。

「逃げられないぞ、ヘンリー！」大統領は叫び、ジョンスンとディロンのあとを追って階段を降りた。

叫び声を聞いて、クランシー・スミスが部屋のドアを開け、駆けつけてきた。「大統領？」「一緒にきてくれ！」大統領は怒鳴った。「あっちだ」そう言って走りだした。

クランシーはシークレット・サービスの全部員に無線で警告を発してから、大統領たちを追った。

ヘレンはしばらく待ち、充分な距離があいてから、用心深くついていった。

外にはグラスを手にした招待客がおおぜい出て、夜の庭園とその向こうの海の眺めを楽しんでいたが、その中にはヘドリーもいた。レディ・ヘレンの身を案じて、運転手の帽子を脱ぎ、邸宅の裏手の庭にやってきた。シークレット・サービスの警護員に呼びとめられたが、バッジを見せれば問題なかったし、庭に出ている客は多かった。テラスの下にレディ・ヘレンの姿を認めたのはまったくの偶然だった。フランス窓の外には大統領がいて、レディ・ヘレンが階段を昇って話しにいくのも見えた。

様子がわからないままじっと見ていると、ソーントン、ブレイク・ジョンスン、ショーン・ディロンがテラスに出てきた。レディ・ヘレンは灌木《かんぼく》の茂みの陰に隠れた。声は聞こえたが、言葉は聞き取れない。すると突然、ソーントンが手すりを越えて庭に飛び降り、大統領たちがあとを追った。レディ・ヘレンの姿は見えなかった。ヘドリーは彼女が移動したと思われる方向に向かっていった。

ソーントンは植え込みのあいだを縫い、片膝《かたひざ》をついて動きをとめた。腰に差した拳銃《けんじゅう》を手で探る。ヘレン・ラングを撃つつもりで用意したが、ほかの使い道ができてしまったようだ。庭園がやや騒々しくなり、クランシーから指示を受けたシークレット・サービスの部員たちがあたりを捜索しながら、客たちに警告した。ヘレンはソーントンのすぐうしろにいた。ソーントンが手すりを乗り越えたあと、植え込みのあいだに飛びこんだのを見ていたのだ。ジョンスンたちはそれを知らなかった。

だが、ヘレンはヘドリーがすぐうしろにいるのに気づいていなかった。追跡者たちの声が遠くなると、ヘレンの目の前にソーントンが現われ、身体を低くして海のほうへ走った。ソーントンはボート格納庫のそばの桟橋にたどり着いた。木の桟橋を踏む足音が響く。それから足をとめて、高速クルーザーの舫《もや》い綱を解きはじめたとき、ヘレンが追いついた。

「ミスタ・ソーントン」

ソーントンは動きをとめ、スミス・アンド・ウェッスンを手に振り返った。外灯のにじんだ光を背にした女の姿を見れば、事態は呑《の》みこめた。

「例の女だな」

「ええ、ミスタ・ソーントン、気の毒だけどそのとおりよ。ようやくこの時がきた。わたしの息子がどうなったかは知っているわね。つけを払うときがきたのよ」

「知ったことか」ソーントンはスミス・アンド・ウェッスンを振りあげて狙いをつけた。ヘレンもコルトを持ちあげる。

そのとき、ヘレンのあとをつけてきたヘドリーが影の中から現われた。ソーントンがそちらを向いて銃を撃ったがはずれ、ヘレンがソーントンの頭を撃ち抜いた。ソーントンはくずおれて両膝をつき、前に倒れた。

「駐車場で待ってて」ヘレンはヘドリーに言った。「なんとか抜け出すから。さあいって」

ヘレンは走りだした。

ヘドリーはレディ・ヘレンの会社のロンドン支店でチャド・ルーサーの地所について詳しい情報を得て、入り江の出口には暗礁《あんしょう》があるのを知っていた。満潮時でなければ船が出入りするのは難しいが、いまは潮が引いている。ヘドリーは高速クルーザーの舫い綱を解き、ソーントンの死体を船尾甲板に投げこんだ。次いで操縦室に入ってエンジンをかけ、船が動きだすと、急いで桟橋に戻った。クルーザーは沖に向かって進み、やがて暗礁に激突して爆発した。

庭園の招待客たちが叫びはじめ、シークレット・サービス部員が互いに連絡をとりはじめた。ヘドリーが茂みの陰に隠れていると、やがて大統領がジョンスンやディロンと一緒にやってきた。

「なんてことだ」大統領は炎を眺めやりながら言った。

ヘドリーはその場を離れて引き返した。が、やがて女性の叫び声が聞こえた。レディ・ヘレンの声だ。

「離してちょうだい！」

「バッグの中を見せていただきたいんです」

クランシー・スミスが、外灯のそばでレディ・ヘレンの右手首をつかんでいた。

ヘドリーは近づき、クランシーの腕をつかんでレディ・ヘレンの手首からもぎ離した。「この方に手を出すな」

クランシーは言った。「わたしは大統領を警護するシークレット・サービスです。これは仕事ですので」

「この方にはその必要はない」

湾岸戦争の経験者クランシーは、即座にまずい相手だと悟った。ショルダー・ホルスターからベレッタを抜く。すばやい動作だったが、ヘドリーには草が風に靡《なび》くようなふわりとした動きだった。ヘドリーは目にもとまらぬ速さで左腕を振り、ベレッタを握った相手の手を撥《は》ねた。銃はこもった音で弾を発射した。そんな力の持ち主はクランシーには初めてだった。

ヘドリーはクランシーの腕をねじあげた。「おまえは特殊部隊出身だろう」

「くそったれ《ファック・ユー》！」

「自分の祖母《ばあ》さんだってファックできないくせに。おれは元海兵隊員だ。ヴェトナムで三期つとめて、上級曹長で除隊した。湾岸戦争なんて子供の遊びだった。だから諦めろ」

クランシー・スミスは度胸のある男だが、相手の力はすさまじかった。ベレッタが落ちると、ヘドリーはクランシーの身体を探って手錠を奪い、両手首を背中で強引に合わせて、がちゃりとはめる。クランシーは顔から地面に倒れた。

ヘドリーは言った。「恥じることはない。おれはあんたには想像もできないほどおおぜい殺してるんだ」それからレディ・ヘレンのほうを向いた。「さあ、いきましょう」

二人は小道を急いだ。クランシーはなんとか立ちあがったところで、二人の同僚に発見された。

ヘドリーはレディ・ヘレンをリムジンに乗せ、運転席について、車を発進させた。

「大丈夫ですか?」

ヘレンは息を整えた。「大丈夫。空港に戻りましょう。電話をして、すぐ飛び立てる準備をさせて」

ヘドリーは電話を手にとった。「大統領とは話しましたか?」

「ええ。立派な人物よ。それに運もいい」

ヘドリーは何も応《こた》えず、電話をすませた。「あの騒ぎはなんだったんです? それとあの男は何者です?」

「〈コネクション〉が憐れな最期をとげたのよ。ヘンリー・ソーントンという、大統領の首席補佐官が」

「なんと!」ヘドリーは首を振った。「信じられない」

「もう一つ話しておくことがあるわ。みんなわたしのことを知っているの。大統領も、ブレイク・ジョンスンも、ディロンも、ファーガスンも。もう終わりなのよ」

ヘドリーはぞっとした。「どうするつもりです?」

「コンプトン・プレイスに戻って状況をよく考えてみましょう」ヘレンは煙草に火をつけた。

「さあどんどん車を走らせて、〈ドリー〉」

携帯電話を出して、バリーにかけた。バリーはまだベッドにいた。「またわたし」ヘレンは言った。「最新ニュースを知らせるわ」

バリーは上体を起こした。煙草に手を伸ばしながら、なんとか冷静に応対した。「いいニュースか、悪いニュースか？」

「残念ながら悪いニュースよ。あなたの〈コネクション〉はソーントンという男で、正体は大統領首席補佐官だった。反逆者を気取ったのは、イースター蜂起に参加して殺された伯父と、ベルファストでイギリス軍兵士に間違って射殺された恋人がいたせいらしいわ」

「なんでそんなことを知ってるんだ？」

「ジョーン・ディロンとブレイク・ジョンスンに見破られたのよ。大統領が出席したパーティで化けの皮をはがされたわ。そのとき、わたしはたまたま庭のちょうどいい場所にいて、全部聞いてしまったの」

「で、ソーントンは？」

「わたしが頭を撃ち抜いてやった。そのあとかなりの大爆発があって死体は吹き飛んだわ。どこかで聞いたような話じゃない？」

長い沈黙が流れた。「なるほど」バリーは言った。「すると残るはおれとあんただけってわけだ。いまどこにいる？」

「まだロング・アイランド。すぐ飛行機で出発して、ギャトウィックからノーフォークに帰るつもりよ」

「コンプトン・プレイスだろ。知ってるよ」

「じゃ、訪問を期待していいのね？」

「間違いなくいくよ。飛行機でな」

「嬉しいわ」

携帯電話をしまったヘレンに、ヘドリーが言った。「自分から破滅を求めるようなものですよ、レディ・ヘレン。みんなやってくるかもしれない。ファーガスン准将も」

「それはどうでもいいの。バリーが先にくるかぎり。フラスクをちょうだい」ヘドリーはしぶしぶ渡した。ヘレンは薬を二錠掌に出して、ウィスキーで流しこんだ。

「これで大丈夫。空港へ急いで」

ルーサー邸のテラスでは、大統領、ジョンスン、ディロンがクランシーから報告を受けた。

「よし」ジョンスンが確認した。「大柄な黒人で、ヴェトナム戦争に出征したといったんだな？」

「そうです」と、クランシー。

ディロンは大統領に顔を向けた。「それはヘドリー・ジャクスンですね。いよいよ証拠が固まったわけです」

ジョンスンはクランシーに言った。「きみたちは二人を捜してくれ」

「ここにはいま五百人からいますが」

「いいから頼む」

クランシーが庭に降りて歩み去ると、大統領は言った。「ソーントンはどうなったんだ？

——都合よく事故にあったのか？」

「そうかもしれません」と、ディロン。

「だがきみは偶然の事故というものを信じない？」

「ええ、信じません」ディロンは薄く笑った。「あの女性が関係している場合はとくにね」

14

レディ・ヘレンがバリーに電話をかけてからまもなく、ディロンはキャヴェンディッシュ・スクェアにいるファーガスンと話した。「なんだかいつも、とんでもない時間に悪い知らせを報告しているな」

「話したまえ」

ディロンは話した。

「なんということだ」ファーガスンは言った。「首席補佐官？　そんなことを誰が信じる？」

「もうどうでもいいことさ」ディロンは酷薄に言う。「こんがり焼けて一丁あがり。同情はしない。あの男のせいでおおぜい死んだが、ピーター・ラングのむごい死に方は半端じゃなかった。ハインリッヒ・ヒムラーが聞いたら随喜の涙を流すだろうよ」

「ヘレン・ラングはいまどこに？」

「ブレイクが調べてる。わかったら報告するよ。こっちにいないのは確かだ」

ファーガスンは受話器を置き、しばらく思案してからバーンスタイン主任警部に電話をかけた。バーンスタインは眠気のない声で応答した。十四年間の警察官生活がそれを可能にする。

「バーンスタインか？　わしだ」ファーガスンは言った。「とんでもない展開になった。ロング・アイランドが現代版ギリシャ悲劇の舞台となったのだ。申し訳ないが、主任警部、早朝出勤を頼む」

「わかりました」

「それともう一つ。ゆうべ遅くにスコットランド・ヤードの本部長から電話があった」

「何かトラブルでも？」

「一部の人間にとってはトラブルだな。きみを特別保安部警視に昇進させるそうだ」

「おやおや。本部の食堂ではいろいろいう人たちがいるでしょうね」

「はっきりいうが、きみがケンブリッジでとった心理学修士号など関係ない。わしの知るかぎり、きみは職務遂行の過程で四人殺している人間だ」

「それを誇りにはしていませんが」

「ではきみの正統派ユダヤ教徒の倫理観に訴えよう。主のための剣、ギデオンの剣。その四人は殺されて当然の連中だったし、きみ自身も銃弾を受けたのだ。それからわしのところでの働きぶりも誇りに思っている。ともかく、キムにスクランブル・エッグを作らせるから、一緒にディロンからの報告を待とう。きみがここへきたら最新のニュースを教える」

　ジョンスンが書斎に入ると、暖炉のそばで大統領とディロンが話していた。大統領がジョンスンに顔を向けた。「新しいニュースはあるかね？」

「レディ・ヘレン・ラングについて一つわかりました。会社のガルフストリームでギャトウィックからウェストハンプトン空港にきたのです」

「それで？」

「調べたところ、十時前にウェストハンプトンを飛び立っていました」

「行き先は？」

「ギャトウィックです」ジョンスンはためらう。「どういう処置をお望みですか、大統領？」

「レディ・ヘレンのことかね？」実務能力にすぐれた経験豊かな政治家は眉根《まゆね》を寄せた。「ことが公になれば、和平プロセスは頓挫《とんざ》する。現実的に処理しよう。ソーントンの死は不幸な事故だった。ある男がわたしを襲い、彼が追跡して、二人とも死んだ。ブレイディ、ケリー、キャシディの死はすでに説明がついている。ティム・パット・ライアンはどうだ？」

「あれはギャングですから」ディロンが答える。「ロンドン中のギャングが首を狙ってましたよ」

「よし。あとはコーハンだが」大統領は肩をすくめた。「あの男の死に涙を流す気にはなれない。酒を飲みすぎてホテルのテラスから落ちたということだ」

ジョンスンが訊いた。「こんどの一件はなかったことにするのですね？」

「ホワイトハウスにとってもダウニング街にとっても悪臭の素だからね。われわれはみな和平を望んでいるが、この種のことが顕われたら……」

「船全体が臭くなる」と、ジョンスン。

「しかしまだジャック・バリーがいる」ディロンは煙草に火をつけた。「最後に立っている男《ラスト・マン・スタンディング》。

あの男が消えたらどうなるかな」

「それこそ完全に何もなかったことになる」ジョンスンが答える。

しばらく沈黙が流れたあと、大統領が言った。「レディ・ヘレンも残っているよ。わかっているだけで六人殺した女性が」

「なるほど」と、ディロン。「彼女はおおぜいの人間の死と息子の無残な最期に直接の責任がある人でなしどもを、この辛い現世から送り出してやった。その代償を支払うべきだというわけですか」

「最悪のやり方で法を破ったわけだからね」大統領は指摘する。

「以前のおれはもっとたくさん殺したし、その理由ももっともなものばかりじゃなかった」ディロンは言う。「考えてみると、あなたはヴェトナムでいくつか勲章をもらったし、ブレイクも同じだ。三人合わせて殺した数はどれくらいになりますかね？」

「きみは腹の立つ男だ、ディロン」大統領は言った。「たしかにそのとおりだ。しかしそれでも問題は残る。彼女をどうするかということだ」

「もう大統領の管轄外に出てしまいましたが」と、ジョンスン。

「だが、やはり部分的にはわたしに責任のある事柄だ」大統領はためらった。「よし、ファーガスン准将を呼び出してくれ」

まもなくファーガスンが電話に出た。「大統領」

「ディロンからこれまでの経緯は聞いていると思うが、まだきみに知らせていないのは、レディ・ヘレンがロング・アイランドを発ってギャトウィックに向かったという事実だ。じつに困った問題だよ。いまディロンやブレイク・ジョンスンと話しあったのはこういうことだ」

「では何も起こらなかったことにするわけですね、大統領」ファーガスンの声がスピーカーホンから明瞭《めいりょう》に流れ出る。「わかりました。こちらのことはうまく処理できると思います。それで、レディ・ヘレンのことはどうします？」

「何か考えてもらえないだろうか。首相と相談してくれてもいい。わたしからも話すが、とりあえず必要なのはきみが解決をつけてくれることだ。こうしよう。大至急、ディロンとジョンスンをそちらにいかせる。飛行機は用意できる」

「お任せください」ファーガスンは言った。「ともかく何か考えます」

大統領はジョンスンとディロンのほうを向いた。「いまのは聞いたな。これでなんとか事件に蓋《ふた》ができそうだ」

「では連絡いたします」と、ジョンスン。

「できれば逐一頼む」大統領は笑みを浮かべた。「さあ、出かけたまえ」

ガルフストリームは高度五万フィートまで上昇して大西洋上に出た。レディ・ヘレン・ラングは国防省に電話をかけ、チャールズ・ファーガスン准将と大至急話したいと告げた。ファーガスン准将とは昔から親しい間柄だったので、電話は首尾よくキャヴェンディッシュ・スクエアに転送された。

「どなたですか？」バーンスタインが出た。

「レディ・ヘレン・ラング」ヘレンは微笑んだ。「あなたのことは知っているわ。あの優秀な刑事さんでしょ」バーンスタインはスピーカーホンのボタンを押し、手を振り立ててファーガスンに合図をした。

ファーガスンが応《こた》えた。「チャールズ、いるの？」

「チャールズ、あなたは性格に難ありだけど、昔から好きだった。でもとにかく聞いてちょうだい。例の五人は報いを受けた。首席補佐官はボーナスだった。あの男が〈コネクション〉だとは知らなかったの。わたしを撃とうとしたから撃ったのよ。どうでもいいことだけど。ミスタ・ディロンはとても優しかったわ。すべては終わったといって、助けてくれようとした。とてもいい人ね」

「人を殺す合間にいいこともする」

「チャールズ、それはまさにあなたが長年してきたことよ」

「ヘレン、一つ教えてくれ。真相はどうやって知った？」

「可哀想なトニー・エムズワースが教えてくれたの。肺癌で死ぬ前に罪の意識に苛《さいな》まれてね。情報部のファイルの違法コピーを持っていて、それをわたしにくれたのよ。いろいろな情報がのっていたわ。あなたやミスタ・ディロンや優しい女性刑事のこと。バリーのこと。〈エリンの息子たち〉のこと」

「なるほど。それでこれからどうするのかな」

「コンプトン・プレイスに戻るつもり。お客さんがくるから。ミスタ・バリーのご一行様。招待したら是非いきたいといったわ。飛行機で会いにくるそうよ。きっと普通の航空会社の飛行機じゃないわね」

ファーガスンは驚いた。「そんなことはだめだ、ヘレン」

「いいえ、やるわ。あの男が最後よ。息子を惨殺した男が。きたければあなたもきていいけど、チャールズ、この地上から消える前に、あの男と対決したいの」

ファーガスンの背筋に寒気が走った。「いまなんといった？」

「心臓が悪いのよ、チャールズ。薬とウィスキーでなんとかしのげるのが不思議。まあわたしが失敗しても、きっとミスタ・ディロンが片をつけてくれるわね」

「何をいっている《フォー・ゴッズ・セイク》、ヘレン」

「これはわたし自身のため《フォー・マイ・オウン・セイク》よ、チャールズ」

電話が切れると、バーンスタインが言った。「どう思われます？」

「いったい何ができるのか。ティム・パット・ライアン殺しも含めて、逮捕できるだけの証拠がない」

「どうします？」

「ギャトウィックで彼女を出迎える。どうするかはそのとき考えよう」

ドゥーンレイ飛行場でドハティが朝食をとっていると、電話が鳴った。バリーの声が言った。

「大仕事が入った。ノーフォークの北部へ飛びたい。コンプトンという村の、コンプトン・プレイスという地所だ。いってすぐ帰る」

「何人だい？」

「四人か五人。今日の午後だ」

ドハティはためらった。「どうかな。ノーフォーク北部は軍の飛行機が多いんだ」

「よく聞け、まぬけ。一万ポンドを入れたスーパーの袋をくれてやる。どうするか決めろ」

「時間をくれないか。地図を調べてみる。折り返し電話するから」

「どれくらいかかる？」

「一時間だ」

バリーは受話器を叩《たた》きつけた。酒はやめにして紅茶を注ぐ。煙草に火をつけ、窓辺に立って、雨を眺めた。怒りはなく、むしろ興奮が湧いてきた。なんという女だろう。


大統領専用機はウェストハンプトン空港を飛び立った。いつもながらディロンはその豪華さに驚いた。大型のクラブ・チェア、楓《かえで》材のテーブル。客室乗務員はポールという空軍曹長で、ジョンスンにコーヒー、ディロンにはブッシュミルズとコードレスホンを持ってきた。

「お電話です、ミスタ・ディロン。ファーガスン准将という方から」

「早起きして朝食かい、准将？」

「黙って聞け」ファーガスンは言った。「いま彼女と話した」

「それで？」

「真相はトニー・エムズワースが死ぬ前に教えたそうだ。エムズワースは違法にコピーをしたファイルを持っていた。わしやおまえさんの記録ものっているようだが、そのファイルで秘密情報部が揉《も》み消した彼女の息子の死にまつわるいまわしい事実を知ったとのことだ。ソーントンは船が爆発する前に彼女に射殺された。バリーにコンプトン・プレイスに戻ると知らせたらしい。おびき寄せるためだ」

ディロンはうなずいた。「そうするだろうな。やつが最後の男だから。ソーントンを殺せたのはボーナスだ。しかし、あの人は本気でやるのか？」

「心臓が悪いといっておった。薬とウィスキーでしのいでいるとね。なんとか持ちこたえているのだ。あのすばらしい女性が、豚野郎を殺すために」

「まあ落ち着けよ」

「彼女がなんといったかわかるか？　わたしが失敗しても、きっとミスタ・ディロンが片をつけてくれると、そういったのだ」

「ほんとに？」ディロンは氷のように冷たい声で言う。

「ギャトウィックで会って、どう話したものか」

「たぶん何も話せないだろうね。ギャトウィックにはこないから。主任警部と代わってくれ」

「いま代わるが、もう警視だ」

ディロンはバーンスタインに言った。「おめでとう。よくやった、なんていったら、偉そうにといわれるだろうな」

「早く用件をいって、ディロン」

「ウェストハンプトンを出発するとき、気象情報を確かめた。イギリスは天候がよくない。前線が張り出して霧が出ているから、ギャトウィックへの着陸は難しいだろう。だからいま准将に彼女は空港にこないといったんだが、そもそも初めからそのつもりはないかもしれない。よそに降りると思うね」

「わかった。調べてみる」

「頼む。じゃ、またあとで」


ドハティはバリーに電話をかけた。「やらせてもらうよ。こんどもチーフテン、こないだ使った飛行機だ。ノーフォークにはクラークって知り合いがいる。シャンクリー・ダウンという第二次大戦のときの補給基地で飛行学校をやってたんだが、破産した。いまはセスナ310でオランダとのあいだを違法に往復してる」

「火星に飛んでいくようなやつでないかぎりかまわないさ。そいつは承知したのか？」

「ああ、さっき話した。シャンクリー・ダウンからコンプトン・プレイスまでは一時間ほどだ」

「よし、いいだろう。二時間後にいく」

バリーは受話器を叩きつけ、また取り上げて、ダイヤルした。声が言った。「クインだ」

「バリーだ。おもしろいことをやろうぜ。ノーフォークまで小型飛行機でいくんだ」

「ノーフォークで何するんだよ、ジャック」

「おまえいま何してるんだ？　輝かしい闘争の日々が終わって、ゴリラみたいに自分の糞《くそ》にまみれて寝てるんじゃないのか？　田舎の飛行場まで二時間、帰りがまた二時間だ」

「そのあいだに何するんだよ？」

「おれたちの得意なことさ」

クインは急に元気づいた。「何人でいく？」

「おれとおまえ、ドーラン、マレン、マッギー。どうだいくか？」

「いくいく」

「二時間後にドゥーンレイのドハティのところへきてくれ。ほかの連中がだめなら二人でやろう。道具はアーマライトと拳銃だ」

「みんないくよ、絶対に。〈エリンの息子たち〉とともに起《た》て、だ」

電話を切ると、バリーは暗い口調でつぶやいた。「ようし」そしてこんどは紅茶ではなく、ウィスキーを注いだ。


ガルフストリームの客室で、レディ・ヘレンは副操縦士から、イギリス上空の気象について報告を聞いた。「天気はよくないのね」ヘレンは言った。

「それでも着陸はできますよ、レディ・ヘレン。だいぶ霧が出ているでしょうが、大丈夫です」

「イースト・ミッドランズ空港のほうがまだ条件はいいんじゃない？」

副操縦士はうなずいた。「ギャトウィックよりはましでしょうね」

ヘレンは初めからそこに決めていたが、いま決めたようににっこり笑った。「じゃ、そこにして。どうせノーフォークへいくのだから都合がいいわ」

「わかりました」

「前もって連絡してリムジンを用意させて。運転手はいらない。ヘドリーがいるから」

副操縦士が歩み去ると、ヘドリーが言った。「最初からそのつもりだったんですね」

「もちろんよ」ヘレンは煙草を出した。「火をお願い」ヘドリーから火を受けると、座席にもたれた。「後悔していることは一つだけ。あなたに選択の余地を与えなかったことだわ」

「あなたに初めて会ったときから選択の余地なんてありませんでしたよ」ヘドリーはにやりと笑った。「いま紅茶を持ってきます」


ドゥーンレイ飛行場にはクイン以下の四人がすでにきていた。オフィスに入り、アーマライト銃と拳銃《けんじゅう》を点検すると、ドハティは露骨に嫌な顔をした。バリーがやってきたときにはみな興奮し、笑いながら背中を叩きあった。

「で、何をするんだ、ジャック?」クインが訊《き》いた。

バリーは例によってうまく取り回した。召集をかけたのはマフィア顔負けの連中だが、北アイルランドのテロリストの多くが共和派、王党派の別なくそうであるように、輝かしい自由の戦士を気取りたがる。

「同士諸君、われわれはアイルランドの自由を求めてともに戦ってきた。志半ばに斃《たお》れた者もいるが、それはしばしば裏切りや卑怯《ひきよう》な騙《だま》し討ちのせいだった。諸君には話していなかったが、〈エリンの息子たち〉にはニューヨーク支部があり、ロンドンにも一人メンバーがいた。ところが、そのうち四人が射殺されたのだ」一同は沈黙に落ちた。「それをしたのは一人の女だ。われわれはノーフォークにこの女を訪ねる。目的は報復。それがすみしだい、すぐに飛行機で戻ってくる。抜けたい者はそういってくれ」

表に出た。

応えたのはクインだった。「みんな一緒にやるよ、ジャック、わかってるだろ」

バリーはクインの肩を叩いた。「そうこなくちゃ。さあ、出かけるぞ」そして先に立って、表に出た。


前線が疫病のようにイングランドを冒し、霧が全土に立ちこめた。ギャトウィック空港ではファーガスンとバーンスタインが保安関係者用の特別ラウンジで待っていた。

ファーガスンは窓の外を見た。「静かになったな」

バーンスタインが言った。「様子を聞いてきます」ラウンジを出て、数分後に戻り、顔をしかめた。「全部の発着便がキャンセルされたそうです」

「くそ。どこか開いている空港はあるのか？」

「ええ、マンチェスターとイースト・ミッドランズです」

「確認したまえ。行き先を変更したかどうか」

バーンスタインが出ていくとすぐに電話が鳴った。交換手が言った。「お電話です、准将」

ヘレンの声が明瞭《めいりよう》に響いた。「ごめんなさい、准将、お会いできなくて。ひどい天気ね。いまミッドランズに着陸したところ。運よく降りられたわ。これからノーフォークに帰るの。霧が出ているけど、それほどひどくはない。ヘドリーは運転が上手だし」

「狂気の沙汰《さた》だ、ヘレン。ディロンとブレイク・ジョンスンがあとを追っている。われわれに任せたまえ」

「あなたに神の祝福がありますように」ヘレンは電話を切った。

ヘドリーが言った。「これからどうなります？」

「それはミスタ・バリーしだいね」

「ノーフォークには飛んでこられないでしょう。この天気だと」

「それはどうかしら。あの男は無限の罪と無限の能力を持った男だもの」ヘレンは薬を二錠出した。「フラスクをお願い」

ヘドリーは渡した。「自殺行為ですよ」

「自分を殺す前にバリーを殺せればそれで満足よ」


午後遅く、チーフテンはモーカム湾上空からイングランドに上陸した。雨が激しく降り、霧が渦巻いているが、ドハティは雲の下を飛びつづけた。バリーが隣に坐《すわ》っている。

「目的地に着けそうか？」

「条件は悪いがなんとか着けると思うよ。だめなら引き返せばいい」

「引き返したら、着陸してすぐおまえは死ぬぞ」バリーは凄《すご》みのある笑みを浮かべた。「これはおれの一生のうちで一番大事な訪問なんだ」

ドハティは怖気《おぞけ》をふるった。「わかったよ、ジャック、大丈夫だ。おれにチャンスをくれ」

そして操縦に集中した。

ポール曹長がコードレスホンを持ってきた。「ファーガスン准将です、ミスタ・ディロン」

ディロンは言った。「おれだ」

「雨と霧のせいで、イースト・ミッドランズに降りたようだ。いま車でノーフォークに向かっている」

「それで?」

「聞け。彼女がいっていたが、バリーが飛行機でくるそうだ。当然、違法な手段でだろう。おそらく直接ノーフォークまで飛ぶに違いない」

「やつがコンプトン・プレイスに着いたとき、彼女は孤立無援かもしれないということか?」

「そういうようなことだ」

「ノーフォークの警察に連絡して……」

「ばかをいうな、ディロン。頼むからアイルランド流のたちの悪い冗談はやめて真面目に考えてくれ」

「とにかく彼女には掩護《えんご》が必要だ」と、ディロン。「ヴェトナムで武勲に輝いたヘドリーがいるが、あれももう何十年も前の戦争だ。バリーは一人ではこない。やつとは古い付き合いだからそれくらいはわかる」

「ディロン、ノーフォークはイングランドで本当の田園地帯が残っている最後の地方の一つだ。車でいくのは時間がかかりすぎるが、ぐずぐずしていると、彼女は最後の対決をしてしまう。どうすればいい?」

「まずファーリー・フィールドに着陸できるかどうか問い合わせてくれ。それからレイシーとパリーにこれから戦争にいくと知らせる」

「どういう意味だ?」

「ノーフォーク北部の海岸のことを多少知ってるんだ。あの辺は砂浜が広い。とくに干潮のときはね。だからそこまで連れていってくれれば、おれがパラシュートで降りる。前にもやったことがあるだろう。細かい段取りはレイシーに任せるといい」

「何をいっている《フォー・ゴッズ・セイク》、ディロン」

「神《ゴッド》様はこのさい関係ない。ブレイクから操縦士にファーリーへ向かうよう命令してもらうよ。また連絡する」

ジョンスンが訊いた。「ファーリー？」

「覚えてるだろう、ロンドン郊外にある空軍の実験基地だ。国防省のリア・ジェットがいつもそこで待機してる。操縦士はレイシーとパリーの両大尉で、何度か一緒におもしろい冒険をしたことがある。ファーリーへいくのは問題が発生したからだ」

「というと？」

「レディ・ヘレン・ラングがこんどの一件で最後に残ったジャック・バリーと対決したがっているんだ。そこでバリーに誘いをかけた。バリーとしては誘惑に勝てない。飛行機でいくと答えた。ヘレン・ラングはコンプトン・プレイスで大変な状況に陥るわけだ。そこはそうとうな田舎だ。そこでおれたちはファーリーに降りる。基地には武器整備担当員がいて、もろもろの装備がそろっている。いま電話をするから、よく聞いててくれ」

ディロンはファーガスンに電話をかけた。「レイシーにコンプトン・プレイスに近い適当な浜辺を選ぶよういってくれ。さっきいったとおり、おれがパラシュートで降りる。これで少なくともレディ・ヘレンを掩護できるわけだ。必要な装備と武器も用意させてくれ」

ジョンスンがコードレスホンを持つディロンの手を引き寄せた。「二人分お願いしますよ」

ディロンは笑ってファーガスンに言った。「頭のいかれた中年のアメリカ人が一緒に飛び降りたいといいだしたよ。大統領の個人的な戦争報道記者といったところだな」

「二人とも狂っておる」ファーガスンが言う。

「そういうことだ。じゃ、手配を頼む」ディロンは電話を切った。

チーフテンはシャンクリー・ダウンの古い荒れた爆撃機用滑走路に降り立ち、朽ちかけた格納庫と煙突から煙が出ている蒲鉾《かまぼこ》型兵舎のそばで停止した。駐機場にはセスナ310が出ており、その隣にフォードのバン、トランジットが駐《と》めてある。バンの脇には飛行服を着た男が一人立っていた。

バリーたちは飛行機から降りた。ドハティが声をかけた。「ようクラーク、元気そうだな」

「おれの金はどこだ?」クラークが言う。

ドハティは分厚い封筒を出した。「キャッシュで二千」

クラークは紙幣を数える。終わると、バリーが肩にかるく拳《こぶし》をぶつけた。「それでいいか?」

クラークはアイルランド人たちを見た。君子危うきに近寄らずがこの男のモットーだ。

「ああ、もちろんだ。キーは車の中にある」

バリーはクラークの頬をかるく叩いた。「いい子だ。じきに戻る」

クラークは男たちにうなずきかけた。全員がバンに乗りこみ、クインの運転で出発した。

ガルフストリームがファーリー・フィールドに着陸し、停止して、ディロンとジョンスンは降りた。ファーガスンとバーンスタインが駐機場に立っていた。うしろに控えているのはレイシーとパリーだ。

「準備は整ってるかい？」ディロンは訊いた。

「中で話そう」と、ファーガスン。

一同は一室を借りた。組み立て式テーブルの上にパラシュートと、ＡＫ47と消音器をつけたブローニングの拳銃が二挺《ちょう》ずつ置かれていた。

ディロンが言った。「おれの好みを覚えててくれたな」レイシーのほうを向く。「で、計画はできてるか？」

「地図を見てください」レイシーが地図台のほうへ足を運んだ。「陸地測量部の大縮尺地図です。コンプトン・プレイスは海のすぐ近くですから問題ありません。ここがホースシュー湾。干潮時は砂浜がかなり広くなります。潮は今夜、引きはじめます。充分引くのを待ってもいいですが……」

「だめだ。いまから出かけるとして、時間はどれくらいかかる？」

「四十分ですね」

「わしらも一緒にいこう」ファーガスンが割りこむ。「おまえさんたちを落としてから、ブラムリーの空軍補給基地に降りる。二十分でいける距離だ。そこから車でいく」

「そいつは嬉《うれ》しい心遣いですな」ディロンはまた地図を見てから、ジョンスンに顔を向けた。

「じゃ、ここだ。ホースシュー湾」

ディロンとジョンスンは初老の武器整備担当員である上級曹長に引きあわされた。上級曹長はてきぱきと装備と武器の説明をした。パラシュートは一つずつにして予備は持たないことにする。あとはAKとブローニングを一挺ずつと弾薬。

ディロンは言った。「ヴェトナム戦争なんて大昔の戦争だぞ、ブレイク」

「余計なことをいうな、ディロン」と、ジョンスン。

「おい、おれは味方だぜ」

ジャンプスーツを着こみ、ブローニング用のショルダー・ホルスターをつけ、AKを点検する。ファーガスンとバーンスタインが入ってきた。「レイシーの話では、まだ霧が出ているそうだ。ホースシュー湾が比較的ひどくて、わしらが降りるブラムリーはそうでもない」

「よかったな、准将」ディロンはジョンスンににやりと笑いかけた。「さあいくか」

「いいとも」ジョンスンは応えてパラシュートを取り上げ、ディロンとともに部屋を出ていった。

ノーフォーク　アルスター

15

トランジットの車内は浮かれた気分に満ちていた。バリーがクインの隣の助手席から事情を説明した。

「これから訪ねる女はレディ・ヘレン・ラングといって、もとはアメリカ人のばあさんだが、見かけに騙《だま》されちゃいけない。何人も殺してるんだ。しかもワイルド・カードを一枚持ってる。ヘドリーというでかい黒人だ」

「ただの黒《ニ》んぼ《ガー》だろ」ドーランが言いながらアーマライト銃を叩《たた》く。「おれが片づけてやる」

「それが命取りになる間違いだ」バリーは言った。「知ってのとおり、おれはヴェトナム帰りだが、このヘドリー・ジャクスンもそうなんだ。海兵隊の特殊部隊員で勲章をいくつももらった。そうとう手強《てごわ》い相手のはずだ」

「ワルの黒んぼか」ドーランがせせら笑う。

「そんなふうに侮って、どうなっても知らんぞ」バリーは陸地測量部の大縮尺地図を出して後部座席の男たちに渡した。「コンプトン・プレイスを確認してくれ。海岸の近くだ。コンプトンって村があるが、五マイル離れてる。ド田舎の村で、住民は五十人くらい。問題はない」

スキンヘッドの凶悪な顔をした大男、マレンが言った。「こいつはチョロイ仕事だぜ、ジャック。なんでおれたちを呼んだんだ？　一人でできるだろう」

「おれはその女に招かれた。三年前に女の息子を殺したんだ。息子はイギリス軍の秘密工作員だった。だから女はロンドンでティム・パット・ライアンを殺して、ニューヨークの仲間を殺した。こんどはおれの番ってわけだ。昔テレビでやってた西部劇で、ヒーローが夜明けに本通りへこいっていうような感じさ」

「そのばあさん、頭おかしいんじゃねえのか」と、マレン。

「五人を同じ拳銃《けんじゅう》で殺してるんだ。銃の使い方はちゃんとわかってるらしい。ニューヨークのパーク街では若い女をレイプしようとしたごろつき二人も殺した」

「おれたちがぶっ飛ばしてやるよ」クインが言った。「ばあさんも黒人も」

「ああ、是非そうしたい」と、バリー。「一生つきまとわれるのは嫌だからな。こっちが殺《や》らなきゃつきまとわれるに決まってるんだ」

バリーの口調には何かを惜しむような響きがあったが、なぜなのかは自分でもわからなかった。クインが言った。「ま、とにかく楽な相手だよ、ジャック。あっという間に片がついてら」

「そいつを期待しよう」バリーは言った。「地図をよく見てくれ。道を間違えないようにな」

午後遅く、霧がたちこめ雨が降る中、メルセデスはコンプトンの村を通り抜け、曲がりくねった道をたどって田園地帯に入っていった。ヘドリーは屋敷の前庭に車をとめ、エンジンを切った。ヘレンが降りて台所の入り口を開けにいく。ヘドリーが荷物を持ってあとに続いた。

「どうします?」

「まず着替えをして、それから準備に取りかかりましょ」

「なんの準備をするんです、レディ・ヘレン?」

「ジャック・バリーを迎える準備よ」ヘレンは片手をあげる。「あの男は絶対くるわ、ヘドリー。誘惑に勝てるはずないから。それとチャールズ・ファーガスン、ミスタ・ディロン、ブレイク・ジョンスンも……」

「彼らが先にきてくれればと思いますよ」

ヘレンは窓の外の霧を眺めた。「ばかなことといわないで。ギャトウィックからこの霧の中をやってくるのには何時間もかかるわ。じゃ、十五分後に」

ヘレンは寝室で服を脱ぎ、衣装簞笥《だんす》からジャンプスーツを出して着こんだ。伸縮性のある短いブーツをはき、バッグからコルト二五口径を取り出す。弾倉を抜き、銃口に消音器をとりつけ、ふたたび弾倉を差しこむ。それから引き出しを開けて弾倉を四つ出し、左右のポケットに二つずつ入れた。

息が荒くなってくる。掌に薬を二錠出し、ためらったあとでもう二錠出した。バスルームに入り、コップに水をくんで、薬を喉《のど》に流しこんだ。

「かまわないわ」ヘレンはつぶやいた。「いまさら薬の呑《の》みすぎに気をつけてもしかたがない。最後は同じことだもの」

階下に降りると、ヘドリーは台所で紅茶を淹《い》れていた。服装はトラック・スーツ。ヘレンにカップを寄越した。「戦争の準備はいい、ヘドリー？」

「随分ひさしぶりですがね」

「どれだけ時間がたっても忘れないことはあるわ」ヘレンは微笑んだ。「あなたはとてもいい友だちだった」

「相手があなたなら簡単です」ヘドリーは紅茶を飲んだ。「コーヒーの代わりにこれを飲むのも、あなたを喜ばすためですよ」カップを置いた。「それはともかく、もしこれを最後までやるつもりなら、納屋に移動したほうがいいでしょう」

ヘレンは納屋ではコルトを使わず、腰のホルスターに差しておいた。ヘドリーが九ミリのブローニングを取り上げ、握把から少し出ている二十発の弾倉を叩きこんで、ヘレンに渡した。

「これだと本当に戦争をする気分になるわ」ヘレンは言った。

「本当に戦争をするんです。両足を開いて、両手で構えてください」

ヘレンは人形《ひとがた》の標的を一つずつ撃ち抜いた。「ふう。次は何をする、ヘドリー？」

ヘドリーは答えた。「簡単です。最初に入ってくる人間を待つんです」

トランジットがコンプトン・プレイスの敷地を見おろす松林のそばで停止した。渦巻く霧がときおり風に吹き払われて眼下の風景を覗《のぞ》かせる。屋敷とその周辺の土地が見え、その向こうに海が見えた。しばらくすると霧はまた切れめをふさいだ。

「車はここへ置いとこう」バリーが言った。「キーはマットの下に隠しておけ。ここからは歩きだ」

「とことん一緒に戦うぜ」と、クイン。

「嬉しいね。おまえが尖兵《せんぺい》をやってもいいぜ。ヴェトナムじゃよくそんなふうにいったもんだ」

雨が降りだす中、五人は丘を降りて、納屋や小屋がある場所に近づいた。納屋の二階でヘドリーが消音器と暗視スコープを装着したAKを構えている。ヘドリーはクインに焦点を合わせて引き金をしぼった。が、そのときクインはバリーに話しかけようと振り返り、弾は心臓をはずれてアーマライト銃の銃床に当たった。クインはうしろによろめいた。

「くそっ、なんだ」

「伏せろ！」バリーが叫び、四人は命令に従った。

バリーはクインのほうへ這《は》い寄る。「大丈夫か？」

「ああ、たぶん」

「あの銃声はわかる。消音器をつけたAKだ。ヴェトナムで嫌というほど聞いた」次いでほかの男たちに低く言った。「女は納屋で待ちかまえてる。散開して前進だ」


リア・ジェットはぐんぐん降下し、高度千フィートで霧の層に入り、まもなく抜けて、眼下にホースシュー湾を見おろした。夕方の灰色の光を受けて波が白く泡立っていた。

インターコムからレイシー大尉の声が流れ出た。「よくないですね。いま中潮です。中止したほうがいいと思います」

ディロンとジョンスンはすでにジャンプスーツの上にパラシュートを装着し、ショルダー・

ホルスターの拳銃と胸に斜交《はすか》いにかけたAKで武装している。二人はファーガスンとバーンスタインを見た。

ファーガスンが言った。「きみたちが決めたまえ」

「構うもんか」ディロンはレバーをつかみ、エアステア・ドアをおろした。「永遠に生きたいなんて思うか？」にやりとジョンスンに笑いかけた。「あんたのほうが年上だ。先に降りてくれていいぞ」

「それはご親切に」ジョンスンはそう応え、レイシーが機体を高度八百フィートまでおろしたとき、飛び降りた。すぐにディロンも続く。

空には雨雲が広がり、海面と地表の付近では霧が渦巻き、夕方の薄日は暗くなっていく。ジョンスンのあとからエアステア・ドアを降りたディロンは、飛び降りるとすぐジェット機の後流に煽《あお》られて回転した。曳索《えいさく》を引き、上を見あげると、機体は急上昇していった。

下を見おろすと、ジョンスンが波打ち際に着地するのが見えた。ディロンはやや流されて、深さ六フィートの海に落ちた。浮上し、泳ごうとしたが、パラシュートを引きずっているので進まない。肩部離脱器をはずしてハーネスを切り離し、水をかいて岸に向かった。

ジョンスンがやってきた。「大丈夫か？」

ディロンはうなずいた。「いこう」

二人はかるく傾斜した砂浜を駆けのぼり、松林の中で一度足をとめてから、屋敷に向かった。そのとき突然、爆発音が起こり、二人は立ちどまった。見おろすと煙が立ちのぼってきた。

「発煙弾だな」ディロンは言った。「いくぞ」二人は丘を駆けおりた。

バリーは直感的にその場にとどまった。クインが先頭に立って納屋に突進する。ヘドリーはマレンに狙いを定め、頭を撃ち抜いた。それから発煙弾を投げた。三人はぱっと地面に伏せ、納屋の一階に自動小銃を掃射した。ヘドリーは階段の降り口に寝て、下を覗いていた。一発の弾がその肩をかすった。

背後にいるレディ・ヘレンが訊《き》いた。「大丈夫?」

「かるい傷です。心配いりません」

バリーが言った。「突撃しろ、クイン」

クインは立ちあがった。「よしいくぞ」かけ声をかけると、ほかの二人も立ってあとに従った。ヘドリーのうしろにいるヘレンがブローニングを持ちあげ、連射してクインを倒した。あとの二人は退却する。ヘレンはヘドリーの身体に手をかけた。

「さあ、中へ入るのよ」

ドーランとマッギーはもとの場所へ這い戻った。バリーが言った。「よし、こんどは納屋に飛びこめ。やつらに逃げ道はない」

「くそ、だめだ、ジャック」ドーランが言う。「中に入ったとたん頭を吹き飛ばされる」

バリーはベレッタを抜いた。「いいから飛びこむんだ。さもないとおれがおまえの頭を吹き飛ばす。さあ、いって中の階段を昇れ」

ドーランは恐怖に駆られて立ちあがる。そのとき、ブレイク・ジョンスンが庭に現われ、AKの銃弾を浴びせた。ドーランは玉石を敷いた地面に頭から落ちた。

ジョンスンはしゃがんだ。バリーはマッギーに近づく。「心配するな。切り抜けられる」

ディロンが庭の反対側に現われ、AKを発射した。「そこにいるのか、ジャック？」

バリーが叫んだ。「おまえか、ショーン。いつも遅れてくるやつだ」

ジョンスンが、声がした方向へ銃を撃ち、撃ち返された。左腕に真っ赤に焼けた火掻《ひか》き棒をあてられた感覚を覚え、うしろに倒れた。ディロンが三連射を浴びせ、マッギーの顔に命中させた。

沈黙がおり、霧の中で降る雨の音だけになった。バリーは匍匐《ほふく》前進し、扉をそっと開けて納屋に入った。見あげると、二階にヘレンがいた。ヘドリーを安全な場所へ移そうと身体を引っ張っている。干草の細かな塵《ちり》が宙に舞っていた。

「きたぞ」バリーは声をかけた。

ヘレンは振り返り、ヘドリーの身体を床に落とした。そしてバリーが銃を持ちあげるのと同時に、すばやくコルトを抜いた。

バリーのベレッタが作動不良を起こした。バリーが必死で遊底を引こうとするあいだ、ヘレンは慎重に狙いをつけた。だが、そのとき奇妙なことが起きた。ヘレンはあえぎながらうしろによろけ、両膝《りょうひざ》をついたのだ。バリーは弾倉を抜き、べつの弾倉を叩《たた》きこんで、狙いをつけた。

そのとき、ディロンが納屋に飛びこんできた。

「やめろ！」ディロンは叫んで銃を撃った。弾はバリーの顔をかすり、バリーは叫び声をあげてうしろにさがった。

バリーは体勢を立てなおし、連射を浴びせてディロンを床に伏せさせ、その隙に裏口から飛び出した。沈黙があたりを領した。ディロンは立ちあがり、階段を昇った。

ヘドリーが肩から血を流して横たわり、脇にレディ・ヘレンが顔を灰色にして倒れていた。ディロンは彼女のそばで膝をついた。「どうしたんです？」

「心臓よ、ミスタ・ディロン。わたしはしばらく余分の人生を生きていたの。わたしたち、あいつらを殺した？」ためらうディロンを見て、ヘレンはつけ加えた。「本当のことをいって」

「仲間は倒しましたが、バリーは逃げたようですね」

「残念だわ」そう言ってヘレンは目を閉じた。

しばらくして、空軍のランド・ローヴァーが庭に入ってきた。乗っているのはファーガスンとバーンスタインだった。


ディロンは敵を一人ずつ検《あらた》めた。クインは数発撃たれ、虫の息だった。ディロンは言った。

「おい、クイン、ひさしぶりだな」

「ディロンか？」

「仲間はみんなやられたぞ」

「ジャックは？」

「悪魔はいつだって自分の面倒をちゃんと見る。例によって逃げ出したよ」

「あのくそ野郎」

「やつはどこへ戻る？」

クインは凄《すご》みのある笑みをなんとか浮かべた。「値段は煙草一本だ」

ディロンは銀のシガレット・ケースを出した。海に落ちても中の煙草は乾いていた。クインに一本くわえさせ、ジッポで火をつけてやった。

クインは言った。「おれたちはドゥーンレイからドハティのチーフテンできた。ドハティは覚えてるか?」

「ああ」

「降りたのはここからそう遠くない古い飛行場だ。シャンクリー・ダウン。クラークという男が持ち主だ。ドハティはそこで待ってる」声が弱ってきた。「畜生、ジャックのやつ、いつも自分のことしか考えない。おれたちを見捨てて、アルスターに飛んで帰る気だ」すでに意識は薄れはじめている。「スパニッシュ・ヘッド。逃げこむ穴はいつもあそこだ」

クインはどんどん遠くへいく。「しっかりしろ、クイン。おれにはまだやつが仕留められる。おれの特技を覚えてるか? 翼のあるものならなんでも飛ばせるんだ。そのシャンクリー・ダウンという飛行場。もう一機、飛行機はあるか?」

クインはうなずいた。「小型のやつだが、エンジンは二つ。翼の上にあがって乗りこむタイプだ」

「セスナ３１０だな」と、ディロン。

「やつを殺してくれ、ディロン、あのくそ野郎を」クインの指から煙草が落ち、頭が片側にかしいだ。

ディロンは携帯電話で話しているファーガスンのところへいった。准将はスイッチを切る。

「事後処理班の出動を要請した。この天気だと、四時間はかかるだろう。あの男はどうだ?」

ファーガスンは顎《あご》をしゃくった。

ディロンは言った。「死んだ。四人とも死んだ」

「その中にわしが知っておくべき人間はいるかな？」

「あんたは大喜びするよ。重要手配リストから四人消せるんだ」

バーンスタインがランド・ローヴァーから救急医療具を出して処置をすませていた。ジョンスンは腕、ヘドリーは肩に、包帯を巻かれていた。ヘドリーはレディ・ヘレンのそばにしゃがんでいる。ディロンも片膝をついて微笑みかけた。

「あの男は逃げたのね、ミスタ・ディロン。ほんとに残念だわ」

ディロンはその手をとり、ひどく冷静な声で言った。「逃げられたと思ってるだけだ。代わりに殺してあげますよ。誓います」立ちあがり、ヘレンを助け起こす。「家の中へ入れてあげてくれ」とファーガスンに言った。

一同はしばしたたずんだ。ヘドリー、ジョンスン、ファーガスン、レディ・ヘレン、それに彼女の身体に腕を回しているバーンスタイン。ジョンスンはかなり傷が痛むらしく、ヘドリーも気分がいいように見えない。

「ここはすさまじいありさまね、チャールズ」レディ・ヘレンが言った。「わたしは新聞種になって世間の非難を浴びるんだわ」

「新聞にはのらない」ファーガスンが言った。「うちの事後処理班がごみをロンドンに運んで、火葬場で処分する。朝には何ポンドかの灰になって、テムズ川に捨てられるはずだ」

「あなたにはそうする力があるのね、チャールズ」

ファーガスンはバーンスタインに代わってレディ・ヘレンを支えた。「わしにはなんでもできる」

ディロンは言った。「じゃ、あとは任せて、おれは出かけるよ。ランド・ローヴァーを借りていく」

ファーガスンが訊《き》いた。「どういうことだ？」

「クインから聞いたが、連中はおれの古い知り合いのドハティという男が操縦するチーフテンで、シャンクリー・ダウンという飛行場まで飛んできたそうだ。ジャックはそろそろそこを飛び立つころだろう」

「しかし、おまえさんに何ができる？」

「シャンクリー・ダウンはクラークという男が経営者で、セスナ310があるそうだ。おれはバリーを隠れ家まで追っていく。セスナ310はチーフテンより少し足が遅いが、それは問題ない。最終の目的地を知ってるからね」

ジョンスンが察しをつけた。「スパニッシュ・ヘッドか？」

「そのとおり」

「あそこへいくなんてやつは狂っている」

「実際、狂っている」

「きみはどこに着陸するんだ？」

「昔よく使った飛行場がある。スパニッシュ・ヘッドの近くの浜辺は潮が引くと広くなるんだ」

「こんな天候のときに？」と、ファーガスン。「おまえさんこそ狂っておる」

「昔からそうだったよ、准将」

バーンスタインが口をはさんだ。「もろもろの事情を考えると、わたしも同行したほうがよさそうね」

「冗談じゃない」と、ディロン。

「まあ聞きなさい、ディロン。第一に、ランド・ローヴァーに乗っていくにはキーが必要だけど、それはわたしが持っている。第二に、あなたには警察官の立ち会いなしに行動する権限がない。立ち会う役目は、特別保安部警視のわたしがつとめることにする。北アイルランドも連合王国の一部だから」

「まったく厳しい女だ」

「それはもうとっくに気づいていると思っていたがね」ファーガスンが言った。「わしからは連絡をしろとだけいっておく」

バリーがシャンクリー・ダウンに着いたとき、ドハティとクラークは二棟ある格納庫の一つで煙草を吸っていた。トランジットが停止し、バリーが降りた。ディロンの銃弾がかすった顔から血を流している。

「よし帰ろう」

「ほかのやつらは？」ドハティが訊く。

「こない。全員死んだ」

クラークが言った。「待ってくれ。何をしてきたんだ？」

バリーはベレッタを抜いてクラークの眉間《みけん》を撃ち抜いた。死体の上にかがみこみ、ボマー・ジャケットを探って二千ポンド入りの封筒を抜き取る。背を起こすと、ドハティの顔が恐怖にゆがんでいた。

「ジャック」

「しくじったんだ。ひどいことになった。さあ引きあげるぞ」バリーはドハティをチーフテンのほうへ押しやった。

ほどなく飛行機は滑走路を驀進《ばくしん》して暮れゆく空に舞いあがった。

四十分後、ディロンとバーンスタインがランド・ローヴァーでやってきた。ディロンは車をクラークの死体の横にとめ、二人は降りた。

「間違いなくここへきたようだ」ディロンは言った。「携帯電話でファーガスンに報告してくれ。事後処理班の仕事がまた一つ増えたとね」

ディロンはもう一つの格納庫に入った。セスナの翼にあがり、左側の操縦席について、計器類を点検する。まもなくバーンスタインもやってきて隣に乗りこんだ。

「すべてオーケー？」

「燃料は満タンだ、もしそういう意味ならね。やつは先に出発したし、チーフテンのほうがずっと速い。ドハティの飛行場はスパニッシュ・ヘッドから約四十マイルで、クインの考えではやつはそこに向かう。だからおれは崖下《がけした》の砂浜に着陸して追いつくつもりだ」

「そのときは満潮、干潮？」

「途中で確かめよう」ディロンはエンジンをかけた。「気が進まないならおれ一人でいく」

「くだらないことはいわないで」バーンスタインはドアを閉め、シートベルトを締めて、スペアのヘッドホンをつける。

「ダイヤルを5に合わせてくれ。それがイギリスの気象情報だ。そのうちアルスターの天気のこともいう」

ディロンもヘッドホンをつけ、まず左のエンジン、次いで右のエンジンを始動させ、雨の中をタキシングして滑走路の端までいく。バーンスタインがマイクを通して訊いた。

「時間はどれくらいかかる？」

「追い風なら一時間半、向かい風なら二時間だ。なぜ？」

「気象情報によると、着陸する海岸は、あと一時間ちょっとで潮が満ちはじめるそうよ。でも霧は晴れて月が出るらしい」

「興味深い条件だ」ディロンはにやりと笑いかけ、エンジンの出力をあげて、滑走路を爆走しはじめた。

夜の帳《とばり》がおりる中、チーフテンはドゥーンレイ飛行場に着陸し、タキシングで格納庫と蒲鉾《かまぼこ》型兵舎のほうに向かった。バリーはキャビンのミニ・バーからパディの瓶をとって、すでに半分飲んでいた。顔の傷は酒で拭《ふ》いただけで、救急箱は使わなかった。チーフテンが停止すると、エアステア・ドアをおろし、地上に降りた。霧は晴れていたが、雨が激しく降っていた。

「やっと懐かしの故郷に戻った」バリーは言った。

ドハティはあとから降りてきて訊いた。「スーパーの袋に入れた一万ポンドはどこだ、ジャック？」

「おっと忘れてきた。悪いな」バリーはベレッタを抜いて、ドハティの心臓に弾を二発撃ちこんだ。そしてほどなく車で走り去った。


夜の帳がおり、空は晴れて月明かりが射す中、セスナはアイリッシュ海の上空を飛んでいた。

バーンスタインが訊いた。「間に合う、ショーン？」

「おれを信じなよ」二人のあいだには不思議に親しい空気が流れていた。

いまは低空飛行に移り、高度はわずか千五百フィート。前方に北アイルランド東岸の黒い崖が月明かりのもとで見えてきた。ディロンは膝に広げた地図を確認し、針路をやや左に向けた。

「よし、この真正面だ」機体を六百フィートまでおろす。「問題は一つだけ。潮がどんどん差してきている」

崖を越えると城が見えてきた。「あれがそう？」と、バーンスタイン。

「そう、スパニッシュ・ヘッドだ」

ディロンは反転してふたたび海上に出ると、機体を傾け、車輪をおろした。「いくぞ。祈っててくれ。効きめがあるかもしれない」

白い波が打ち寄せる海岸にはあまり砂浜が残っていない。ディロンは機体を水平にし、海面の五十フィート上を進み、すっと降下した。車輪が深さ二フィートの水の下にある砂地に食いこむ。セスナは前のめりになりながら、わずかに残った砂浜に乗りあげた。

エンジンを切ると、あたりはしんと静まり返る。ディロンはヘッドホンをはずした。静止した機内から眺める海は月光のもとでかなり穏やかに見える。ディロンは微笑んだ。「きれいな景色だね」

「そういうことは二度といわないでちょうだい」バーンスタインは言った。「絶対に。もう降りていい？」

「降りてもいいね。じきに波が寄せてきてきみの足もとが濡《ぬ》れる。いこう」

砂浜を横切り、崖に刻まれた小道を見つけて昇る。上にあがると、城がかなり近くに見えた。

「で、どうする？」バーンスタインが訊《き》いた。

「それは決まってると思ったがね。城を訪ねるんだ」ディロンはそう言って先に歩きだした。

ジョン・ハーカー老人が管理人小屋の台所で薬缶《やかん》の湯がわくのを待っていると、不意に頰を風が撫《な》でた。振り返ると、開いた戸口にディロンがいて、その脇に女が立っていた。

「おれを覚えてるかい？」ディロンは訊いた。

「あんたは！」ハーカーは言った。

「お殿様は現われたかな」

「十分前に。なんで知ってるのかね？」

「おれはなんでも知ってるよ。さあ、こうしてくれ。ライトを持っておれたちを案内する。城のところまできたら、どうするか決める」

「それはいいが」老人はためらう。「これであいつはお仕舞いになるのかい？」

「まあそういうことだな」

「ありがたい」ハーカーはライトを掛け釘《くぎ》からはずした。「図書室の羽目板をはずして逃げる穴だが、あれは玄関ホールに出るんだ。そこへいこう」

玄関ホールから少し離れた書斎で、バリーはグラスにたっぷり注いだウィスキーを一口飲み、
二階の図書室にあがった。ウィスキーを飲みながら、壁に飾られた先祖の肖像画を眺める。ど
の人物もフランシスだが、自分はそうではない。バリーは南軍の軍服を着た男を見た。その笑
みは何かをおもしろがっているように見えた。
「傲慢《ごうまん》なくそ野郎だが、優秀な兵士だった」バリーは独りごちた。
肖像画に向かってグラスを掲げたとき、背後でドアが開き、ディロンとバーンスタインが入
ってきた。ディロンは武器を持っていないが、バーンスタインは左手にワルサーを握っていた。
「ショーン、悪魔がおまえの味方なのか？」
「ときどき味方をしてくれる」
バリーはにやりと笑った。「どうやってここへきたのやら」
「おまえと同じだ。ただし着陸したのは砂浜だがね」
「コンプトン・プレイスはどんな様子だった？」
「おまえの仲間はみんな死んだ。ブレイクとヘドリーは少し怪我をした」
「レディ・ヘレンは？」ディロンは肩をすくめたが、バリーは奇妙に切迫した口調で問いを重

ねた。「無事なんだろう。そうだろう?」

「心臓が悪くて、発作を起こしたよ」

「そういうことか」バリーは言った。「銃が作動不良を起こして、おれは殺される寸前までできたが、急にあの女が倒れたんだ」

バーンスタインが言った。「わたしはロンドン警視庁特別保安部のハンナ・バーンスタイン警視。あなたには……」

バリーはバーンスタインにグラスを投げ、バーンスタインがよけた隙に、羽目板を開いて、中に逃げた。

「いこう」ディロンはドアのほうに駆け、バーンスタインもあとを追った。ホールに降りると、玄関のドアが開いており、ポーチにハーカーがライトを持って立っていた。

「いま目の前を走っていったよ。林の中の道を崖のほうへいった」

ディロンが駆けだし、バーンスタインが続き、ハーカー老人があとを追った。

バリーは頭を低くさげて林の中を走った。左手にはベレッタ。どこへいくのか、自分でもよくわからなかった。空は曇り、水平線近くでは雷がうなって光る。

ヘレン・ラング。あの女のことを頭から追い出すことができない。なぜなんだ? やがて〝潮吹き穴〟に通じる小道にきた。ディロン、バーンスタインがあとを追い、ハーカーがライトを手にしんがりを走った。

稲光がひらめき、崖下の砂浜では波が怒り狂い、セスナが呑《の》みこまれた。バリーはよろめきながら走り、〝潮吹き穴〟への降り口まできた。白い飛沫《しぶき》が底ごもりのする音とともに吹きあがった。足をとめ、振り返って、やってきたディロンにベレッタを向けた。

ディロンはバリーの腕を片側に撥《は》ね、胸ぐらをつかんだ。「やっとこの時がきたよ、犬畜生」ディロンは怒鳴り、右手首をつかんでねじりあげた。骨が折れ、バリーは悲鳴をあげた。ディロンは梯子《はしご》の下へバリーを突き落とした。最後の絶望的な叫びがあがり、また〝潮吹き穴〟の水飛沫が吹きあがった。

ハーカー老人がライトを高く掲げていた。「あ、あんたはなんという人間なんだ?」

「ときどき自分でも考えてみることがあるよ」ディロンはそう言ってバーンスタインに顔を向けた。「携帯電話でファーガスンに報告を頼む。レイシーとパリーにリア・ジェットで迎えにこさせてくれ」

「わかってる」バーンスタインはディロンの腕に手をかけた。「大丈夫、ディロン?」

「爽快《そうかい》な気分だ」また〝潮吹き穴〟が水を吹きあげた。「ジャックは凶悪なくそ野郎だった。そいつが海に呑みこまれて、けりがついたんだからな」

翌日の午後、ディロン、バーンスタイン、ファーガスンの三人は、ロンドン・クリニックの個室の外で椅子に坐《すわ》っていた。やがて病室から出てきたヘドリーは、颯爽《さっそう》とした運転手の制服に身を包み、腕を吊っていた。

「具合はどうかね?」ファーガスンが訊いた。

「よくありません。ミスタ・ディロンに会いたがっています」

ディロンは腰をあげ、一瞬動きをとめてから、部屋に足を踏み入れた。レディ・ヘレンは上体を起こして枕《まくら》にもたれていた。左の腕に点滴の針を刺され、何本もの電線でモニター装置とつながれている。そばに看護師が坐っていた。

ディロンは枕もとに近づいた。「レディ・ヘレン」

ヘレンは目を開いた。「うまくいったと、チャールズから聞いたけど?」

「そのとおりです」

「それじゃ〈エリン〉の息子たち〉も〈コネクション〉も、もういないのね。でも、わかる?」

ヘレンは目を閉じ、また開いた。「ピーターは帰ってこないのよ」

ディロンは彼女の手をとった。「そうですね」

ヘレンは微笑んだ。「ミスタ・ディロン、あなたは自分を悪人だと思っている。でもね、あなたはわたしがいままで会った中でも、とくに行ないの正しい人だと思うの。そのことを覚えていて」

瞼《まぶた》が閉じ、手が滑り落ちて、装置の一つが奇怪な音を立てた。看護師があとを引き受け、ディロンは部屋を出た。

ファーガスンとバーンスタインが立ちあがった。准将が訊いた。「亡くなったのか?」

「亡くなった。でも忘れられることはない」ディロンは答えた。それからヘドリーの肩に手を置いた。「庭を散歩しよう。煙草が吸いたくなった」

エピローグ

一週間後、ファーガスン、バーンスタイン、ディロンの三人は、ダイムラーでロンドンからコンプトン・プレイスに向かった。雨が激しく降る悪天候の日だった。

「結局のところ、首相はどういってるんだ?」ディロンは訊いた。

「もちろん、レディ・ヘレンに深い同情を覚えるとね」

「それはみんなそうだ」

「ただ最終的な結果には満足しておられた。もっとひどい事態が生じていたかもしれんのだからな」

「何も起こらなかったことにするという結果に満足ということですね?」黒いパンツ・スーツに黒いコートのバーンスタインが冷たく突き放す口調で言った。

「いや、警視、われわれとしては大きな目的のことも考えねばならんのだ」

「それはIRAがいってることだぜ」ディロンは言った。「おれも十九の歳から叩《たた》きこまれたよ」窓をおろして煙草に火をつけた。「悪いね」とバーンスタインに言う。

バーンスタインはディロンの膝に手を置いた。「気にしないで、ショーン」

ディロンは言った。「ようするに首相と大統領は安堵《あんど》のため息をついて、歩兵がうまく活躍したことを神に感謝してるってことだな。またおれが処刑人をやらされたわけだが、今回はハンナとブレイクも役を割り振られたね」

「これはそういうゲームだ」と、ファーガスン。

ディロンはバーンスタインに顔を向けた。「そのゲームってなんなんだと思うことはないか？　おれはあるね」

車は村に入った。聖母マリア万聖教会の駐車場はほぼ一杯で、村の通りに駐《と》めている車もある。

「なんと、お別れをしようという人がこれだけ集まっているのだな」ファーガスンが言う。

「当然だな。その後いろいろ話を聞くと、みんなに好かれていたらしいからね」ディロンは腕時計を見た。「葬儀まであと四十分か。お二人はどうか知らないが、おれは一杯やりたいな。パブに寄ってくれ。付き合う気がないのなら、あとで教会で落ち合おう」

「いや、一杯やるというのはいい考えのようだ」ファーガスンはちらりとバーンスタインを見た。「きみさえよければだが、警視？」

「もちろんご一緒します」

ダイムラーはパブの前で三人をおろして走り去った。中に入るとすでに満員で、一張羅《いっちょうら》を着た村人だけでなく、外部からの会葬者も多かった。黒いスーツを着たヘティ・アームズビーがカウンターに入り、村の若い娘が二人手伝っていた。アームズビー老人はカウンターの端のスツールに陣取っているが、やはり黒いスーツ姿で、糊《のり》のきいた襟のあいだから痩《や》せた喉《のど》を覗《のぞ》かせていた。

「なんと」とファーガスンが嘆声を漏らした。「伯爵が二人、公爵夫人が一人、それにあそこにいるのは近衛歩兵第三連隊の連隊長と近衛旅団長だ。挨拶《あいさつ》せねばなるまい」

「イギリスの古き良き階級制度ここにあり」ディロンはそう言って、バーンスタインのほうを向いた。「なんとかカウンターまでいってみるよ。待っててくれ」

たどり着いたディロンはヘティに言った。「そこの冷蔵庫にたまたまシャンパンが入ってたりしないかな」

「ハーフボトルがあると思うけど」ヘティは眉《まゆ》をひそめた。「シャンパンを飲むんですか?」

「葬儀の日に不謹慎かい?」ディロンは煙草に火をつける。「おれはただ偉大な女性に乾杯したいだけなんだ」

ヘティはふっと微笑み、衝動的に身を乗り出して、ディロンの頬にキスをした。その目には涙が浮かんでいた。「ほんとにすばらしい人だったわ」

ヘティがシャンパンの瓶を取り出すと、ディロンは言った。「グラスは二つ頼む」

すると聞き覚えのある声が響いた。「三つにしてくれ」

振り返ると、左腕を吊ったブレイク・ジョンスンがいた。「おやおや」ディロンは言った。

「いったいどこから飛び出してきた?」

「クロックリーにはまだアメリカの空軍基地があるんだ。まぎわになって大統領が、個人的に花輪をお供えしたいから届けてくれといわれてね」

ジョンスンがシャンパンのグラスを一つとり、ディロンは残る二つを持ってバーンスタインのところに戻った。ジョンスンがバーンスタインの頬にキスをした。「警視、いつもながら、お会いできて嬉《うれ》しいです」

「どうもありがとう、わたしも嬉しいわ。でも今日はそのための日じゃない。偉大なレディ、ヘレン・ラングに乾杯」三人はグラスを触れあわせてシャンパンを飲んだ。

うしろからファーガスンが言った。「わしらもみんな、あの人に乾杯だ」


聖母マリア万聖教会の堂内は立てこみ、入り口の前には列ができていた。ヘドリー・ジャクスンの姿も見え、そのそばには四十代の男女がいた。ヘドリーが何か囁《ささや》くと、二人がこちらに目を向け、ヘドリーと男のほうがやってきた。

「ファーガスン准将でいらっしゃいますね？　わたしはロバート・ハリスン。レディ・ヘレンの甥《おい》です」

「これは初めまして。会社のほうはあなたが継がれるのですな？」

ハリスンは涙を流していた。「伯母《おば》は本当に、本当にすばらしい人でした。わたしが子供のころはよくボストンに遊びにきてくれて。みんな伯母が大好きだったのです」

「ここにいるのはわしの仕事仲間のバーンスタイン警視とショーン・ディロン。それからこちらはホワイトハウスからきたブレイク・ジョンスンです」

ハリスンは驚いてジョンスンの顔を見つめた。「ホワイトハウスですか？」

「大統領の個人的な代理として花輪をお供えしにきました」ジョンスンは言った。

「ああ、これはなんと申しあげていいかわかりません」ハリスンはハンカチを出した。「では妻が待っておりますので失礼します」

ディロンは宗教を信じていない。アルスターのダウン州で過ごした少年時代のカトリック教会は覚えている――香の匂い、ろうそく、聖水、あまりにも人が好《よ》くてこの世で生きるには向かなかった司祭職の叔父《おじ》――だが、いま英国国教会の古い教会の後方に立っている彼にとって、宗教的儀式はほとんど意味を持っていない。聖歌、オルガンの演奏、ヘレン・ラングの生涯をたたえる牧師の言葉などは、まるで無意味だった。そもそも故人はディロンと同じくカトリックとして育ったのだが、ラング家は国教会である。結局、宗旨の違いなどどうでもいいことなのだ。

ディロンは式がすんで外に出たとき、ほっとして、雨の降る中、通路の脇で煙草に火をつけた。しばらくは一人きりだったが、まもなく大きな黒い傘をさしたヘドリーが現われた。

「しかし月並みだね、ヘドリー」ディロンは言った。「雨の降る葬儀というのは」

「なんだか不機嫌ですね、ミスタ・ディロン」

「レディ・ヘレンにはもっと幸福な最期があってよかったと思うだけさ」

「でも、あなたがあの男を片づけてくれました」

「それはたしかによかった」

担がれた棺《ひつぎ》が教会から出てきて、ディロンとヘドリーは道を空けた。棺はラング家の霊廟《れいびょう》のある墓地へしずしずと向かっていった。

「ほんとに型破りな人です」ヘドリーは言った。「わたしに何をしてくれたかわかりますか?」

「なんだい」

「今週、弁護士が電話をしてきたんです。遺言によって百万ポンドとサウス・オードリー通りの家がわたしに譲られると」

ディロンは正しい言葉を探した。「あの人はあんたが大好きだったんだ、ヘドリー。あんたの今後のことを考えたんだ」

「でもただのお金ですよ、ミスタ・ディロン」ヘドリーは目に涙を溜《た》めていた。「お金なんかなんになるんです。こんなことになったあとで」

ディロンはヘドリーの肩を叩き、墓地へと進んでいく棺に従う人々の中に混じった。ふと振り返ると、ファーガスン、バーンスタイン、ジョンスンがうしろにいた。

棺が霊廟におさめられ、牧師が言葉を述べ、青銅製の扉が閉じられるあいだ、雨は激しく降りつづけた。〝ピーター・ラング少佐、戦功十字章受章、近衛歩兵第三連隊、特殊空挺部隊、一九六六年―一九九六年、安らかに眠りたまえ〟という銘板の下には、すでに新しい銘板が取りつけられていた。〝ヘレン・ラング、大いに愛されし者、一九九九年に死す〟。

ヘドリーがディロンに言った。「あの銘はわたしが提案したんです。身内の方が誰もいらっしゃらなかったから。きっとあの方は華麗な言葉を望まれなかったはずです」

「立派な葬儀だな」とファーガスンが言った。「イギリス首相とアメリカ大統領から花輪が届いている。そうそうあることではないぞ」

会葬者は三々五々散りはじめ、駐車場のほうへ向かっていった。駐車場には米空軍差し回しのリムジンが駐めてあり、制服姿の曹長が運転席についていた。

「すぐ帰るのか、ブレイク？」ディロンは訊《き》いた。

「知ってのとおり、いろいろ仕事があるからね」

「ああ、知ってるよ」

「では准将」ジョンスンはファーガスンと握手をし、バーンスタインの頰にキスをして、リムジンの後部座席に乗りこんだ。車はすぐに走りだした。

人の姿はまばらになり、車もほぼ駐車場から消えた。ファーガスンが言った。「さて、帰るか」

三人がダイムラーに向かっていくと、運転手が後部のドアを開けた。ファーガスンとバーンスタインが並び、ディロンは二人と向き合う折り畳み式の補助椅子に坐った。背後のガラスの仕切りを閉じる。

「きみは疲れたことがあるかい？」ディロンはバーンスタインに訊いた。「芯《しん》から疲れたことが？」

「気持ちはわかるわ、ショーン」

ダイムラーが走りだした。「で、これからどうする？」ディロンが訊く。

「まだまだ問題はいろいろあるぞ、ディロン」ファーガスンが答えた。「中東、アフリカ、ボスニア」肩をすくめる。「しかし北アイルランド情勢だけは変わったな。和平プロセスが進展しつつある」

「それが信じられるのなら、准将、なんだって信じられるだろうよ」

ディロンは座席にもたれ、腕組みをして、目を閉じた。

訳者あとがき

雨の降る深夜のニューヨーク——高級住宅街の闇にひそむ暗殺者の影。

一頁目から純度百パーセントのヒギンズ・ワールドが浮かびあがる本書『ホワイトハウス・コネクション』（The White House Connection, 1999）は、元ＩＲＡテロリスト、ショーン・ディロンをヒーローとするシリーズの第七作にあたる。

ヒギンズ作品の暗殺者といえば、過去にも有名なピアニストや若手実力派女優など、暴力の世界とは縁のなさそうな人物が登場したが、本書の暗殺者もかなり異色だ。なんとイギリスの貴族階級に属する上品な老婦人なのである。

ロンドンとニューヨークで、この老貴婦人は、何人かの人間を同じ銃で次々と殺していく。その目的はいったいなんなのか？

事件の背景には北アイルランド紛争があり、ホワイトハウスの情報を過激派組織に流す謎の人物〈コネクション〉がからんでいるらしい。連続殺人が単なる刑事事件ではなく、英米両政府の屋台骨と北アイルランド和平プロセスをゆるがす重大な危険をはらんでいることがわかり、事件の解決に乗り出すのは、ご存じの面々——〝首相の私的軍隊〟と呼ばれるファーガスン准将、ショーン・ディロン、ハンナ・バーンスタインのチームと、アメリカ大統領直属の非公然情報組織〈ベイスメント〉のブレイク・ジョンスンだ。

ロンドン、ニューヨーク、ワシントン、北アイルランド、イングランド中部の田園地帯と、次々に舞台を変え、歯切れよくスピーディに展開するヒギンズ一流の活劇。ディロン・シリーズの作品はどれもわりと短く、贅肉《ぜいにく》をそぎ落とした簡潔なタッチが持ち味で、すらすら読めてしまう。だからさらりと書き流しているような印象を受けがちだが、ふと立ちどまって考えてみると、複雑な設定をたくみにさばく技が冴《さ》え渡っているのに気づく。

本書でも、まずディロンやジョンスンが善玉で、その敵が悪玉という単純な二元論をとっていない。法秩序と平和を乱す側が大きく二つに分かれ、その一方の内部にも拮抗《きっこう》関係がある。善玉のほうも、ダーティな部分があるし、イギリス側とアメリカ側のあいだには微妙な駆け引きがある。さらに今回はブレイク・ジョンスンの活動の幅がひろがって、作品世界がいよいよ多重的になっている。ディロン、ジョンスン、謎の貴婦人、テロリスト、〈コネクション〉など、各パートの旋律がからみあい、掛け合いをし、小さな波紋をいくつも作りながら、ここぞというところで美しい和音を響かせる。きわめて高度な技巧を駆使しつつ、「技巧」を感じさせないところは、まさに手練《てだ》れの技といえるだろう。

もう一つ、ファンのみなさんは以前から意識しておられるはずだが、ヒギンズの女性観はじつに興味深い。ヒギンズの作品は、一見いかにも男っぽい世界のようだが、なかなかどうして、そこに登場する女性たちの凜々《りり》しさは特筆に価する。彼女らはべつに「男っぽい」わけではなく、女性的な優しさと美しさを備えているのだが、男らしさ女らしさを超えた、ある硬い核を内面に持っているのだ。

本書の謎の老貴婦人にしても、軍人であった夫以上に気丈なところを見せるわけだが、それはおそらく「母は強し」といった単なる母性愛の強さではない。行間を読めば、その激烈な行動は、彼女自身の精神性に根ざしていることがうかがわれる。死という宿命を受動的に受け入れるのではなく、みずからの意志をつらぬくことで、自分自身の宿命を作りあげる姿勢。それがショーン・ディロンの心根や、さらにはジャック・バリーの心根とも響き合う。ヒギンズは、かくありたいと思う精神的な価値基準を、年齢・性別・人種・信条の別なく、平等にあてはめるのである。

シリーズ外の作品『双生の荒鷲』（角川文庫）のプロローグとエピローグには、ヒギンズの実際の奥さんが、デニースという実名で登場するが、この女性もまた優しく、美しく、そして凜々しい。さすがエリザベス一世や、ヴィクトリア女王や、サッチャー元首相を生んだ国の作家というべきか、ヒギンズ流のフェミニズム（男女同権主義）は筋金入りといえそうだ。

さて、シリーズの次回作、Day of Reckoning では、ブレイク・ジョンスンの離婚した妻が、ジャーナリストとしてある国際的犯罪者の謎を追ううちに殺され、ジョンスンは復讐《ふくしゅう》に乗り出すことになる。クールなジョンスンがどのように燃えるか。どうかご期待いただきたい。

【ショーン・ディロン・シリーズ作品リスト】

Eye of the Storm（1992）『嵐の眼』（ハヤカワ文庫）

Thunder Point（1993）『サンダー・ポイントの雷鳴』（同）

On Dangerous Ground（1994）『密約の地』（同）

Angel of Death（1995）『闇の天使』（同）

Drink with the Devil（1996）『悪魔と手を組め』（同）
The President's Daughter（1997）『大統領の娘』（角川文庫）
The White House Connection（1999）本書
Day of Reckoning（2000）
Edge of Danger（2001）
Midnight Runner（2002）
Bad Company（2003）

ホワイトハウス・コネクション

ジャック・ヒギンズ

黒原敏行《くろはらとしゆき》＝訳

角川文庫 13090

平成十五年九月二十五日　初版発行

発行者――田口惠司

発行所――株式会社角川書店

東京都千代田区富士見二―十三―三

電話　編集（〇三）三二三八―八五五五

　　　営業（〇三）三二三八―八五二一

〒一〇二―八一七七

振替〇〇一三〇―九―一九五二〇八

印刷所――暁印刷　製本所――コオトブックライン

装幀者――杉浦康平

ヒ 7-3　ISBN4-04-279503-X　C0197

角川文庫発刊に際して

角川源義

第二次世界大戦の敗北は、軍事力の敗北であった以上に、私たちの若い文化力の敗退であった。私たちの文化が戦争に対して如何に無力であり、単なるあだ花に過ぎなかったかを、私たちは身を以て体験し痛感した。西洋近代文化の摂取にとって、明治以後八十年の歳月は決して短かすぎたとは言えない。にもかかわらず、近代文化の伝統を確立し、自由な批判と柔軟な良識に富む文化層として自らを形成することに私たちは失敗して来た。そしてこれは、各層への文化の普及滲透を任務とする出版人の責任でもあった。

一九四五年以来、私たちは再び振出しに戻り、第一歩から踏み出すことを余儀なくされた。これは大きな不幸ではあるが、反面、これまでの混沌・未熟・歪曲の中にあった我が国の文化に秩序と確たる基礎を齎らすためには絶好の機会でもある。角川書店は、このような祖国の文化的危機にあたり、微力をも顧みず再建の礎石たるべき抱負と決意とをもって出発したが、ここに創立以来の念願を果すべく角川文庫を発刊する。これまで刊行されたあらゆる全集叢書文庫類の長所と短所とを検討し、古今東西の不朽の典籍を、良心的編集のもとに、廉価に、そして書架にふさわしい美本として、多くのひとびとに提供しようとする。しかし私たちは徒らに百科全書的な知識のジレッタントを作ることを目的とせず、あくまで祖国の文化に秩序と再建への道を示し、この文庫を角川書店の栄ある事業として、今後永久に継続発展せしめ、学芸と教養との殿堂として大成せんことを期したい。多くの読書子の愛情ある忠言と支持とによって、この希望と抱負とを完遂せしめられんことを願う。

一九四九年五月三日

角川文庫海外作品

双生の荒鷲
ジャック・ヒギンズ
黒原敏行＝訳

第二次大戦中、希代の天才飛行士と言われた男には、敵方に実の弟がいた……秘められた双子の兄弟の絆を描く、感涙の本格航空冒険小説

大統領の娘
ジャック・ヒギンズ
黒原敏行＝訳

米合衆国大統領の隠し子が過激派テロリストに誘拐される。娘の命とひきかえに中東空爆を要求する敵に、元ＩＲＡ闘士ディロンが立ち向かう！

ホルクロフトの盟約（上・下）
ロバート・ラドラム
山本光伸＝訳

第三帝国の黒幕たちが秘匿した八億ドル。戦後三十年を経て、はじめて遺産の凍結が解かれる日、歴史の闇に眠り続けた壮大な陰謀が動き出す！

マタレーズ 暗殺集団（上・下）
ロバート・ラドラム
篠原　慎＝訳

各国政府の依頼を受け、世界の歴史を変えてきた闇の暗殺組織「マタレーズ」。彼らがついに独自の活動を始めた！　首謀者の正体は？

マタレーズ 最終戦争（上・下）
ロバート・ラドラム
篠原　慎＝訳

壊滅したはずのマタレーズが復活した！　野望を阻止すべく、ＣＩＡ諜報員プライスと元諜報員スコフィールドは、巨大組織に立ち向かう！

秘密組織カヴァート・ワンI 冥界からの殺戮者
ロバート・ラドラム
峯村利哉＝訳

同じ日に別の地域で三人の患者が吐血して死亡した。新種の危険なウィルス発生の可能性を疑い、米陸軍軍医が調査に乗り出すが……。

ネットフォースV ドラッグ・ソルジャー
トム・クランシー
スティーヴ・ペリー
スティーヴ・ピチェニック
熊谷千寿＝訳

人間の超人的な能力を引き出す違法ドラッグがカリフォルニアで取り引きされ、ネットフォースが捜査に乗り出す。シリーズ最高傑作の第五弾！

角川文庫海外作品

ネットフォースVI 電子国家独立宣言
トム・クランシー
スティーヴ・ペリー
スティーヴ・ピチェニック
熊谷千寿＝訳
サイバー空間に突如テロリスト国家が出現。ネットを支配し、政府に次々と要求を突きつける。ネットフォースは彼らに対抗できるのか？

ジャッカルの日
F・フォーサイス
篠原慎＝訳
ジャッカル——プロの暗殺屋であること以外、本名も年齢も不明。標的はドゴール大統領。計画実行日〝ジャッカルの日〟は刻々と迫る！

オデッサ・ファイル
F・フォーサイス
篠原慎＝訳
オデッサ——元ナチス隊員の救済を目的とする秘密地下組織——の存在を知った一記者がこの悪魔の組織に単身挑む！　戦慄の追跡行。

戦争の犬たち(上)(下)
F・フォーサイス
篠原慎＝訳
プラチナ採掘権独占を企む企業が新興国ザンガロの独裁大統領を廃すべく、五人の「戦争のプロ」を送り込む！　外人部隊を描く、雄渾の巨編。

シェパード
F・フォーサイス
篠原慎＝訳
事故は北海上空、高度一万フィートで発生！　すべての計器が止まったその時、霧の中から一機の古いモスキートが！　傑作中編集。

悪魔の選択(上)(下)
F・フォーサイス
篠原慎＝訳
ソ連の凶作情報を得た西側は、食料輸出の見返りに軍縮を迫ろうとした。が、KGB議長暗殺を機に、世界は一大危機に突入した！

帝王
F・フォーサイス
篠原慎＝訳
冒険、復讐、コンゲーム……。短編の名手としても定評のある著者が男の世界を描き切った、魅力の傑作集。表題作ほか七編収録。

角川文庫海外作品

第四の核(上)(下)
F・フォーサイス
篠原慎＝訳
西側世界転覆を狙う恐怖の陰謀「オーロラ計画」は始動した！　KGB工作員がイギリスに潜入する。衝撃の構想と比類なきスケール。

ネゴシエイター(上)(下)
F・フォーサイス
篠原慎＝訳
大統領子息誘拐の陰に潜むソ連とテキサス石油王の途方もない陰謀とは？　犯罪交渉人クインの熾烈な闘争を描く、傑作長編。

騙し屋
F・フォーサイス
篠原慎＝訳
英国秘密情報機関のベテランエージェント〝騙し屋〟マクレディは、情勢急変のため、引退を勧告される……。最後のスパイ小説、第一弾！

売国奴の持参金
F・フォーサイス
篠原慎＝訳
KGB大佐がアメリカ亡命を申し入れてきた。CIA壊堺彼を信用したが、マクレディは腑に落ちなかった。スパイ同士の息詰まる対決！

戦争の犠牲者
F・フォーサイス
篠原慎＝訳
カダフィ大佐が西側に復讐を企てるべく、IRAテロリストをロンドンに送り込もうとしていた……。マクレディ・シリーズ、第三弾！

カリブの失楽園
F・フォーサイス
篠原慎＝訳
独立を控えたパークレー諸島で総督が暗殺。マクレディは騙し屋の本領を発揮！　雄々しく闘ったスパイ達に捧げる鎮魂歌。シリーズ完結編。

神の拳(上)(下)
F・フォーサイス
篠原慎＝訳
ついに独裁者は最終兵器を完成させた。褐色の英国人将校は、独りバグダッドに潜入する！　湾岸戦争をテーマに描く、最大級スリラー。

角川文庫海外作品

イコン(上)(下)
F・フォーサイス
篠原　慎＝訳
混迷するロシアに彗星のごとく現れた、カリスマ政治家コマロフ。だが、彼の恐るべき目論見を英情報部は見逃さなかった……超大型スリラー！

モーセの秘宝を追え！
ハワード・ブルム
篠原　慎＝訳
史上最大の財宝の在処は、旧約聖書に隠されていた――。事実が小説を凌駕する、怒濤のジャンルミックス・ノンフィクション!!

ブラッド・キング
ティム・ウィロックス
峯村利哉＝訳
始まりは殺した筈の元警部から届いた遺言状だった。精神科医グライムズは逃れる術なく狂気のゲームへと呑み込まれていく…。戦慄のサスペンス。

グリーンリバー・ライジング
ティム・ウィロックス
東江一紀＝訳
囚人たちの暴動で完全に秩序を失ったグリーンリバー刑務所。仮出所直前の囚人医師は、ぎりぎりの理性を揺るがせながら善悪の彼我を彷徨する。

ホットロック
ドナルド・E・ウエストレイク
平井イサク＝訳
出所早々、盗みの天才ドートマンダーに国連大使から大エメラルドを盗む話が舞い込む。不運な泥棒ドートマンダーの珍妙で痛快なミステリー。

強盗プロフェッショナル
ドナルド・E・ウエストレイク
渡辺栄一郎＝訳
盗みの天才ドートマンダーの今度のやまは、トレーラーで仮営業中の銀行をそっくりそのまま盗むというもの。かくして銀行は手に入ったが……。

タイムマシン
H・G・ウェルズ
石川　年＝訳
タイム・トラベラーが冬の晩、暖炉を前に語りだしたことは、巧妙な嘘か、いまだ覚めやらぬ夢か。「私は80万年後の未来世界から帰ってきた……」

角川文庫海外作品

ロード・オブ・ザ・リング
『指輪物語』完全読本
リン・カーター　荒俣　宏＝訳
「指輪物語」のあらすじ・要点を説明し、さらに「指輪物語」を理解するために必須である「ホビットの冒険」についても解説していく。

あいどる
ウィリアム・ギブスン　浅倉久志＝訳
情報と現実をシンクロさせるレイニーは、ホログラム「あいどる」を調査するため東京へと向った…。幻視者ギブスンによる21世紀東京の姿！

ガンスリンガー 暗黒の塔《ダーク・タワー》I
スティーヴン・キング　池　央耿＝訳
〈暗黒の塔〉の秘密の鍵を握る黒衣の男を追い、一人の拳銃使い《ガンスリンガー》が今果てしない旅に出る。著者自らライフワークと呼ぶカルトファンタジー超大作。

ザ・スリー 暗黒の塔《ダーク・タワー》II
スティーヴン・キング　池　央耿＝訳
ローランドの前に突然現れた不思議な扉は、現実世界のニューヨークとつながっていた！　三人の人間との不可思議な旅を描くシリーズ第二弾。

荒地(上)(下) 暗黒の塔《ダーク・タワー》III
スティーヴン・キング　風間賢二＝訳
中間世界の一行に合流したジェイクが迷宮の街の地下にさらわれた。救出に向かうローランドを待ち受けるのは……。キング入魂のシリーズ第三弾。

魔道師の虹(上)(下) 暗黒の塔《ダーク・タワー》IV
スティーヴン・キング　風間賢二＝訳
暴走するサイコ列車から危機一髪で脱出した仲間にローランドが語ったのは、幼き日の衝撃的な愛の物語だった。キング初めての恋愛小説。

ジェネレーションX
加速された文化のための物語たち
ダグラス・クープランド　黒　丸　尚＝訳
エリートたちの拝金主義にうんざりし、都会を逃げ出し砂漠に移り住んだX世代の若者たち。圧倒的に支持されたX世代のバイブル。

角川文庫海外作品

傷痕のある男
K・ピータースン
A・クラヴァン
羽田詩津子＝訳
マイケルがクリスマスイブの夜に恋人に語った架空の物語「傷痕のある男」の連続殺人鬼が、現実の恐怖となってあらわれた！

秘密の友人
A・クラヴァン
羽田詩津子＝訳
華奢で美しい少女が殺人罪で起訴された。自分の中に誰かがいると言う彼女を看ることになった精神科医に恐ろしい事件が振りかかる！

ヴィドック
ジャン＝クリストフ・グランジェ＝脚本
江崎リエ＝編訳
その男の顔は鏡、映った者は必ず死ぬ――19世紀のパリに実在した伝説の英雄ヴィドックが、謎の怪人と対決する驚愕のゴシック・ミステリー！

権力《パワー》に翻弄されないための48の法則(上)
ロバート・グリーン
ユースト・エルファーズ
鈴木主税＝訳
人生に勝ち残った者、敗れ去った者の実際の言動が盛り込まれている、権力に翻弄されずに生きるためのガイド。1～26の法則を収録。

権力《パワー》に翻弄されないための48の法則(下)
ロバート・グリーン
ユースト・エルファーズ
鈴木主税＝訳
努力がなぜ評価につながらないのか？　それは「法則」に背いているからなのだ！　勝ち組に残るための人生の必読書。27～48の法則を収録。

スカイジャック
トニー・ケンリック
上田公子＝訳
三百六十人の乗客がジャンボ機ごと誘拐された！そこに若き弁護士ベレッカーと元妻アニーがさっそうと登場するが…最後に待つ意表外な結末とは？

リリアンと悪党ども
トニー・ケンリック
上田公子＝訳
誘拐されるための偽装家族？　そこには聞くも涙、語れば笑いの物語があるのだが……抱腹絶倒確実の傑作ユーモア推理、待望の再登場！

角川文庫海外作品

マイ・フェア・レディーズ
トニー・ケンリック
上田公子＝訳
40万ドルのエメラルドを狙う、美女とペテン師の奇想天外な計画とは——意外性に満ちた展開をみせる、傑作スラプスティック・ミステリー！

アルケミスト
夢を旅した少年
パウロ・コエーリョ
山川紘矢＋山川亜希子＝訳
スペインの羊飼いの少年は、夢に見た宝物を探しに旅に出る。その旅はまた、人生の偉大なる知恵を学ぶ旅でもあった……。感動のベストセラー。

星の巡礼
パウロ・コエーリョ
山川紘矢＋山川亜希子＝訳
奇跡の剣を探して、スペインの巡礼路を歩くパウロ。それは人生の道標を見つけるための旅に変わって……。パウロが実体験をもとに描いた処女作。

ピエドラ川のほとりで私は泣いた
パウロ・コエーリョ
山川紘矢＋山川亜希子＝訳
久々に再会した修道士の友人から愛を告白され戸惑うピラールは、彼との旅を通して、真実の愛の力と神の存在を再発見する。世界的ベストセラー。

第五の山
パウロ・コエーリョ
山川紘矢＋山川亜希子＝訳
紀元前のイスラエル。工房で働くエリヤは、子供の頃から天使の声が聞こえた。だが運命は彼女のささやかな望みは叶えず、苦難と使命を与えた——。

ベロニカは死ぬことにした
パウロ・コエーリョ
江口研一＝訳
なんでもあるけど、なんにもない、退屈な人生にもううんざり——。死を決意したとき、ベロニカは人生の秘密に触れた——。

千年医師物語II
シャーマンの教え(上)(下)
ノア・ゴードン
竹内さなみ＝訳
触れた相手の死期を語る〝医師の手〟を受け継ぐ者たちが、ロンドン〜ペルシア〜アメリカへと、千年にわたって繰り広げる、壮大な運命の物語。

角川文庫海外作品

千年医師物語III 未来への扉
ノア・ゴードン 竹内さなみ＝訳

現代医療最前線のアメリカ。千年医師の運命は一人の女医に託された。心に闇を抱える人々と触れ合い、彼女が見つけた幸せとは――感動の完結編。

太陽の王ラムセス 1
クリスチャン・ジャック 山田浩之＝訳

古代エジプト史上最も偉大な王《ファラオ》、ラムセス二世。その波瀾万丈の運命が今、幕を明ける――世界で一千万人を不眠にさせた絢爛の大河歴史ロマン。

太陽の王ラムセス2 大神殿
クリスチャン・ジャック 山田浩之＝訳

亡き王セティの遺志を継ぎ、ついにラムセス即位の時へ。だが裏切りと陰謀が渦巻く中、次々と魔の手が忍び寄る。若き王《ファラオ》、波瀾の治世の幕開け！

太陽の王ラムセス3 カデシュの戦い
クリスチャン・ジャック 山田浩之＝訳

民の敬愛を得た王ラムセスに、容赦無く襲いかかる宿敵ヒッタイト――難攻不落の要塞カデシュの砦で、歴史に名高い死闘が遂に幕を開ける！

太陽の王ラムセス4 アブ・シンベルの王妃
クリスチャン・ジャック 山田浩之＝訳

カデシュでの奇跡的勝利も束の間、闇の魔力に脅かされるネフェルタリの為、光の大神殿を築くラムセスだが……果して最愛の王妃を救えるのか!?

太陽の王ラムセス5 アカシアの樹の下で
クリスチャン・ジャック 山田浩之＝訳

ヒッタイトとの和平が成立、遂にエジプトに平穏が訪れる――そして「光の息子」ラムセスにも静かに老いの影が……最強の王の、最後の戦い！

光の石の伝説I ネフェルの目覚め
クリスチャン・ジャック 山田浩之＝訳

ラムセス大王の治世により平和を謳歌する古代エジプト。ファラオの墓所を建設する職人たちの村に伝わる秘宝をめぐる壮大な物語が幕をあける。